書下ろし

希《のぞ》みの文《ふみ》

風の市兵衛 弐《に》㉖

辻堂 魁

祥伝社文庫

目次

京街道・東海道
大津
石部
東海道
淀
草津
水口
土山
京街道
伏見
守口
枚方
江戸略図
口入れ屋「宰領屋」（三河町）
市兵衛の店（永富町）
江戸城
日本橋
京橋
淀川
満
天満橋
京橋
大坂城
京橋二丁目
東町奉行所
札ノ辻町
餌差町
猫間川
北平野町
大福寺
無量寺
寿光寺
小橋墓所
味原池
小橋村
東小橋村
高津宮
四天王寺
北
東
南
西

『希みの文』の舞台

松井の店
堂島
堂島川
中之島
土佐堀川
天神橋
西町奉行所
江戸堀
思案橋
京町堀
西横堀川
両替屋「堀井」
（安土町）
阿波座堀
農人橋
立売堀
東横堀川
長堀
島之内
堀江川
南堀江町
金屋橋
こおろぎ長屋
（下博労町）
道頓堀
茶屋「勝村」
（難波新地）
千日墓所

地図作成／三潮社

序章　小橋《おばせ》墓所

お橋《きつ》は、夜道の先に人影を認め、いややなあ、と思った。帰りを急いで、ひたひたと草履《ぞうり》を鳴らしていた歩みをゆるめ、誰か通りがかりはおらへんかと、夜道の周《まわ》りを見廻《みまわ》した。

周りは一面に野が広がり、田植えが終って水を鏡のように張った田んぼに、東の夜空高くかかった白糸の月が映《は》えていた。

お橋と道の先の人影のほかに、通りがかりは見えなかった。

田んぼの彼方《かなた》に人家の明かりはなく、お橋が中働きをする料亭《木村《きむら》》のある東高津《ひがしこうづ》の町家の明かりが、道の後方に今にも消え入りそうなほど、小さく寂《さび》しく点在しているばかりである。

この辺りはもう小橋《おばせ》村で、東へゆく野の道は、北側に月明かりがぬめる水面を広げる小橋墓所の沼地に差しかかったところだった。

沼の岸辺に水草が繁茂《はんも》し、沼に沿った小橋墓所へ通じる細道の先には、一群の墓石が、仏さまを守って凝《じ》っと眠っている。

沼の北側から西方へかけて、餌差町《えさしまち》、札《ふだ》ノ辻《つじ》町、北平野《きたひらの》町界隈《かいわい》の寺町の影が、月明《げつめい》の薄青みが差す夜空の下に、黒縁の隈《くま》どりのようにつらなっていた。

夜が更《ふ》けゆき、人々は一日の営みを仕舞《しま》って眠りにつく刻限だった。

だが、お橋が差しかかった小橋墓所の野道は、夥《おびただ》しい蛙《かえる》の声が、まるで祭りに打ち鳴らす乱れ囃子《ばやし》のように賑《にぎ》わっていた。

お橋は、小橋墓所から味原池《あじはらいけ》をすぎ、小橋村の先の猫間川《ねこまがわ》ノ末を越えて、東小橋《ひがしおばせ》村へ帰る途次にあった。

東小橋村の家には、小さな田畑を耕《たがや》す亭主と、幼子《おさなご》が二人、このごろ少し惚《ぼ》けてきて、辻褄《つじつま》の合わないことを言うようになった姑《しゅうとめ》が待っていた。

小百姓《びゃくしょう》の暮らしは貧しかった。

去年、虫にやられて、収穫が思うようにいかなかった。

そのうえ、姑が長く患《わずら》い薬料《やくりょう》がだいぶかかり、ようやく起きられるようになったものの、惚けたことを言い始めてあてにできなくなり、といろいろな事情が重なって、亭主は今年の田畑の収穫のために借金をせざるを得なかった。

お橋はうりざね顔の、東小橋村のみならず、猫間川を越えた小橋村まで評判になるほどの器量よしだった。器量よしのお橋なら、きっと大百姓の家に嫁《とつ》ぐのだろうと言われていたのに、同じ村の今の亭主のもとに嫁いだ。

今の亭主は小百姓だったし、風采《ふうさい》も冴えなかった。ただ、心根が優しく働き者だったので、お橋のほうが希《のぞ》んで嫁いだのだった。

あの器量よしのお橋が惜《お》しいことやな、と村人はみな言っていたが、夫婦円満でほどなく子ができたらしい様子を見て、すぐに誰も何も言わなくなった。

お橋は、暮らしの助けのために、去年の暮れから、上本町筋《うえほんまちすじ》の札ノ辻から寺町の往来を数町南へさがった東高津の料亭・木村で中働きを始めた。

朝は亭主とともに野良《のら》に出て土にまみれ、昼からは、宵《よい》の六ツ（午後六時頃）すぎまで東高津の木村で働いた。

土まみれの百姓女が、質素な束《たば》ね髪を島田《しまだ》に結い、二人の子の母になっても器量の衰《おとろ》えぬうりざね顔にうっすらと、白粉眉墨《おしろいまゆずみ》紅をほどこし、質素ながら小ざっぱりとした着物を着《つ》け、島田に手拭《てぬぐ》いを吹き流しにかぶって村の往来をゆくのを見て、村の年寄たちは、

「見てみいな、お橋が今日もいくで」

と、かすかな波風に吹かれているかのように、目を細めるのだった。

寺町の参詣《さんけい》客目あての料亭の木村は、昼間の客が退《ひ》く夕方の刻限には店を閉じた。いつもなら、宵の六ツすぎには、お橋は木村を出て帰途についていた。

だが、その日は珍しく、東町《ひがしまち》奉行《ぶぎょう》お抱えの給人《きゅうにん》や足軽《あしがる》の侍衆十数人が、昼の八ツ半(午後三時)ごろに座敷にあがり、北平野町の町芸者をあげて三味線《しゃみせん》に鉦《かね》や太鼓《たいこ》も賑やかな酒宴を始め、宵の六ツをすぎても酒宴は終らなかった。

木村の亭主は、町奉行お抱えの侍衆で金払いもよいゆえ、住みこみの使用人のみならず、通いの中働きらも、給金に色をつけるのでと引き止め、お橋も酒宴が果てるまで帰ることができなかった。

それればかりか、芸者衆が引きあげたあとは、お橋ら中働きの女が侍衆の酌《しゃく》までさせられた。

客の中に、小坂源之助《こさかげんのすけ》という二十代の半《なか》ばごろと思われる侍がいた。

源之助は芸者衆らと浮かれ戯《たわむ》れ、かなり酩酊《めいてい》し、芸者衆が引きあげていったあとも、昂《たかぶ》った様子が収まりそうになかった。

その源之助が、芸者衆が引きあげたあと、代わって酌をした中働きのお橋の器量に目をつけた。

こんな器量のよい女がいたのかと、目を瞠《みは》った。

お橋に繰りかえし酌をさせ、挙句《あげく》にお橋の手を膳越《ぜんご》しにとって、自分のそばへ坐《すわ》らせようとした。

「やめとくなはれ、堪忍《かんにん》しとくなはれ」

お橋は拒《こば》んだ。しかし、源之助はお橋の手を離さず、

「客の言うことが聞けぬのか。お前も呑《の》め」

と、強引に引っ張った途端《とたん》、お橋の膝が膳にあたった。

膳がひっくりかえり、徳利《とっくり》や杯、肴《さかな》の鉢《はち》や皿や碗《わん》ががらがらと散乱した。源之助の着物にも酒がこぼれた。

「ああ、えらいことしてしもた。済《す》んまへん済んまへん」

慌《あわ》てて詫《わ》びるお橋に、源之助は、「よいから、こい」と、なおも執拗《しつよう》にからんでくるのを止《や》めなかった。

お橋は源之助の手をふり払って逃げ廻り、ほかの中働きの女がお橋をかばい、侍衆が源之助を止めに入ったりして、座敷は喚声《かんせい》やら悲鳴やらが飛び交《か》う大騒ぎになった。

それには、木村の亭主もさすがに驚き、急いで二階の座敷にあがってきて、厳しく言った。

「何しやはりまんねん。てんごうもええ加減にしとくなはれ。お奉行さまのご家来衆が、

お奉行さまのお顔を潰《つぶ》すことになりまっせ」

だが、酩酊して自分を見失った源之助は怒りに任せ、

「お奉行さまの顔を潰すだと、おのれ、軽々しく口にしおって」

と、亭主に食ってかかった。源之助が刀を抜きそうな素ぶりを見せ、周りの侍衆が寄ってたかって、やめろ、気を静めろ、ととり押さえたので、どうにか刃傷沙汰《にんじようざた》にはならずに済んだ。

それで騒ぎは収まり、侍衆がようやく引きあげた。

膳や器、食い物などが散らかった座敷の片づけに手間どり、お橋が木村を出たのは夜更けの五ツ半（午後九時）ごろだった。

「済まんかったな、お橋。遅なってしもたから、男衆の手がすいたら東小橋村まで送らせる。ちょっと待っとき」

木村の亭主が言うのを、通い慣れた道なので、ひとりで帰ることにした。

東高津から猫間川の先の東小橋村まで、急ぎ足で四半刻《しはんとき》（約三〇分）余だった。毎日の野良仕事で、お橋の足腰は強かった。東小橋村までの道のりぐらいは、苦にならなかった。それに、寂しい野良の道でも小橋墓所から味原池の辺りをすぎれば、すぐに小橋村の集落で、人通りも案外に多かった。

幼い子らはもう寝ているだろう。亭主が心配しているに違いない。

お橋は早く帰りたかった。

「ほんなら、これを持っていき。気いつけや」

と、提灯《ちょうちん》をわたされた。

夜道の先に人影を認めて、お橋はためらいつつも、ゆるめた歩みを止めなかった。木村の亭主から借りた提灯を、道の前方の人影へ、さり気なくかざした。

まだいくらか間があったが、人影はどうやら黒い覆面頭巾《ふくめんずきん》をかぶっているらしかった。目の周りだけが見え、顔形がわからなかった。

腰の二本差しが見え、侍らしいのは知れた。

覆面頭巾は知っている。寛保《かんぽう》のころに禁じられたけれど、今でも顔を人に見られたくないために、それをつけて賭場《とば》や新地などに出かけている人は珍しくないと聞いていた。覆面頭巾が別段、怪しいとは思わなかった。ただ、
なんやのん。こんな夜更けに、いややなあ。

と、お橋はまた思った。

冷たいくらいの夜気が、仕事で火照《ほて》った身体《からだ》に心地よかったのに、島田を覆った吹き流しの手拭いが、お橋の不安を映すかのように震えた。

普段、宵の六ツすぎにこの道を戻るときは、それなりに人通りがあって、寂しく感じることはなかった。だから、夜更けの五ツ半の帰り道が、こんなに寂しく心細いとは思っていなかった。

とは言え、ここまできて東高津の木村へ引きかえすのはちょっと業腹《ごうはら》だった。夜空には純白の月がかかり、田んぼの蛙が乱れ囃子《ばやし》のように鳴き騒いでいる。大丈夫や。たまたま通りがかっただけや。さっさといきすぎたらええ。

と、ゆるめていた歩みを急ぎ足に戻した。

お橘は野道の左手、小橋墓所の沼側を進み、覆面頭巾の侍はゆっくりとした足どりを、野道の右手の田んぼ側に運んでいた。お橘は、侍と目が合わぬように顔を伏せていた。鳴き騒ぐ蛙の声に、相手の草履を引き摺《ず》る濁《にご》った音がまじるほど、二人は近づいた。二人はすれ違おうとしていた。

お橘は、顔を伏せたまま小さく頭《こうべ》を垂れた。

そのとき、吹き流しの手拭いの下からほんのちらりと、相手の足下へ目をやった。白足袋《た び》に草履と千筋縞《せんすじじま》の袴《はかま》と、着物の六角形の亀甲文《きっこうもん》が見えた。

袴の裾《すそ》が、ゆるやかな歩みに合わせてゆれて、月光が降りそそぎ、ゆれる袴の裾を濃い鼠色《ねずみいろ》に耀《かがや》かせていた。

あれ、見覚えが、と思った途端、

「女っ」

と、覆面頭巾がいきなり身を転じ、お橋のすぐ目の前に立ちふさがった。

お橋は行く手をさえぎられ、相手を見あげた。

「あ、あの……」

言いかけ、あとの言葉につまった。

おぼろながらも、お橋に向けた半眼《はんがん》のねばつく眼差《まなざ》しを、月明《げつめい》が不気味に光らせた。血走った目が黒く濁っていた。

「女、ひとりか」

頭巾を着けていても、忍ばせた男の声が酒臭かった。

お橋はぞっとした。足がすくんだ。

「こい」

言うより先に、長い腕がお橋の細身を両腕ごと巻きとるように抱きすくめ、掌《てのひら》で口をふさがれた。息苦しいくらいに、身体を強く締《し》めつけられた。両腕が動かせず、声をあげる間もなかった。

お橋を抱きすくめたまま、男は沼沿いの細道に引き摺りこんだ。

提灯を落とし、火が消えて辺りは青白い月明だけになった。吹き流しにかぶった手拭いはどこかへ飛んでいき、片方の草履が脱げた。男の両刀の柄《つか》がお橋の胸にあたったが、あまりの驚きに痛みは感じなかった。

細道を引き摺られ、道際の灌木《かんぼく》が、お橋の顔面をざわざわとなぶった。

月明の降りそそぐ墓石の一群が、細道の先の小橋墓所に見えた。

墓所に引き摺りこんで、なぶりものにするつもりなのだ。口をふさいだ湿った掌《てのひら》の下で、お橋は空《むな》しくうめき声をあげた。

それでも、必死に身体をくねらせているうちに、どうにか片手が抜けた。

お橋は、抜けた手で覆面頭巾の顎《あご》を突きあげ、顔を背けさせた。

男はかまわず、お橋を墓所へとなおも引き摺りつつ、お橋の突きあげを左右へそらし、酒臭い声を震わせた。

「ほたえろほたえろ。すぐにいい声で泣かせてやる」

と、血走った眼に嘲弄《ちようろう》を浮かべて言った。

お橋は夢中で血走った目に指をたて、覆面頭巾を鷲《わし》づかみにした。咄嗟《とつさ》に、お橋の爪が男の頬《ほお》を裂くように引っかいた。

わあっ。

男が叫んで、お橋の身体を突き放した。

突き放されたはずみで、夜露に濡《ぬ》れた草の覆う細道に投げ出された。だが、転びながらも、鷲づかみにした覆面頭巾を放さなかった。

お橋の指は細長かったが、野良仕事で節々《ふしぶし》が武骨《ぶこつ》に張っていた。男の頬肉を裂いた感触が、力をこめた指先に確かに残っていた。

侍は、覆面頭巾のとれた顔面を両掌で隠すようにして、苦痛にうめいて立ちつくしていた。指の間から伝う血が、黒い筋を引いた。

お橋に侍の顔を確かめる余裕はなかった。

「誰か、助けて」

かすれ声で人を呼んだ。懸命に立ちあがり、墓所のほうへ走り出した。墓所を抜ければ、東寺町がある。寺町まで走って助けを呼べば、と思った。だが、

「おのれ、婢《はしため》」

と、背後で男が叫んだ拍子に、抜き放ち様の袈裟《けさ》懸《が》けを背に浴びせられた。

お橋の悲鳴が、青白い月明を震わせた。

道端の沼へ、水辺の水草を分け、必死に逃れたが、苦痛に身体がねじれ、堪《こら》えきれずに水飛沫《みずしぶき》を散らして水中へ没した。

すると、お橋の身体は軽くなった。月明が水中に差し、濃淡のある光の縞模様を描いていた。朦朧《もうろう》としながら、お橋は水をかいた。

婢、成敗してやる。何をしている。逃げろ。ぐずぐずするな。人がくるぞ。

男たちの言い合うぼんやりした声が、お橋に聞こえた。

水中を浮遊しつつ、お橋は自分の帰りを待っている亭主に言った。

あんた、もうすぐ帰るよ。

お橋は自分が、このまま死ぬとは思っていなかった。子供らと亭主と姑の待つ東小橋村へ、いつもどおり帰ると思っていた。そして、お橋は薄れゆく意識の中で、子供らと亭主と姑の元へ帰っていったのだった。

近江彦根《おうみひこね》城下から中山道《なかせんどう》に出て、愛知川《えちがわ》を越えた小幡《おばた》より、御代参街道《ごだいさんかいどう》が東海道《とうかいどう》の土山《つちやま》宿《しゆく》へと通じている。

鈴鹿《すずか》の山嶺《さんれい》がまだ薄墨《うすずみ》色に沈む四月半《なか》ばのある早朝、御代参街道の追分《おいわけ》で、彦根藩藩主の近衛《このえ》勤務五職を代々勤める保科《ほしな》家の隠居《いんきよ》・保科柳丈《りゆうじよう》と島田寛吉《しまだかんきち》は、亡き室生斎士郎《むろうときしろう》の寡婦《かふ》お江《ごう》と赤子の睦《むつ》、斎士郎の門弟であった川添伸五郎《かわぞえしんごろう》、納谷伴作《なやばんさく》、樫木一八《かしきいつぱち》の一行を見送った。

お江は、青鈍色《あおにびいろ》の無地を裾短《すそみじか》に着けて、繻子《しゅす》の丸帯を締め、日除《ひよ》けの薄衣《うすぎぬ》を垂らした黒漆《くろうるし》の塗笠《ぬりがさ》をかぶり、白の手甲脚絆《てっこうきやはん》、白足袋に後ろがけの草鞋《わらじ》、手に杖《つえ》を携《たずさ》え、肩にかけた布地にくるんだ赤子の睦を胸元に抱いていた。

まだ年若くして寡婦となったお江の、色白にほのかな桜色を差した容顔《かんばせ》に、深い愁《うれ》いが果敢《はか》なげな陰を落としていた。ただ、お江が胸元に抱いた睦を見守るときのみ、そのつましやかな眼差しにかそけき慰《なぐさ》めが宿った。

「おいたわしや」

はるか東の彼方《かなた》、鈴鹿の山嶺を目指して街道をいくお江ら一行を、追分にいて見送る島田寛吉が、物憂《ものう》く呟《つぶや》いた。

「寛吉、言うてくれるな。ひとつひとつ、失われていくのだな。みな、わたしの所為《せい》だ。とりかえしのつかぬことを、してしまった。自分のしたことの始末を、自らつけねばな」

背後の寛吉の呟きに、お江ら一行を見送りつつ保科柳丈はこたえた。

「保科さま。ご自分を責めてはなりません。これも、武士の家に生れた者の習《なら》いでござる。お江さまとて、それを承知のうえで、斎士郎さまの妻となられ、斎士郎さま亡きあとも、あのように生きていかれるのです」

「ときに、利あらずして……か。武士の世は、終るのかな。武士はもう、用なき者になるのかな」

「まさか。そのようなことに、なるわけがありません」

すぐさま断じた寛吉に、柳丈は沈黙した。

夜明け前の空は紺《こん》色に染まり、はるかな山の端《は》に沿って紅色の朝焼けが帯をかけ、山の頂《いただき》よりわずかに上方の紺色へと溶けていた。

街道の周りの田畑や彼方の森は、まだ夜の暗みに包まれていて、その暗みをかき乱すように、一羽の烏《からす》が羽ばたきつつ田に舞い降り、獲物をつかんですぐさま飛びたっていった。

お江たち一行が暗みの地平にまぎれて、もうほとんど見えなくなると、柳丈は寛吉を促《うなが》した。

「いこう」

「参りましょう」

寛吉は柳丈に従った。

中山道を武佐《むさ》宿、守山《もりやま》宿へと歩み出した柳丈は、西の空の果てに目を移した。湖西に沈みかかる白くかすんだ月が、ふわりと浮かんで消えかけていた。

「わが故郷の月が沈む。美しいな」

西の空に沈もうとする月を眺めて言った。

「あの男は強い。これが故郷の月の、見納めになるかもしれん」

唐木市兵衛《からきいちべえ》とはどんな男だ、と思うたびに戦慄《せんりつ》が走った。

すると、柳丈に従う寛吉は、ゆるぎない決意をこめて言った。

「そのときは、わたしもご一緒いたします。たとえ、あの男を倒したとしても、いずれは、斎士郎さまの元にいかねばなりませんので」

「そうか」

柳丈は、この世の果敢なさを噛《か》み締めた。そして、自分のしたことの始末を自らつけるのみ、勝たねばならぬ、と腹の中で戒《いまし》めた。

「唐木市兵衛、次はわたしだ。わたしを越えていけるか……」

柳丈は、腹の中の呟きを、西の空に消えかけた月へ投げた。

それから、二人の侍は沈黙し、大坂への旅を急いだ。

第一章　詮議所《せんぎしょ》

一

堀井安元《ほりいやすもと》は、吐息《といき》が身体《からだ》と一緒に震えるのを止められなかった。単衣《ひとえ》の小袖《こそで》や下着に、腋《わき》と背中で噴《ふ》く冷汗《ひやあせ》がにじんでいた。

けれども、胸中を威圧する怯《おび》えに比べれば、何ほどの不快でもなかった。気持ちを少しでも落ち着かせるため、無理やり深い呼吸を繰りかえし、麻の肩衣《かたぎぬ》が身震いするかのように上下した。

詮議所《せんぎしょ》廻廊下《まわりろうか》のお白州《しらす》に控える蹲《つくばい》同心が、眉ひとつ動かさず、安元のその様を見守っていた。

文政《ぶんせい》八年（一八二五）四月二十日、夏の初めのその日、北町《きたまち》奉行所の詮議所お白州へ蹲同心にともなわれた浅草瓦町《あさくさかわら》の本両替商《堀井》の主人・安元は、お白州に敷かれた茣《ご》蓙《ざ》に畏《かしこ》まって端座《たんざ》し、目を伏せていた。

廻廊《かいろう》ごしの詮議所には、その詮議の掛《かかり》を勤める継裃《つぎがみしも》の詮議方《せんぎかた》与力が、お白州の正面に二人、向かって右手に例繰方《れいくりかた》与力、書役《かきやく》同心、見習《みならい》与力、左手には助《すけ》の与力、詮議方下役《したやく》の同心、そちらにも見習与力と順次居並び、みな一様にお白州へ膝を向け、冷然と安元らを見おろしていた。

安元の左隣には、堀井の筆頭番頭《ばんとう》・林七郎《りんしちろう》が、紺羽織《こんばおり》を着けた肩をすくめるように落として坐《すわ》り、付添人の瓦町の名主・蔦野浪右衛門《つたのなみえもん》の肩衣姿と、浅草田原町《たわら》三丁目の紙問屋《門田屋《かどたや》》手代のみね吉《きち》の羽織姿が、安元と林七郎の後ろに、神妙な素ぶりを見せて控えていた。

片や、安元の右側一間（約一・八メートル）ほどを開けて敷き並べた莫蓙に、足立《あだち》郡本《もと》木《き》村の住人・平太《へいた》と同居人の母親お種《たね》が畏まっていた。そして、浅草新寺《しんてら》町で唐物和物《からものわもの》の小間物を商う《萬屋《よろずや》》主人・太郎兵衛《たろべえ》と本木村の村役人が、平太とお種の後ろに付添人として膝を並べていた。

お種は鶯色《うぐいすいろ》の綿の単衣を着け、平太と付添人の二人は、黒や濃鼠《こいねず》の肩衣の装いに拵《こしら》えていた。

その午後の詮議は、訴人側と訴えられた側の、当人並びに双方の付添人の名が呼ばれて詮議所お白州に着座し、詮議方与力の飯島直助《いいじまなおすけ》が顔ぶれを確かめたのち、訴状の内容を読みあげるところから始まっていた。

訴人は、本木村の住人の平太と母親お種で、訴えられたのは、浅草瓦町の本両替商主人・堀井安元と、堀井の筆頭番頭を勤める林七郎の両名である。

本木村の平太の弟で、お種の倅《せがれ》・根吉《ねきち》は、本両替商の堀井に大きな借金を抱えていた。堀井の主人・安元と筆頭番頭・林七郎は、苛烈無慈悲《かれつむじひ》な借金返済のとりたてを根吉に行い、その非道なとりたてに恐れおののき、生きる望みを失った根吉は、先月某日、本所横十間川《ほんじよよこじつけんがわ》東の亀戸町《かめいどまち》の三右衛門店《さんえもんだな》において、自ら縊死《いし》に及んだ。平太とお種は、弟であり倅である根吉を、自ら縊死するまでに追いこんだ堀井安元と林七郎に、御奉行所の厳正なお裁きを求めて訴え出た。

詮議方与力・飯島直助が読みあげる訴状は、このように始まった。そして、読みあげは、根吉が堀井安元に借金を負った子細《しさい》へと続いた。

本木村の根吉は、十三歳より神田橋本町《かんだはしもと》の小間物問屋《三島屋《みしまや》》へ小僧奉公にあがり、二十歳をすぎてから、奉公先を浅草新寺町の小間物商・萬屋に替え、今年で八年目になる萬屋の手代であった。

およそ一年前の文政七年（一八二四）五月、根吉が萬屋の両替の用で堀井へ出向いた折り、堀井の手代・景吉《けいきち》に、家持ちになって店賃《たなちん》を稼ぐ勧誘を受けた。

根吉は初め、この手代は相手を間違えているのだろう、浅草新寺町の中店《ちゅうみせ》にすぎない萬屋を大店《おおだな》と勘違いしているのだろう、と勘繰《かんぐ》った。

そもそもが、商家の奉公人にすぎない手代風情《ふぜい》が、この江戸で家持ちになれる見こみも当てもなかった。ましてや、日本橋界隈《にほんばしかいわい》のお上の政《まつりごと》に影響を及ぼすほどの豪商の手代ならまだしも、浅草あたりの中店の手代が家持ちになるなどと、勧誘されるだけでも面映《おもはゆ》かった。ただ、

「ね、いいお話でございましょう？」

と、景吉がずいぶんと熱心に勧めるので、自分もいつかそんな身代の者になれればいいがな、というぐらいの気持ちで聞いていただけだった。

「まあ、考えておきますよ」

軽い気分で景吉に言い残し、そのときは堀井を出た。

ところが数日後、新寺町の往来で景吉とたまたま出会った。

景吉は「先日は……」とにこやかに話しかけてきて、お茶でも、と往来端《おうらいばた》の出茶屋に根

吉を誘った。

根吉は、このときも軽い気分で出茶屋の軒《のき》をくぐり、たて廻した葭簀《よしず》の陰の縁台に腰かけ、再び家持ちの勧誘を受けた。

その日、景吉は自分の勧誘に応じて堀井の融資を受け家持ちになったお客へ、先月分の店賃を届けにいった戻りだと言った。お客に心から喜んでもらえ、両替商に奉公して働き甲斐《がい》がある、と屈託を見せなかった。

むろん、根吉にその気はなかった。どうせ自分には無理な話だ、と本気にしていなかった。だが、その気はなくとも、こんなに熱心なのだし、もう少し話を聞くぐらいならいいかな、という気にはなった。

「諸国一の江戸には多くの人が働き場を求めて集まり、そういう人々の住まいが絶えず不足しておりますのは、ご存じですよね」

と、景吉は家持ちになる手だてを繰りかえした。

諸国から江戸へ流れこんでくる人々は、自分たちの住む店を求めているので、江戸の繁華な町地から少しぐらいはずれた場末《ばすえ》でも、借り賃の安い明地《あきち》を借り受け、店を建てれば借り手がすぐにつくのは間違いない。

「ですから、今こそが、この江戸で家持ちになって月々の店賃を稼《かせ》ぐ好機なのですよ。箇単な手だてなのです」

と、景吉は力説した。

　家持ちになるのに、余計な手間や元手の心配はいらない。

　明地の地主との仲介、腕のたつ大工の調達から店の完成までの見届け、家主の手配、町役人あるいは村役人との、入用《にゅうよう》や奉行所への届けなどの交渉事はすべて堀井が請け負い、それらにかかる元手は堀井が融資する。

　地面の借地代《しゃくちだい》、家主の給金、町《ちょう》村にかかる入用、堀井が融資した元手の利息や期間を決めて定額の返済などは、借家人の月々の店賃でまかない、残りを蓄えにするにも、お店奉公の給金ではできなかったゆとりのある暮らしの役にたてるのも、お客の勝手次第。お客は店の棟上《むねあ》げまでに、地主、町役人あるいは村役人、大工や家主へ、一度ぐらいは礼儀として、挨拶《あいさつ》をする手間のほかにすることはなく、普段どおりお店奉公をして一切を堀井に任せていればよい。

　つまり、一銭もかからず家持ちになれる、という手だてだった。

「こんな簡単なこと、どうして今まで誰もやらなかったのだろうと思いますよ」

　景吉は不思議そうな顔つきを見せ、首をひねった。

「そんなに上手くいきますか。話を聞く限りでは、いいことずくめですけれど」

根吉は訝《いぶか》って言うと、景吉はすかさずかえした。

「確かに、家持ちになってもすぐには借り手がつかず、思うように店賃のあがりが出ない場合もございました。ですが、江戸はこれからも諸国より人がどんどん集まり、住まい不足は続きます。ほんの少しの期間をしのげば、必ず店は住人で埋まり、店賃が当初のもくろみどおりにあがって、きっと、決断してよかったと喜んでいただけるはずです。わたしども堀井は、もう二年以上、このお客さまならと見こんでお誘いしてきた自信がございます。どちらのお店かは申せませんが、先ほど店賃をお届けにうかがったお客さまも、家持ちになられて半年ほどは、月々のあがりの店賃では諸経費をまかなえないため、ご自分の蓄えや給金から不足分を補塡《ほてん》なさっておられたのでございます。それが今では、左団扇《ひだりうちわ》でございますよ。いずれは、よいきりを見つけてお店奉公を辞め、店賃のあがりだけで、優雅にお暮らしをなさるおつもりのようでございます」

優雅な暮らし、という言葉の響きに根吉はちょっと心をゆさぶられた。

だがすぐに、やっぱり自分には無理だ、と思った。そして、このまま萬屋の奉公を続けるしかない、覚束《おぼつか》ない自分の将来を憂《うれ》えた。本木村の小さな田畑を継いでいる兄を頼ることは、できなかった。一生、女房も子供も持てず、孤独に年老いていくのかと思うと、気持ちは晴れなかった。

「考えて、おきますよ」

根吉は先日と同じことを言って、その日もわかれた。

月が変わり、萬屋の両替の用がまたあった。根吉が堀井へいくと、景吉がいそいそと近づいてきて、

「根吉さん、お待ちしておりました。主人と番頭が、ご挨拶をいたしたいと申しております。どうぞこちらへ」

と、店の間から奥の客座敷へ根吉を招いた。

通されたのは、手入れのいき届いた中庭に面しており、重要な客だけが通されるに違いない、しつらえの何もかもが高価そうで、いかにも大店と思わせる客座敷だった。

「主人と番頭がすぐに参ります。少々お待ちください」

景吉がひそめた口ぶりで言い、しんと静まった青畳の座敷に坐らされた。

景吉と入れ替わり、小僧が茶菓《さか》を運んできた。

根吉は、思いもしなかった応対に戸惑い、激しく打つ胸の鼓動が聞こえるほどだった。

ほどなく、仕たてのいい絽《ろ》の羽織を着けた二人の男が座敷に現れた。

二人はにこやかな様子で根吉と対座し、堀井の主人・安元と筆頭番頭の林七郎と名乗った。根吉は、「へへえ」と畏れ入って両肩をすくめ、畳についた手をあげられなかった。

「萬屋さんにご奉公なさっている根吉さん、ですね。どうぞ、手をあげてお楽になさってください。根吉さんはわたしどものお客さまなのですから」

と、少し上方訛《かみがたなまり》のある言葉で安元が言った。堀井の主人の安元は、根吉とあまり変わらない年ごろに見えた。

「林七郎、おまえのほうから根吉さんにお話しして差しあげなさい」

番頭の林七郎は、安元よりだいぶ年配で、

「承知いたしました」

と、年下の主人をたてつつ頷《うなず》いたものの、根吉へ向けた唇をわずかにゆがめた風貌《ふうぼう》は、主人より貫禄《かんろく》があった。

「景吉よりうかがいましたところ、根吉さんは、わたしども堀井が、この方はと見こみました特別なお客さまだけにお勧めいたしております、元手が要らずに家持ちとなる手だてについて、いささか関心をお持ちなのでございますね」

林七郎に言われ、根吉はうろたえた。

「あ、いや、関心を持っているわけでは……」

と、こたえかけたところを、安元がにこやかな笑みのままさえぎった。

「根吉さん、硬くならずに。あなたはこれから、これまでとはまったく違う大きな節目となる決断をなさるのです。並の方には真似《まね》できません。胸を張って、堂々としていればよろしいのです。わたしども堀井は、根吉さんの賢明なご決断のお手伝いを、誠意をつくして務めさせていただく所存ですよ」

すかさず、林七郎が続けた。

「わたしどもが、お客さまにまず初めに申しますのは、家持ちになるためには元手がないと始まらない、という従来の古い考えはお捨てください、という堀井の商いの信念なのです。元手がなくて家持ちになれないなら、元手のない貧しい方々は、元手のある豊かな者に、一生、店賃という名目《めいもく》の上納金《じょうのうきん》を献上しているようなものではありませんか。貧しい者から豊かな者へ、それはおかしい。豊かな者から貧しい者へ、ならわかります。わたしどもはそう考えますゆえ、儲《もう》けを度外視《どがいし》して、元手はないけれど志の高いお客さまに、お金が廻る新しい手だてをご提案いたしておるのでございます」

それからおよそ一刻《いっとき》（約二時間）、根吉は安元と林七郎から執拗《しつよう》な勧誘を受けた。

家柄と身分に安住している大身の武家が、商人や村名主に莫大《ばくだい》な借金を抱え、身分は高くとも家臣のように暮らしている。これからの世は、武家の身分家柄では役にたたない。知恵と才覚を備えている人物こそが人の上に立つのです、と安元は繰りかえし説き、根吉にはその才覚があると賞賛《しょうさん》した。

また、林七郎からは、元手も手間もかからずに家持ちになれる手だてを、景吉に聞かされたよりも詳細に、懇切丁寧《こんせつていねい》に教えられた。

その日、堀井を出て新寺町の萬屋へ帰る道々、根吉の頭の中は、家持ちになって暮らしが楽になったら、ああもしよう、こうもしよう、と次々に浮かぶ胸躍《むねおど》る希《のぞ》みであふれかえっていた。

六月下旬、番頭の林七郎も立ち会って、堀井の主人・安元といくつかの証文を交わし、根吉は晴れて家持ちとなった。

横十間川の東、亀戸町のはずれの、周りを亀戸村の田畑と雑木林に囲まれ、田畑の向こうに佐竹《さたけ》家下屋敷の土塀と樹林が見える明地に、四畳半二間の二階家、七戸と六戸の割長屋二棟の棟上げが行われたのが六月の末で、七月の半ばすぎには、はや借り手がつけばすぐにでも住めるようになった。

それまでに根吉は、景吉の指図どおり、明地を借り受けた地主、亀戸町の町役人、大工の棟梁《とうりよう》、「こちらに無理をお願いして承諾していただきました」と、景吉が言った家主の三石衛門へ挨拶も済ませた。

根吉が受けた堀井の融資は、店賃六百七十文、七戸と六戸の二階家割長屋二棟の普請《ふしん》と、大工や地主や家主などの仲介料をこみの百八両三分二朱、年利は寛政《かんせい》の御改革で定められた一割二分であった。

家主の給金は、慣例通りと言われて、月額が店賃の三分に人肥料《じんぴりよう》、地主よりの借地代も本来は地価の一割二分ながら、根吉がまだ歳《とし》若い身で家主になろうとする志《こころざし》を応援したいという申し入れが地主よりあったとかで、当分は家主の給金と同じでいいことになり、同じく三分に負けてもらえ、町入用《ちょうにゅうよう》は一分と決められた。

二階家四畳半二間の六百七十文は、普通の店賃である。月ごとに支払う利息と諸費用を差っ引いて、三分三朱近くが根吉に残る勘定だった。

それを萬屋の給金と一緒に蓄えて、まとまった額になれば堀井の借金の返済にあて、借金の元金を少なくすれば、月々の利息も減り返済がだんだん楽になる、と算段《さんだん》をたてた。

しかしながら、その間に重たい石を三つ呑《の》みこんだような気がかりが、根吉の腹の底にわだかまっていた。

ひとつは、堀井より元手の融通《ゆうずう》を受ける証文を交わしたあと、それまでは景吉を介してこまごまと指示を受けていたのが、八五郎《はちごろう》という妙に派手な着流し姿の、跣《はだし》につけた雪駄《せった》を煩《わずら》わしく鳴らし、不機嫌そうな目つきをいつも見せる、色の浅黒い中年の男に、その役目が代わっていた。

八五郎は、言葉を惜しむかのように何も話さず、堀井に任せている店の借り手がどれぐらいついているのかなど、根吉が気になる事情を訊《たず》ねても、よく知らなかったし、関心がない様子だった。

「堀井さんに請け負っていただく約束なのです。それでは困ります」

根吉が苦情を言うと、八五郎は不機嫌そうな目つきを険《けわ》しく変えて根吉を睨《にら》みかえし、

「てめえのことだろう。てめえで調べりゃいいじゃねえか」

と、粗放《そほう》な口ぶりで言い、根吉を怯《ひる》ませた。

根吉は意外な応対に、あとの言葉が続かなかった。

萬屋の用で堀井へ出かけた折りも、主人の安元と顔を合わす機会はなく、番頭の林七郎や手代の景吉らは、もう根吉に見向きもしなかった。

今ひとつの気がかりは、萬屋の仕事が忙しかったため、亀戸町のどういう土地かも知らずに、証文を交わしたことだった。七月になって、根吉は店の普請の進み具合を亀戸町へ見にいった。

町はずれの畦道《あぜみち》をとって、田畑と雑木林に囲まれた普請場へ向かうと、大工らができあがりつつある店の中の造作にかかっていた。

普請場は畦道から少しくだり、数日前から雨は降っていないのに、店の前の地面はなぜかぬかるんでいた。

どうしたんだ、と訝りつつ、大工に挨拶をするつもりで、槌《つち》を打ち鋸《のこぎり》を引く音が聞こえる店へいきかけたところ、いきなり若い男の叫び声があがった。

「わあ、じいさん、蛭《ひる》ですぜ。蛭がこんなところに。気色悪いなあ」

「畜生《ちくしょう》め。やっぱりそうかい。火を焚《た》け。蛭に吸いつかれたら、火で焙《あぶ》って落とすんだ。気色悪いが、仕方がねえ。蛭に血を吸われねえように、せいぜい用心して片づけるしかねえんだ」

「ええっ。なんなんだよ、ここは。堪《たま》らねえな」

「おめえは今日きたばかりだから、知らねえのは無理ねえがな。ここらは、元は水はけの悪い藪地《やぶち》で、亀戸村の百姓ですら近づかなかったんだ。そこに店を建てるって物好きが現れたもんだからよ。藪をとっ払って、無理やりな普請だ。蛭だけじゃねえぜ。蛇《へび》だって虻《あぶ》だって、蛙《かえる》やら蚯蚓《みみず》やら蜘蛛《くも》やら蜂《はち》やら蟷螂《かまきり》やら、なんだって出るぜ。元々そいつらの棲《す》み処《か》だからよ、ここは」

「勘弁してくだせえよ。おら、そういうのは大の苦手なんだ。聞いただけでも、背中がぞくぞくしてきやすぜ。なんでこんなところに、店を建ててるんだよ。誰が住むってんだよ」

泣き言を並べる若い声に、年配の男の声が威勢《いせい》よくかえした。

「そんなこと知るか。こっちに関係ねえ事情だ。我慢しろ。仕事だろう、ちゃっちゃっと片づけるんだ」

根吉の歩みは止まった。

草履の下の地面のゆるさが、急に気色悪くなった。

足立郡の小百姓の倅に生まれ、幼いころから田んぼや畑の手伝いをやった。田畑の手伝いは嫌ではなかったが、蛇も蛙も、田んぼや畑のぬるぬるした泥の中から現れる生き物が苦手だった。

十三歳で江戸のお店奉公にあがったのは、自分には百姓仕事が向いていないと思ったからだった。気の小さい根吉の頭の中を、誰が住むってんだよ、と男の声がぐるぐる廻り、胸が激しく鳴った。

堪らず根吉は、逃げるように普請場を離れたのだった。

そして、三つ目の気がかりは、奉公先の萬屋の主人・太郎兵衛にも朋輩《ほうばい》にも、堀井の融通で家持ちになった子細を、隠していることだった。

悪事を働いているわけではない。しかしながら、自分ごときが、という疚《やま》しさがずっとつきまとった。

亀戸町の店が気になってならず、眠れない日が続いた。

根吉は、あれほどの立派なお店のご主人や番頭さんが言われたのだ、堀井に任せておくしかない、と自分に言い聞かせて萬屋の仕事に精を出した。

その一方、馬鹿なことをしてしまったのだろうか、いや、きっと上手くいく、と二つの心配がせめぎ合って、気の休まる間もなかった。

去年は八月に閏月《うるうづき》が入り、平年よりは長い秋がすぎて、はや冬が迫った。

その間、八五郎は何も言ってこなかった。

店の普請は七月の半ばすぎにはできあがっているはずで、もう三月《みつき》がたっていた。十三戸の店のうち、いくらなんでも半分以上の七、八戸は借り手がついているだろうに、となんの知らせもないことに、堪らなく不安をかきたてられた。

二

十月の声を聞いて、根吉は辛抱《しんぼう》できなくなった。

瓦町の堀井へ出かけると、手代の景吉も店の間奥の結界の林七郎も接客中で、前土間に入った根吉に、見知らぬ他人のような素ぶりを見せるばかりだった。

応対した小僧に、八五郎へ取次《とりつぎ》を頼んだ。

前土間に長々と待たされ、店裏へ通じる折れ曲がりの土間に、黒看板を着けた八五郎が、雪駄を鳴らしてようやく姿を現した。八五郎は、根吉に不機嫌そうな目つきを寄こし、きな、というふうに手をだらしなくふった。

根吉は八五郎のあとについて、店裏の勝手口から隣家の土塀との隙間のような人気《ひとけ》のない薄暗い路地へ出た。

路地の突きあたりまでいったところで、両腕を黒看板の袖に差し入れて胸の前で組んだ八五郎が、根吉へふりかえるなり、いきなり声を凄《すご》ませた。

「根吉さん、あんた、どういうつもりだ。こっちが大人しくしてりゃあ、どこまでも猫かぶりしやがってよ。まったく、厚かましいお客だぜ」

八五郎のまるでやくざが威圧《いあつ》するような言葉つきに、根吉はたじろいで思わず後退《あとずさ》った。しかし、根吉も黙っているわけにはいかなかった。自分を励まし、懸命に言いかえした。

「な、何を言われるんです。わたしは、堀井さんの仰《おつしや》るとおりに、しているだけです。堀井さんが、ぜ、全部、何もかもお任せくださいと、最初に約束なさったんですよ。わ、わ、わたしこそ、堀井さんを信用して全部お任せしているのに、なんのお知らせもくださらないのは、おかしいじゃありませんか」

「全部お任せだと？　何をがきみてえな戯言《ざれごと》を言ってやがるんでえ。てめえが決めた、てめえの借金だろう。てめえが始末をつけなきゃ、誰が始末をつけるってんだ。ええ、根吉さん。そうじゃねえのかい」

八五郎は、骨ばった浅黒い顔を根吉の顔のすぐ近くまで近づけた。

根吉はのけぞり、隣家の土塀に押しつけられた。

「は、話が違います。全部任せてくださいと、堀井さんが仰ったから……」

「うるせえんだよ。おれはな、てめえの拵えた借金を、決められたとおり、決められた期日までにとりたてる役廻りを、請け負っただけだ。言っとくが、とりたての相手は、てめえひとりじゃねえ。忙しいんだよ。一々、てめえひとりにかまってられねえんだよ。てめえに誰が何を言おうと、おれの知ったことか。てめえが拵えた借金は、てめえが始末をつけやがれ」

「ええ？　は、八五郎さんは、堀井の方では、ないんですか」

「いいかい、根吉さん。家主の給金、亀戸町の町入用《ちょうにゅうよう》、借地代《しゃくちだい》、堀井の借金の利息が、七月から今月まで、ずっと溜《た》まってるんだぜ。金は持ってきたんだろうな。さっさと払ってもらわなきゃあ、困りやすぜ」

「ですからそれは、借家人の店賃で、全部まかなえると、景吉さんが仰ったんです。番頭の林七郎さんも仰いましたし、その折には、ご主人の安元さんもご一緒でした。訊《き》いてくだされればわかります」

「ふざけんじゃねえ。ごみ溜めみてえな、犬猫ですら住めねえ店の、どこに借家人がいるんだ。借家人もいねえのに、店賃なんぞあるわけねえだろう。いい加減にしやがれ、とんちき」

八五郎が根吉の着物の襟をつかんで吊《つ》るしあげ、耳元で喚《わめ》いた。

「ええっ、しゃ、借家人がいない？　ま、まだ借り手がつかないんですか。ひとりもですか」

「そうだよ。あんな店に誰が住むってんだ。だから店賃はねえ。てめえが払うしかねえんだ。がきでもわかる道理だ。金は持ってきたのかい」

耳元で喚かれ、つかんだ襟をゆさぶられた。根吉にこたえる言葉と気力は失《う》せていた。ただ、

「そんな……」

と、両膝から崩れ落ちて坐りこんでしまった。

ちぇ、と八五郎は舌打ちして襟を放し、着流しの裾を膝頭までたくしあげ、根吉の顔と向き合う高さにかがみこんだ。そして、語調を改め、

「でね、根吉さん」

と、不機嫌そうな目つきに、気味の悪い薄笑いを浮かべた。

「あんたが放《ほ》ったらかしだから、仕方なく、これまでは堀井さんが全部たて替えてくれているんですよ。けどね、いつまでも堀井さんに甘えているわけにはいかねえでしょう。どうせ、いつかは清算しなきゃあならねえんですからね」

それから八五郎は、根吉が家持ちになるために堀井から受けた融通は、様々な諸経費を含めて百八両と某《なにがし》、年利が一割二分の十三両某、月に換算すると某で、と根吉に臭い息を吐《は》きかけた。

「家主さんの給金と借地代が、二朱二十二文、町入用が八十七文、合わせて二朱百九文、こいつも今月分まで溜まったままだ。今年は八月に閏月が入ったから先月の九月まで四ヵ月分、〆《しめ》て四両三分三朱百六文余、ちゃんと払ってもらわなきゃあ、あっしも仕事にならねえんですよ」

根吉はうなだれ、何も言えなかった。

そうか、ひとりも借り手がついていなかったのか。えらいことになった。

誰が住むってんだよ、と言っていた若い大工の声が、またぐるぐると根吉の頭の中を廻っていた。

「どうなんです、根吉さん」

八五郎が指先で根吉の額《ひたい》を突《つつ》き、土塀に頭がぶつかった。

十三歳から奉公にあがり、これまでに十両少々の蓄えがあった。それで払うしかなかった。

「明後日、必ず、お金を持ってまいります」

「明後日？　ふん、まあ仕方ねえでしょう。必ず、お願いいたしますよ」

八五郎が、急に猫なで声になった。路地にしおれて坐りこんだ根吉を抱き起こし、汚れたお仕着せの裾を払うと、瓦町の往来へ連れ出した。

新寺町の萬屋へ帰る道々、ああどうしよう、えらいことになってしまった、と根吉の背筋は凍った。一方で、そんなはずじゃない、きっと借り手は現れる、あれほど熱心に勧めてくれたじゃないか、となおも堀井の誠意を信じたいわずかな希みにすがっていた。

翌々日、十三歳で小僧奉公にあがり、二十八歳の今日までお店奉公を続け、爪に火を灯《とも》すようにして蓄えた十両余のうちから、四両三分三朱百六文余を、身を削る思いで八五郎に手わたした。

「へい。お疲れさんでございやす。来月また、よろしくお願いいたしやす」

根吉は、堪らずにまた言った。

「借り手は、いつ、つくんですか」

「いつ？　借りてえ人がいるかどうか、こっちにわかるわけありませんよ。借りてえ人に聞いてみるしかねえ。根吉さん、そんなに気になるんなら、自分で借り手を見つけてきたらどうですか」

「そんな。わたしはお店勤めがあるんです。全部任せてくださいと、初めに言ったじゃないですか」

根吉は思わず泣いてしまったが、八五郎はせせら笑った。

たちまちひと月がすぎ、店の借り手はつかず、月々の一両三朱余の利息ともろもろの費用を蓄えから支払った。これまでの蓄えが半分以下に減ってしまい、この分だと、蓄えは数ヵ月でつきてしまうのは明らかだった。

それから、毎日が針の筵《むしろ》だった。根吉はあまりの恐ろしさに身体が震え、頭がどうかなりそうだった。たちまち病人のように痩せ細り、生気を失った顔色は干からびた土色に褪《あ》せた。主人の太郎兵衛に、

「根吉、どうしたんだ。具合が悪いのか」

と言葉をかけられ、奉公仲間からは奇異の目で見られるほどの、相貌《そうぼう》の変わりようだった。それでも文政七年も極月《ごくげつ》が近くなって、また支払いがくる、という苦しみから逃れようはなかった。根吉は一日一日と追いつめられていった。

十二月になったその朝、小間物をつめた荷を風呂敷にくるんで背に負い、手代仲間とともにお得意さま廻りに出かけようとしたところに、派手な着流しに太縞《ふとじま》の半纏《はんてん》を着けた八五郎が、不機嫌そうな目つきに薄笑いを浮かべ、新寺町の萬屋の店頭に現れたのだった。

「お早《はよ》うございやす、根吉さん。今日から極月なんでね。今月は早めにいただくものをいただきてえんですよ。この節《せつ》は、何かと野暮《やぼ》な用が重なりますんで」

顔つきに愛想笑《あいそわら》いを見せても、不機嫌そうな目は笑っていなかった。

「それと、そろそろ借金の元金の返済もどうにかしていただきてえんで、それについてもご相談しなきゃなりやせんし」

手代仲間が、いかがわしさをわざとらしい丁寧な物腰でごまかした八五郎の素ぶりを訝って、根吉に耳元でささやいた。

「誰だい、この人は？　根吉さん、この人に借金があるのかい」

根吉はこたえられなかった。ただうろたえ、恥ずかしさに顔を赤黒くし、身体を小刻《こきざ》みに震わすばかりだった。

堀井に身にそぐわぬ借金をして、店賃目当ての家持ちになってはみたものの、今ではその借金に押し潰されかかっている事情を、萬屋の主人の太郎兵衛と手代仲間には、知られたくなかった。

今日まで何ヵ月も、怯えとみじめさと後悔を自分ひとりで抱えて隠してきた。なのにそれを、八五郎が萬屋に返済の催促にいきなり現れ、台無しにした。なんでそんなことをするんだよ、と思った途端、根吉の我慢の糸がきれた。かっと頭に血がのぼった。理不尽《りふじん》な事態に、抑えていた怒りがあふれた。もう我慢《がまん》ならなかった。

殺してやる。

根吉は、われを忘れるほどの激しい感情に初めて捉《とら》えられた。根吉の形相《ぎょうそう》が変わり、八五郎でさえたじろいだ。

それからの経緯を、根吉はよく覚えていなかった。背に負っていたお得意さま廻りの荷を投げ捨て、新寺町から瓦町まで走ったが、どの道を通ったのか、思い出せなかった。途《と》ぎれ途ぎれの覚えしかなかった。

覚えているのは、瓦町の堀井の前土間へ駆けこんで、朝の刻限の大勢のお客がいるのもかまわず、

「亭主を出せ。堀井安元、出てこい。出てくるまで叫び続けるぞ。安元、やすもとお……」

と喚きたてた。一度喚くと勢いがついた。捨て鉢《ばち》になれた。

小僧と手代が、ほかのお客さまに迷惑ですからやめてくださいと慌てて根吉が喚くのを止めにかかった。しかし、根吉は止めなかった。

「堀井は客がどうなっても、儲けさえすればいいのか。堀井は騙《かた》りを働くのか。追いはぎみたいに客を騙《だま》して、身ぐるみ剝《は》ぐ気か」

小僧と手代が、根吉の両側からとりすがったが、それをふり払って、なお「安元、出てこい」と叫び続けた。

すると、折れ曲がりの土間の奥より、数人の屈強そうな風体の男らがぞろぞろと出てきて、うむを言わさず根吉の両腕をとった。男らのひとりが、抗《あらが》う根吉の腹へ、身体が曲がるほどしたたかな拳を突き入れた。

ぐうっ、とうめいて息がつまり、声がでなくなった。

男らは根吉を無理やり引きずって、店裏の土蔵に連れこんだ。

薄暗い土蔵の、歯がかちかちと鳴るほど冷たい板間で、根吉は屈強な男らに殴る蹴るの暴行を受けた。土蔵は部厚い土壁で厳重に遮断《しゃだん》されていて、いくら悲鳴をあげ、助けを呼んでも、声が外にもれることはなかった。

根吉は板間に坐りこみ、このまま殺されるのだ、と思ったのは覚えていた。自分は騙されたのだと、ようやくわかった。

気を失ったり気がついたりを、何度か繰りかえした。

途中で気がついたとき、堀井の主人の安元と番頭の林七郎が、男らに交じっているのが見えた。また、八五郎が現れ、着流しの裾を膝頭までたくしあげて、板間に転がった根吉を上からのぞきこみ、

「このとんちきがよ」

と、根吉の月代《さかやき》を掌《てのひら》ではたいて言ったのを、ぼんやり覚えていた。

根吉は、自分を馬鹿だと罵《ののし》りながら泣いた。

その日の夕刻、手ひどく痛めつけられた痕《あと》を隠すように、顔を晒《さらし》でぐるぐる巻きにされ、町籠で新寺町の萬屋へ戻された。主人の太郎兵衛が、そんな根吉のあり様に驚き、

「どうした、根吉。仕事をほったらかしにして、何があったんだ」

と質《ただ》すと、萬屋の店頭までついてきた八五郎が代わりに言った。

「へい。根吉さんは慌てて転びなすったようで、見てのとおり、大けがを負われやした。手あてにだいぶ刻《とき》がかかりましたもんで、お連れするのがこの刻限になってしまいました。このとおり、根吉さんをお戻しいたしましたよ」

「そちらは、どなたさんで。根吉とどのようなかかり合いが……」

「へい。あっしは萬屋さんのご商売とはかかり合いのねえ、根吉さんご当人のご都合で、

おつき合いをさせていただき、ただ今は瓦町の両替屋・堀井の仕事を、ほんのちょいとばかし、請け負っておりやす八五郎でございやす。もしも、ご不審ならば、堀井のほうへ、八五郎、とお訊ねいただければ、おわかりになるはずでございやす」

「ああ、堀井さんの仕事を、ですか」

「さようで。ではあっしはこれで。根吉さん、くれぐれもお大事に」

八五郎は平然と戻っていった。

主人の太郎兵衛に不審は解けなかったが、まずは根吉を部屋で休ませ、当人が少し落ち着いたところを見計《みはか》らい、改めて事情を訊ねた。

そして、そこで初めて、半年以上前の五月、根吉が仕事の用で堀井へいった折り、手代の景吉に家持ちになる勧誘を受けて以来、その日までに両替屋の堀井との間にあった子細をすべて聞かされ、

「なんということだ。で、おまえ、堀井にいくら借金をしたんだい」

と質した。

「百八両と……三分……」

根吉は泣き泣き言って、最後は言葉にならなかった。

「ええっ。ひひ、百八両と?」

太郎兵衛もあまりの額に言葉が続かず、ただ、開いた口がふさがらなかった。

三

詮議方与力の飯島直助は、三月某日、亀戸町三右衛門店において、根吉自らが縊死に及ぶまでの経緯《いきさつ》と、根吉を甘言《かんげん》で釣り、首くくりにまで追いこんだ浅草瓦町の本両替商主人《堀井》安元、並びに、堀井の筆頭番頭・林七郎の両名に対し、根吉の兄である本木村の百姓・平太と母親お種が、根吉の借金の無効、これまでに根吉が不当に支払わされた利息や月々の諸費用の償い、及び、両名への厳正なる処罰を求めた訴状の趣旨を読みあげた。

そして、読み終えた訴状を閉じ、お白州の本木村の平太へ眼差しを向けた。

「本木村住人・平太、そのほうの訴えは、これに相違ないか」

平太は、操りの木偶《でく》のように首をふりふり、

「へ、へい。間違えごぜいません」

と、気を昂《たかぶ》らせた高い声でこたえた。

「同じくお種、そのほうも相違ないか」

「へへえ。そのとおりでございます。何とぞ、哀れな倅が成仏できますように、お上の正

しいお裁きで倅の無念を晴らしていただきますように、お願いいたします。倅は苦しめられ、追いつめられた末に……」

「よい。こちらが訊ねたことのみをこたえよ。申したきことあらば、のちほどその機会は与える」

お種がすがるように言いかけたのを、与力が冷たくさえぎった。

お種は畏まって沈黙した。次に与力は、

「《萬屋》主人・太郎兵衛」

と、平太とお種の後ろに控える小間物商・萬屋の主人の太郎兵衛に言った。

「はい」

太郎兵衛は伏せていた顔をあげ、落ち着いた声をかえした。

「そのほう、根吉が堀井安元らより、家持ちになって店賃を稼ぐ借り入れ話の勧誘を受け、堀井に百八両余に及ぶ借金をいたし、その利息とりたてなどに追われていた子細を、根吉当人より聞いていたのだな」

「さようでございます。去年の十二月の朔日《ついたち》、根吉からそれを初めて聞かされたのでございます」

「その折り、根吉は身体中にひどい暴行を受けていたと訴状にはあるが、それにも相違はないか」

「相違ございません。疵痕《きずあと》を晒で巻き汚れはぬぐってありましたが、鼻血や唇がきれて血の垂れた痕が、ぬぐいきれず残っており、形が変わるほど顔面は腫《は》れ、腹や背中や手足にも、暴行を受けた青痣《あおあざ》がいくつも残っておりました。わたくしは吃驚《びっくり》いたしまして、一体何があったのだと根吉に問い質し、堀井さんの貸付《かしつけ》を受けた子細を聞かされたのでございます」

「根吉は堀井の土蔵で暴行を受け、八五郎と申す者が根吉を萬屋へ送ってきたとあるが、八五郎は、根吉は転んでけがをしたと申したのだな。転んでけがをしたのではないのか」

「町内のお医者さまに診《み》せましたところ、転んでこのようなあり様にはならん。間違いなく手荒な仕業《しわざ》の痕、しかも、かなり長いときにわたって乱暴を受けたものだと、お医者さまは申されました」

「あの、それにはわけが」

そのとき片側に控える堀井安元が、つい口を挟んだ。

「控えよ。勝手に申したててはならん」

安元側についた蹲《つくばい》同心が、語気を強めて安元を制した。

詮議所の与力や同心らに一斉に見おろされ、安元は、しまった、という素ぶりを見せて口をつぐみ、身を縮めた。

与力は太郎兵衛に向き直り、続けた。

「使用人の根吉が、両替屋の堀井より百八両余の借り入れを受けた経緯を聞き、お店の主人として、そのほうはどう思った」

「呆《あき》れて、しばらく言葉が出ぬほど驚きました。わたしども小間物屋は、ひとつ数文からせいぜい数十文ほどの小間物を、おひとりおひとりのお客さまに買っていただく商いでございます。中には値の張る小間物もございますし、殊《こと》に唐物《からもの》は高価でございますが、そういう品が売れることは滅多《めった》にございません。値の張る高価な品を仕入れますのは、お客さまに高価な品をご覧いただいたあと、手ごろな品を買っていただけるからでございます。萬屋には、手代と小僧を合わせて奉公人は九人おります。店番をいたしますのは、わたくしのほかに手代と小僧ひとり。あとの者は、番頭が中心になり、お得意さま廻りをして、数文からせいぜい数十文ほどの小間物を、どれほど買っていただけるかが、商いの拠《よ》りどころでございます。萬屋は、小間物屋としては中店でございますが、商いの大きさから申しますと、限りなく小店に近い中店なのでございます」

太郎兵衛は、自分の言葉に納得するかのように首肯した。

「わたしども程度の商いでは、たとえ、商いを広げるための元手を借りるといたしましても、根吉の言った百八両余など、とんでもございません。それほどの元手を借りて、万が一にでも損を出してはとりかえしがつかなくなると、お店自体を畳《たた》むことになりかねない、自分たち一家のみならず、使用人まで路頭《ろとう》に迷うことになりかねないと、まずは考えざるを得ません。でございますから、根吉がなぜそれほどの借り入れをしたのか、そもそも、堀井さんほどの本両替仲間の両替屋さんが、まだ手代の身の根吉に、なぜそれほどの貸付をなさったのか、合点《がてん》が参らないのでございます」

「そのほうは、訴状にもある、両替屋の堀井がお店者向けに、家持ちになって店賃を稼ぐ儲け話を持ちかけて貸付額を増やし、高利の利息をとりたてて収益をあげている商売を知らなかったのか」

「存じてはおりました。三年前、本両替商の《海府屋《かいふや》》さんが、大坂の本両替の堀井さんの江戸店《えどだな》に代わったのち、お店者でも家持ちになれると勧誘し、新たに貸付の顧客《こきゃく》を広げているのは、存じておりました。ですがそれは、相応《そうおう》の大店、大店ではなかったとしても、老舗《しにせ》として商いのしっかりしているお店の奉公人相手であって、萬屋のような小商いの奉公人にまで、そういう貸付の誘いがあるとは、思っておりませんでした」

「根吉が堀井より百八両余の貸付を受けたと聞いて、そのほう、主人としていかに対処するつもりであった」

「はい。申しましたとおり、小間物商は小商いでございます。萬屋の奉公人の給金は、大店の手代と比べものになりません。根吉が萬屋に奉公しながら、先々に不安を覚え、家持ちになって少しでも稼ぎを得るため、堀井さんの誘いに応じて借金をしたことについては、わたしどもにも後ろめたい気持ちがない、とは申せません。とは申せませんが、百八両余の貸付額はいくらなんでもあんまりな、これは騙《かた》りにあったな、と断じざるを得ませんでした」

うな垂《だ》れていた安元が、違う違う、というふうにうな垂れたまま首を左右にふった。安元に並んだ林七郎は、顔を伏せ、むっつりと沈黙を守っている。

「放ってはおけませんので、堀井さんにかけ合わねばと考えました。ただ、すぐに堀井さんに乗りこんで、というわけに参らなかったのは、じつはわたしどもは、堀井さんの前の海府屋さんの代から、半季ごとに仕入れの元手の借り入れを行っており、堀井さんに代が変わってからも、そのおつき合いは続いております。したがって、強い姿勢で堀井さんにかけ合いを求めるのをはばかり、堀井さんの都合をうかがったうえでかけ合いに臨む、という具合でございました」

「堀井は、かけ合いに応じたのだな」

「はい。十二月は決済が重なり繁忙を極めるゆえと断られ、年の明けた一月と二月に一度ずつでございます」

「どのようなかけ合いで、あったのか」

「どちらも、ご主人の安元さんは出てこられず、一月のかけ合いは、筆頭番頭の林七郎さんと手代の景吉さんでございました。わたしどもは、根吉自身が勧誘に応じて証文を交わしたとしても、一介の手代にあれほど大きな借金を負わせたのは、道理に背《そむ》いている。借金の返済は無理ゆえ、亀戸町の三右衛門店を堀井さんに引きとっていただき、それで借金を棒引きにしてもらいたい。それから、根吉が八五郎さんらに乱暴されて、ひどいけがを負わされた償《つぐな》い金を求めました。その折りは、林七郎さんも景吉さんも何も仰らず、林七郎さんが、わたしどもの意向はわかった、今は主人がいないので、主人に確かめて改めて返答をする、と仰いました」

「二月のかけ合いは、いかがであった」

「あのときは、林七郎さんおひとりでございました。林七郎さんは、開口一番、主人の安元さんと協議した結果、根吉の借金については、双方が充分に話し合い合意のうえで交わした証文であり、一点の曇りもない正式なものだと。よって、亀戸町の三右衛門店を堀井が引きとり、根吉の借金を棒引きにする求めには応じられない、と仰ったんでございます。また、根吉がひどいけがを負わされた償い金を求めた件につきましても、堀井の店に怒鳴《どな》りこんできて暴言を吐き、暴れたのは根吉であって、ほかのお客に被害が及ばぬようにとり鎮《しず》めるため、やむを得ずああなったので、元の起こりは根吉のふる舞いにある。堀井が償い金を支払う謂《いわ》れはないものの、みな根吉の理不尽なふる舞いに相当怒りを覚えて、手荒な扱いになったことは否《いな》めず、根吉の治療にかかった薬料は堀井が支払う、というものでございました。それから今ひとつ……」

と、太郎兵衛は言い添えた。

「林七郎さんは、萬屋さんがわたしども堀井とのおつき合いをお気に召さないのであれば、どうせわずかな額ゆえ、以後の取引を停止《ちようじ》になさっても差し支えございませんよ、と仰ったんでございます。いやはや、驚きました。萬屋ごとき、いつでも潰してやるぞ、という対応でございました」

安元は、だいぶそわそわしていた。

だが、隣の林七郎は、置石のように身動きひとつしなかった。

「それ以上は相手にせぬ、というのでございますから、引き退《さが》るしかございませんでした。根吉に堀井の返答を伝え、最後の手だてとしては、御番所に訴えを出すしかあるまいと、話し合っておりました。わたしどもだけで話し合っていたのではございません。町名主さんにも相談に参りました。町名主さんは、正式な証文があるならむずかしいと、首をひねっておられました。根吉の疵は癒《い》えましたが、八五郎さんが毎月初めに萬屋へ現れ、根吉から月々の利息やら諸費用の取りたては、それからも続いており、根吉は泣く泣く蓄えから支払ったようでございます。わたしどもといたしましても、それを拒《こば》むことはできず、さて、こののちどのような手だてをとればよいのかと、萬屋の仕事もございまして、ぐずぐずと思案しているうちに三月になり、それ以上耐えきれなくなった根吉は、生きる希みを失ったのでございましょう、堀井さんとの経緯を詳細に認《したた》めた書置きを残し、亀戸町の三右衛門店で自ら命を、という次第でございます」

「三右衛門店に借り手は、ついていなかったのだな」

「さようでございます。おそらく今も、ついていないと思われます」

「本木村の兄の平太と母親のお種に知らせたのは、そのほうか」

「はい。根吉は、里には絶対知られたくない。兄にも母親にも心配をかけたくないと、申しておりました。それゆえ、平太さんとお種さんに知らせましたのは、根吉が命を絶ったあとでございます」

与力は、平太とお種の付添人である足立郡本木村の村役人に、十三歳で江戸のお店奉公にあがるまでの根吉について、村ではどのような子であったか、どのように育ったか、などと訊ねた。

村役人は、根吉が母親や兄思いの気の優しい素直な子であった、とこたえた。

子供のころに父親を亡くし、兄の平太とともに母親を助けて、親子三人、肩を寄せ合いまっとうに生きてきた。

ただ根吉は、いずれは江戸へ出てお店奉公を始め、江戸に表店を持つ商人になる希みを持っていた。一家の自作の田畑は小さく、暮らしのために大百姓の小作にも出ねばならず、根吉は田畑を継ぐ兄の苦労を慮《おもんぱか》り、江戸に出て商人になる道を志《こころざ》したのではないか。もう少し広い田畑があれば、村に残って百姓になる手だても考えられた、とも村役人は言った。

平太はうな垂れ、お種は袖で涙をぬぐって、村役人の話を聞いていた。

そこで与力は、ようやく堀井安元へ問い質した。

「堀井安元に訊ねる」

与力が、石のような乾いた目を安元に向けた。

四

与力の訊問《じんもん》が自分に向けられるのを、今か今かと待っていた安元は、いざ始まるとどぎまぎして、「へへえ」とかえした声が上擦《うわず》った。

「本木村住人の平太とお種の訴え、並びに、《萬屋》主人・太郎兵衛の申したてについて、そのほうよりの言い分、申し開きはあるか」

安元は、自分を奮《ふる》いたたせるように胸を反らせ、震える声を抑えて言った。

「は、はい、お役人さまに申しあげます。まず以《もっ》て、わたしどものお客さまでございます根吉さんが、理由事情はさておき、自ら命を絶たれました悲しみに、心よりお悔やみを申しあげます。わたしどもとのおつき合いが続いており、この先も末永く続くものと、思っておりましたさ中《なか》でございます。かように申しますわたくし自身、大坂の《堀井》本店の主人である父が急逝《きゅうせい》いたし、わが里でもあります大坂へ戻り、江戸より根吉さんのご不幸の知らせが届きましたのは、満中陰《まんちゅういん》（四十九日）の法要の支度をいたしておりましたさ中でございました。自らの身を重ねて、ご遺族の方々の心中をお察しいたし……」

「待て。そのほうの父親が亡くなった不幸は気の毒ではあるが、ここは詮議のお白州である。そのほうの申し開きのみを述べよ。それとも、そのほうの父親の亡くなった事情が、申し開きにかかわりがあるのか」

「い、いえ。そうではございません。畏れ入ります。わたくしどもの言い分は、ごく簡単でございます。金銀の両替はもとより、為替《かわせ》や手形の振り出し、商いの元手の貸付、あるいは、お武家さまの勝手向きの融通など、お客さまの暮らしや商いの便宜《べんぎ》を図り、お手伝いをいたすのが、わたしども両替商の務めでございます。それらの務めのひとつとして、お店奉公をなさっておられて、いつかは奉公人ではなく、小さくとも表店をかまえ、商人として身をたてる希みを持たれている心映えのある方々に、少しでもお役にたてればと、両替商としての使命を以て始めたのが、家持ちになって店賃を得る貸付なのでございます。ただ貸し付けるだけなら、高利貸しとなんら変わりません。わたしども両替商の貸付は、高利貸しではございません。貸付の利息はいただきますが、その貸付がお客様のお役にたってこその、利息なのでございます」

安元は言葉をきり、ふうっ、と大きな息を吐いて声の震えを鎮めた。

「訴状にございましたとおり、家持ちになって店賃を稼ぎませんか、とお誘いはいたしました。訴状に偽《いつわ》りはございません。ではございますが、訴状は大事なことが、二つ、欠けております」

安元は、二本の指をたてて見せた。

「ひとつは、わたしどもが根吉さんをお誘いした言葉が、あたかも、甘言を弄《ろう》してできもしないことを騙ったごとくに、受けとれました。決して、そうではございません。わたしどもは常に、お客さまにはできると判断したうえで、真心をこめた言葉でお誘いしております。残念ながら、これならいける、できる、と判断してお誘いしても、そうならない場合もございます。儲けることもあれば、損をすることもございます。それが商いでございます。それゆえ、お客さまには上手くいくと判断しているけれど、家持ちになって店賃を稼ぐというのもひとつの商いゆえ、上手くいかない場合もございます。それでもかまいませんか、よろしいですか、と重ねて念を押し、ご意向を確かめ、自らやると決められたお客さまのみと、証文をとり交わしております。訴状では、わたしどもが念を押し、根吉さんがそれを承知で決断された経緯《いきさつ》が、曖昧《あいまい》になっております。それが欠けている二つ目でございます」

「家持ちになる儲け話に誘いはしたが、それを決めたのは根吉本人ゆえ、堀井の落ち度ではないと、申すのだな」

「落ち度がないと、申すのではありません。わたしどもが根吉さんをお誘いしたのは、事実でございますから。申しあげたいのは、わたしどもは誠心誠意、根吉さんのお手伝いを申し入れただけでございます。上手くいくと判断し、お誘いしただけでございます。ところが、今のところは、亀戸町の店は未だ借り手がついておらず、店賃を稼いではおりません。これは、両替商としていたらなかった、事前の調べが甘かったと、認めざるを得ません。でございますので、亀戸町の店は堀井が引きとり、根吉さんの借金を棒引きにいたし、なおかつ、根吉さんがこれまで支払われた借金の利息分と諸費用のいっさいを、お身内へお戻しすることにいたしました」

「堀井は根吉の借金を棒引きにし、なおかつ、根吉がこれまで支払った借金の利息分と諸費用のいっさいを、兄・平太と母親・お種に戻すのだな」

「さようでございます」

「ほかに申すことは、あるか」

「はい。わたしどもがお誘いし、家持ちになって豊かになるはずの貸付が、あたかも騙りを働いたかのごとくに見なされますのは、両替商として真《まこと》につらく、面目ないことでございます。わたしどもが元手を融通いたし、家持ちになり、ちゃんと店賃を稼いで喜んでいただいているお客さまは、いく人もおられます。本日、付添人をお願いいたしました浅草田原町三丁目の《門田屋》さんのみね吉さんも、そのようなお客さまのおひとりでございます。何とぞ、みね吉さんにわたしどもの貸付がどのような運びになっているのか、お訊ねを願います」

与力が、「みね吉」と呼びかけた。

安元と林七郎の後ろに、瓦町の名主・蔦野浪右衛門とともに居並んだ、浅草田原町三丁目の紙問屋・門田屋手代のみね吉が、詮議所の与力へ深々と頭を垂れた。

「そのほうは堀井の貸付を受け、家持ちになったのだな。それが今どのようになっておるのか、子細を述べよ」

みね吉は、ぼそぼそとした低い声で、二年半ほど前、堀井の誘いに応じて元手の融通を受け、下谷通《したやとおり》新町《しんまち》西光寺《さいこうじ》裏に七軒家の家持ちになった経緯を語った。

店は三間ある二階家の七戸で、店賃八百文、元手の貸付は七十両余、利息は年利一割二分の……

と、みね吉の低い声が聞きとりにくく、与力が話を中断して、声を大きくするように促したほどだった。それでもみね吉は、最後に言った。

「堀井さんに勧められて家持ちになる決断をし、始めのうちは不安でしたが、今では蓄えもでき、将来の不安がなくなりました。この先、堀井さんの借金を全部返済したら、門田屋さんの奉公を辞め、店賃をあてに、のんびり暮らしていくのもいいかなと、思っております。それもこれも、堀井さんに、家持ちになる話を勧めていただいたお陰です」

「みね吉の申すことは相わかった。では、堀井筆頭番頭・林七郎、本木村住人の平太とお種の訴え、並びに、萬屋主人・太郎兵衛の申したてについて、そのほうの言い分、申し開きを訊ねる。あれば申せ」

林七郎は伏せた頭を頷《うなず》かせ、むっつりと持ちあげた。そして、表情の乏しい顔つきを詮議所の与力へ向けた。

「お役人さまに申しあげます」

林七郎の口調は、隣の安元の終始そわそわと落ち着きのない様子と比べて、何かしら投げやりで、ふてぶてしささえ感じられた。

「わたくしは、本両替商の堀井の使用人でございます。ご主人の安元さまに、堀井の営みをこのように、とお指図を仰ぎ、命じられ、それを忠実に行うことがわたくしの務めでございます。ご主人のお指図命令に、使用人の分際で、よいとか悪いとか、正しいとか間違っているとか申しあげるのは、僭越《せんえつ》でございます。むろん、お上のご禁制《きんせい》に触れるようなお指図ならば、別でございますよ。本両替商の堀井を率いるほどの安元さまが、そのような方でないのは明らかゆえ、言わずもがなではございますが」

そこで林七郎は、軽く咳払《せきばら》いをした。

「でございますから、わたくしは安元さまのお指図、命令に従い、根吉さんにこのたびのお話を持ちかけました。今のままでは、先々に大した希みは持てない。思いきって決断してみませんか、店賃を稼いでゆとりある暮らしを目指してみませんかと、熱心にお勧めいたしました。それが、安元さまに雇われているわたくしの務めでございますから、わが務めを粛々《しゆくしゆく》と果たすことの何が間違いなのか、何ゆえ、使用人のわたくしが訴えられねばならないのか、合点が参らないのでございます。先ほど安元さまが申されましたが、わたくし自身も申しておきます。家持ちになると決断なさったのは、根吉さんご自身でございます。確かに、わたくしは熱心に誠意をこめてお勧めしました。それがわたくしの務めでございます。わたくしは務めを果たしただけでございます。これも繰りかえし申しておきます。事前に、店貸しをして店賃を稼ぐ、これも商いですので、儲かることもあれば、損をすることもございますよ、よろしいですね、と根吉さんのお気持ちが確かであることを確かめ、そののち、このたびの話は進んだのでございます。ところが、このような事態を招いてしまい、お身内の方々の悲しみはいかばかりかと、胸が痛みます。わたくし自身、せっかくお勧めした家持ちの貸付をした結果がこれでは、悔しい思いで胸が苦しいほどでございます」

林七郎は、胸に手をあてがって、苦しそうに身体を丸めた。悲しげな眼差《まなざ》しを白州へ落としたまま、続けた。

「では、わたくしは、堀井の番頭として、使用人として、ご主人の安元さまのご意向に背いて、一所懸命に仕事をしなければよかったのでございましょうか。いい加減に働き、給金さえもらっておけばよかったのでしょうか。それが、わたくしの合点の参らないことなのでございます。根吉さんのお身内の方々が、わたくしを恨み、訴えを出されたのですから、どうぞお教えを願います。わたくしは一体、どうすればよかったのでございましょうか」

林七郎のさもつらそうな素ぶりを見せた問いかけに、一方の平太は戸惑い、首をひねった。

しかし、与力の口調は冷やかだった。

「言い分はそれだけか」

「さ、最後にひと言、申しあげます。亀戸町の店を堀井が引きとって根吉さんの借金をなかったことにいたし、根吉さんがこれまで支払われた借金の利息分と諸費用のいっさいも、お身内へお戻しいたしますのは、安元さまのみならず、堀井の奉公人一同の、根吉さんのご冥福をお祈りする気持ちでございます。どうぞ、根吉さんの祭壇にお供えください」

林七郎は殊勝に言って、まるで根吉の祭壇に向かってでもいるかのように、頭を垂れて合掌《がっしょう》した。

「平太、お種、堀井安元と林七郎の言い分は、相わかったな。そのほうらの存念はいかがか」

与力が質すと、平太は首をひねった恰好《かっこう》でこたえた。

「根吉の借金が棒引きになり、これまで支払わされた利息やら諸費用やらを戻してもらえるのは、ありがてえことでごぜいやす。だけども、根吉が自分で首をくらねばならねえほど追いつめられ、苦しめられたこととは別でごぜいやす。おら、根吉が残した書置きを読んで、弟がこれを書いてから首をくったかと思うと、可哀《かわい》そうで可哀そうで、涙がとまりやせんでした。ただ今の番頭さんの、どうすればよかったのかとお訊ねでごぜいやすが、そんなこと、おらたちに訊ねられても、わかりません。どうぞ、ご自分のことは、ご自分でお考えくだせえ。おらとおっ母《かあ》が言いてえのは、お上の咎《とが》めにはあたらねえからと言って、人を生きるのが嫌になるほど責めたてたり、苦しめたり、いじめたりするのは間違えだし、お天道《てんとう》さまの道理が通らねえということでやす。おらたちは小さな田畑しかねえ小百姓で、弟には耕す田畑もなく、小百姓にすらなれなかった。けれど、自分で自分の首をくくりたくなるほど、命を台無《だいな》しにされる筋合いはねえ、ということでやす。どうぞ、お役人さま、お天道さまの道理が通るのか通らねえのか、正しいお裁きをお願えいたしやす」

与力はしばし沈黙し、お白州の平太を見おろした。それから、ふと、気がついたかのように言った。

「お種、何かあるか」

「ございません。倅が申したとおりでございます」

お種はこたえた。

五

翌々日の四月二十二日夕刻。

滝縞《たきしま》の白衣に黒巻羽織の定服《じようふく》を着けた町方が、ひょろりと背の高いのとずんぐりとした小太りの、細縞を尻端折《しりはしよ》りにした黒股引の御用聞《ごようきき》二人、さらに、紺看板《こんかんばん》の梵天帯《ぼんてんおび》に木刀で武装した北町奉行所の中間《ちゆうげん》と、棒縞の長着を着けた男の四人を従え、新堀川《しんぼりがわ》に架かる書替橋《かきかえばし》を寿松院門前《じゆしよういんもんぜん》のほうへ渡った。

町方と四人は、新堀川端の寿松院門前のわき道を抜け、浅草元鳥越《もととりごえ》町の里俗《りぞく》に三筋《みすじ》町と呼ばれる北通りから、寿松院門前との境の小路を南へ折れた。

入日が西の空を燃えるような茜《あかね》色に染めて没し、日の名残りがぼんやりと覆う小路の半町ほど先に、《若《わか》うめ》と認《したた》めた柱行灯《あんどん》がいやにくっきり見えた。

「あれだ」

町方が後ろを向いて、ひょろりと背の高いのとずんぐりとした小太りの御用聞、木刀を帯びた中間、棒縞の男を順々に、八文字の下がり眉にちぐはぐなひと重の目を吊りあげて見廻した。

町方の鼻筋は細く通っているが、色白のこけた頰と茜色の夕焼けに映える赤い唇を険しく歪《ゆが》めた風貌は、どこか間の抜けた仏頂面《ぶっちょうづら》に見えなくもなかった。

その仏頂面を、闇の鬼も顔をしかめるほどの不景気な渋面《しぶづら》と、浅草、本所や深川《ふかがわ》の盛り場の貸元や顔利きらが言い始め、遊里に集《たか》る地廻りや賭場《とば》の博奕《ばくち》打ちらが鬼しぶと陰で呼んで、《鬼しぶ》が町方の綽名《あだな》になった。

町方は、北町奉行所定町廻《じょうまちまわ》り方同心の渋井鬼三次《しぶいきさじ》である。

酒亭・若うめの引き違いの腰高障子《こしだかしょうじ》に、あるかないかの薄明かりが怪しげに映っていた。渋井は柱行灯へ向きなおり、

「いくぜ」

と、中背の骨張ったいかり肩を小刻みに上下させ、肩の震えにしぶしぶ調子をとるかのような雪駄の音を小路にたてた。

渋井に従うひょろりと背の高いのが、十年以上も渋井の御用聞を勤める助弥《すけや》、ずんぐりした小太りが、同じ御用聞で助弥の弟分の蓮蔵《れんぞう》、二人に続いて木刀を帯びた中間の又助《またすけ》、そして、浅草瓦町の本両替商《堀井》の手代・景吉であった。

酒亭の表戸前にくると、渋井は軒下の柱行灯に並びかけた。引き違いの腰高障子を一寸（約三センチ）ほど引き、さり気なく中をのぞいてから、渋面を景吉へ廻した。

「景吉さん、見てくれ。いるかい」

景吉は、渋井が譲った柱行灯の並びに立って、やはり、さり気ない素ぶりで中をのぞいた。

「います。雷文《らいもん》の着物に角帯の……」

景吉は戸前を素早く離れ、小声で言った。

「雷文の男だな。あとの二人はわからねえかい」

「背中を見せてますから、わかりませんが、たぶん、八五郎さんの手下だと思います。あの感じは、見たような気がします。手下の名前は知りません。八五郎さん以外、店には滅《めっ》多《た》にきませんから。ご主人が、柄の悪いのが店に出入りするのは商いに障《さわ》ると、いやがっていましたので」

「ふん、柄の悪いのがね。わかった。助弥、蓮蔵、雷文の着流しだ。あとの二人は雑魚《ざこ》だ。無理して追いかけることはねえ。八五郎ひとりに絞れ。又助は景吉のそばを離れるな。万が一、八五郎や手下らが景吉に向かってきたら、そいつで容赦《ようしゃ》なくぶちのめしてやれ」

渋井が中間の又助の腰の木刀へ顎《あご》をしゃくり、

「承知いたしました」

と、又助は木刀のにぎりをつかんでこたえた。

渋井は助弥と蓮蔵へ目配《めくば》せし、建てつけの悪い腰高障子を鳴らした。

夕方の明るみの残る外に比べて、店の土間は、竈《かまど》の燃え滓《かす》の灰に覆われたような薄暗さだった。奥へ細長い土間の片側に縁台が縦向きに二台並び、片側は小あがりになっていて、二人の男が背を向け、雷文の八五郎が首をのばし、戸口に現れた渋井へ、あ？　という顔を見せた。

二人の男が戸口へふりかえり、渋井を凝《じ》っと見守った。低い天井に吊るした行灯が、三人を薄ぼんやりと照らしていた。三人以外に客はいない。

狭い土間の奥に、鍋《なべ》か釜《かま》をかけている竈があるのだろう。白い湯気がのぼっていて、湯気を背に丸髷《まるまげ》の女の影が、やはり戸口に立った渋井を見守っていた。

渋井が土間に雪駄《せった》を鳴らし、助弥と蓮蔵が続いたので、「おいで」と、女の影が不愛想な声を寄こしたが、女の影も小あがりの男らと同様、町方の定服を訝って動かなかった。

渋井は、浅黒い中年男の八五郎から、渋面をそらさなかった。

八五郎は雷文の着流しに毛深い臑《すね》を剝《む》き出して胡坐《あぐら》をかいて、不機嫌そうな目つきを、唐突に現れた渋井と後ろの御用聞に流している。

だが、八五郎はすぐにちろりをとって、向き合った二人へ、呑め、というふうに差し出し、町方などに関心がない素ぶりを、わざとらしく見せた。

向き合った二人のうちの土間側が、着流しの裾をたくしあげ、膝頭から下の片足を土間に落とし、爪先を草履にたてて貧乏ゆすりをしていた。

渋井が貧乏ゆすりの前で足を止め、男を見おろした。男は、傍らの土間に立ち止まった渋井を見あげ、すぐに知らぬふりをした。

「おい、てめえ、足をどけろ。旦那の邪魔だぜ。わからねえのかい」

後ろの助弥が、強い口調を投げつけた。

男は煩わしそうな態《てい》で、足を小あがりへあげて立膝にした。そして、渋井へ横眼をなげ、立膝を胡坐に変えた。

「こういうところじゃあ、行儀よくしなきゃあな」

手下の横目に笑いかけ、渋井は雪駄を土間に擦った。

「おめえが八五郎か」

「だったらどうかしたかい」

八五郎は杯に唇をつけ、音をたてててすすった。

「ちょいと訊きてえことがある。番所までこい」

「番所？　冗談じゃねえぜ。おれは、どこのどいつかも知らねえおめえに言うことなんて何もねえ。てめえの金で機嫌よく呑んでるところだ。邪魔すんな。そっちが訊きてえなら、ここで訊きゃあいいじゃねえか。気が向いたらこたえてやるぜ。なんで、わざわざ番所へいかなきゃならねえ」

「そうだな。どこのどいつか知らねえのも、無理はねえ。おれは北町奉行所定町廻り方の渋井鬼三次だ。八五郎に訊きてえのは、御用のお調べだ。どうだい。これでいいかい」

「ふん、なら、仕方がねえ。けど、手短にな。木っ端《こっぱ》役人にだらだらとつき合ってるほど、こっちは暇じゃねえんだ」

「残念ながら、長くなるのは間違いねえんだ。番所は、町内の自身番じゃねえ。南茅場《みなみかやば》町《ちょう》の大番屋だ。ここじゃあ、狭《せま》すぎるんでな。ここで、笞打《むちう》ちやら石抱《いしかか》えやら吊るし責めなんぞやったら、ほかのお客にも女将《おかみ》にも、迷惑だろう。漬物《つけもの》石を抱かせるわけにもいかねえし。なあ、女将、迷惑だな」

渋井は、ちぐはぐな目をいっそうちぐはぐに歪め、奥の女の影へ言いやった。

女の影は言いかえしてこなかったが、両肩をすくめたのがわかった。

「冗談だ。そんなことをするつもりはねえ。こっちの訊くことに、おめえがありのままにこたえりゃあ、責問《せめど》いなんぞする理由がねえ。そうだな」

と、こんどは手下の二人に、朱房《しゅぶさ》の十手《じって》を抜いて言った。途端に、二人は朱房の十手から目をそむけた。

「八五郎、そのままでかまわねえ。さっさときな。大人しくしてりゃあ、縄はかけねえ」

「うるせえ。頭がどうかしてんじゃねえか。なんの罪もねえ者を、いきなり大番屋へしょっ引《び》いて、何をする気でえ。わけを言いやがれ、わけをよ」

「わけだと？　察しがつかねえかい。こいつらだって、もう察しがついてんじゃねえか。女将、おめえだってついてるよな。ええ、ついてねえのかい。しょうがねえな。ああ、あれかって、誰でも知ってる話なんだがな。おめえ、本両替の堀井の仕事を請け負ってるな。御蔵前大通りの、瓦町の堀井だ。主人は堀井安元だ。斯《か》く斯《か》く云々《しかじか》の務めを請け負ってもらいてえと、堀井に頼まれたんだろう。こっちが訊きてえのは、おめえが堀井からどんな務めを頼まれて、どんなふうに務めを果たしてきたかだ。それを、ありのままに正直にこたえりゃあ、それでいいのさ。むずかしい話じゃねえだろう」

「ちぇ、馬鹿《ばか》ばかしいったらねえぜ。そんなことなら、おれを雇った堀井の主人に訊きゃあ済む話だろう。安元って野郎によ。安元がいなきゃあ、番頭の林七郎に訊きな。堀井を動かしているのは、主人の安元というより番頭の林七郎さ。林七郎に訊けば、何でも知ってるぜ」

「ほう、そうだったのかい。安元にも林七郎にも、話は聞いてるぜ。二人ともそんな話はしてなかったな。もしかしたらおめえ、知らねえのかい。北の御番所の詮議所で、堀井の安元と番頭の林七郎の詮議が、もう始まってるんだ。安元と林七郎に、訴えが出されたのは知ってるだろう。浅草新寺町の小間物商《萬屋》の手代だった根吉が、亀戸町の三右衛門店で首をくった、例の一件さ。足立郡本木村の根吉の兄の平太と母親のお種が、堀井の主人の安元と番頭の林七郎を、根吉を首くくりに追いこんだという理由で、お上のお裁きを求めて訴えた。おめえ、根吉が堀井から借り受けた金の取り立てを請け負ってたんだってな。じつは、その取り立ての事情も訊きてえのさ。根吉が首をくって仏さんになるまで、毎月毎月とりたてていたんだってな。もしかしたらおめえも、根吉を首くくりに追いこんだ一味《いちみ》かもしれねえじゃねえか。一回一回、いつどこでどんな遣《や》りとりをしたのか、取り立ての子細を訊かせてもらうぜ」

「そ、そんな、てめえでてめえの首をくった野郎が、親分となんのかかり合いがあるんでえ」

　手下のひとりが、渋井を睨みあげて口を挟《はさ》んだ。

　渋井は手下を睨みつけて言った。

「ほう。親分の八五郎にかかり合いがねえと、おめえは知ってるのかい。どうやら、おめえ、親分の事情に詳しそうだな。よし、わかった。おめえも一緒に大番屋へきな。首くくりは親分にかかり合いはねえと、おめえの知ってることをじっくり聞かせてもらうぜ」

「いや、そういうつもりじゃなくて、ただ、かかり合いがわからねえなと、思っただけで、あっしは、別に、何も知りやせん」

手下は、たちまち怖気《おじけ》づいて顔を伏せた。

「何も知らねえのかい。本途《ほんと》か？　じゃあ黙ってろ。というわけで、八五郎、そうとう話が長くなりそうだろう。今夜は眠れそうにねえぜ。さあ、手間をとらせずにきな」

八五郎は眉をひそめ、俯《うつぶ》せ加減の横顔を渋井へ向け、束《つか》の間、考えた。それから、ちぇっ、と舌打ちし、片膝を立てた。

立てた膝頭に手をおき、立ちあがりかけた。

と、その拍子に八五郎が、わあっ、と喚声《かんせい》を発し、膝の前の盆を払いあげた。和《あ》え物の鉢や干物の皿、杯や箸《はし》、ちろりの酒が飛沫《しぶき》を飛ばし、がらがらっ、と飛散した。

渋井は十手で降りかかる盆を払いのけ、土間へ飛び降りた八五郎の背中へ、十手を見舞《みま》った。

手ごたえはあったが、八五郎はひるまなかった。

土間奥の女将につかみかかり、身体をくるりと廻して、女将の身体を追いかける渋井へ突き退《の》けた。女将が悲鳴をあげ、人がすれ違うのもやっとの狭い土間で、渋井ともつれた。

土間奥に裏路地へくぐり抜ける裏戸があった。

八五郎は、渋井がもつれた女将を引き離して追いかけてくるところへ、竈にかけた白い湯気をあげている釜を、それも手で払って渋井へ投げつけた。

渋井はぎりぎりで釜の湯を浴びるのをまぬがれたものの、湯の飛沫を浴びて、熱あつっ……と叫んで手足をくねらせた。

その隙《すき》に、八五郎は裏戸へ身を転じたが、渋井も手足を躍らせながらも懸命に追いかけ、八五郎が裏戸を引き開け、裏路地へ転がり逃げる残りの足の踵《かかと》へ十手を叩《たた》きつけた。

八五郎は、烏《からす》の鳴き声のような絶叫を甲走《かんばし》らせ、路地へ転がった。

だが、隣家の壁にすがって起きあがったとき、懐に呑んでいた匕首《あいくち》を手にしていた。裏戸をくぐって追いかけてくる渋井へ匕首をかざし、

「くるんじゃねえ。だ、誰が番所へなんぞ、いくもんけえ」

と、片足を引き摺《ず》りぴょんぴょんと跳ねつつ、後退《あとずさ》った。

「馬鹿野郎、逃《のが》しゃあしねえぜ。おめえの話を、訊かなきゃならねえんだよ」

「うるせえ。こっちに用はねえ。一昨日《おととい》きやがれ」

だが、後退っていく路地の先を、表の小路のほうから廻りこんだ助弥と蓮蔵がふさいだ。

「八五郎、手下らはとっくに逃げたぜ。観念しろ」

助弥が言った。

「畜生《ちくしょう》。おれが何をしたってんだ。堀井に頼まれたことを、やっただけだぜ。それが悪いなら、堀井の安元と番頭の林七郎を引っ捕えやがれ」

「おう、だから、堀井に頼まれたことを洗いざらい聞かせろってんだ」

「そうか、てめえら、堀井から裏金をせしめて、根吉が首をくくった事情を、全部おれひとりの所為《せい》にする気だな。安元と林七郎を、金で見逃す気だな」

「そうだったら、どうだってんだい。おめえみてえな虫けらが、お金持ちの身代わりになってお上の公明正大《こうめいせいだい》な裁きを受けりゃあ、その汚ねえ素っ首も、少しは役にたつってもんだぜ。わたしひとりで、根吉を首くくりに追いこみましたと白状すりゃあ、安元と林七郎が泣いて喜ぶぜ」

「この腐《くさ》れが」

八五郎は捨て鉢になって、足を引き摺りつつも匕首をふり廻し、渋井に襲いかかった。

すかさず、

「大人しくしやがれ」

と、助弥が背後から八五郎を羽交締《はがいじ》めにし、蓮蔵が匕首をかざした腕を巻きとって、きりきりと絞るようにひねりあげた。

八五郎の絶叫を、渋井の十手のしたたかな一撃が黙らせた。

第二章　武家奉公人

一

大坂東町奉行・彦坂和泉守《ひこさかいずみのかみ》の近習《きんじゅ》である小坂源之助は、

「面目《めんもく》ございません。昨夜は少々酩酊《めいてい》いたし、粗忽《そこつ》にも転《ころ》んでしまったのです。ちょうど、道端に積んであった石材の角にぶつけ、このように」

と、町奉行の家老役を勤める父親の小坂伊平《いへい》には伝えた。

石材にぶつけて腫《は》れた右頰《ほお》に黒い膏薬《こうやく》を張り、頭と頰へ晒《さらし》をくるくる巻きつけ、頰の腫れを隠したが、右目の下瞼《したまぶた》の腫れと白目のうっ血は隠せなかった。

父親の伊平は、倅《せがれ》の粗相《そそう》が苦々しげに言った。

「なんたる不覚《ふかく》。そのような風貌《ふうぼう》で、お奉行さまの近習は務まらん。それでも武家に仕《つか》える奉公人か。よいか。われらは代々の禄《ろく》を食《は》む武家ではない。お役にたてばこそ、お雇いいただき、武家を名乗っていられるのだ。お役にたたずば、すぐにお暇《ひま》を出され、扶持《ふち》も給金もない浪人者に戻るのだぞ。油断なく身を慎《つつし》み、役目に励んでこその武家なのだ。今すぐ江戸に帰されて、また無聊《ぶりょう》な日々を送るつもりか。おまえはわが倅ゆえ、お奉行さまの近習に、わたしがとりたててやった。お奉行さまも、伊平の倅ならばよかろうと言うてくだされた。それをおまえは、おのれが認められた、おのれが優れておるゆえだと、勘違いしておるのではないか。愚か者めが。みっともない。不甲斐《ふがい》ない。わたしは恥ずかしい。言うておくぞ、源之助。次はない。酒を慎め。いや、二度と呑《の》むな」

「はい」

源之助は大柄な身体《からだ》をすぼめ、頭を落とした。父親の叱責《しっせき》を、殊勝《しゅしょう》に聞いているしかなかった。

伊平は、まだ言い足りない様子で鼻息を荒くし、束《つか》の間をおいた。それから、

「わたしがよいと言うまで、謹慎《きんしん》しておれ。相《あい》わかったな」

と、不快そうに言いつけ、ようやく座を立ち、継裃《つぎがみしも》の肩衣《かたぎぬ》を不快そうにゆらしながら源之助の長屋を出た。

大坂町奉行は東西両奉行がいて、知行《ちぎょう》千五百石ほどの旗本が就《つ》く役職である。御役料に

現米六百石がつき、大坂町奉行から堺《さかい》奉行、あるいは長崎《ながさき》奉行へと転任することもあった。

小坂伊平は、大坂東町奉行・彦坂和泉守に一季居《いっきお》り、つまり一年ごとの契約で家老として仕える武家奉公人であった。家老や用人《ようにん》やほかの給人、総勢二十二名の家来衆は、すべて小坂伊平が集め、文政三年（一八二〇）から仕えてきた。

小坂伊平のような武家奉公人を渡り用人とも言い、一季居りの期間限定の家来衆を集めるのも、武家奉公人の役目なのである。

大坂地役人の東西両町方の与力同心は、天満《てんま》の組屋敷に住まい、町奉行の家来衆は、町奉行所の長屋に居住した。

東町奉行所は、天満橋の南、京橋《きょうばし》二丁目の大坂城下にある。

源之助が父親の伊平に、奉行近習として家来衆に加えられ、大坂東町奉行所の長屋住まいを始めたのは、文政三年の二十歳のときだった。

はや六年目の文政八年の今年、源之助は二十五歳になっていた。

父親伊平に命じられるまでもなく、源之助は、腫れた頬に膏薬の布を貼り、晒をくるくると巻きつけ、白目のうっ血《けつ》したこんな相貌で、お奉行さまの近習は務まるはずはないし、外へ出る気もなかった。

せめて腫れが引くまで、布団《ふとん》に横たわって頻々《しくしく》と繰りかえす頬と目の痛みに耐えているしかなかった。とき折り、腹だたしさが激しくこみあげ、

「あの女め」

と、顔をしかめた。

だが、腹だたしさがこみあげたすぐあとに、背筋が凍った。身体が震えた。

もしも、昨夜の一件が露見《ろけん》したら、誰かが見ていたら……

思っただけでも、胸が潰《つぶ》れそうなほどの音をたててはずんだ。

いや。

即座に源之助は否定した。

われらがあの場を離れるまで、墓所の周辺の寺から出てきた者も、通りがかりもいなかった。近在の人家とだいぶ離れていたし、女の悲鳴を聞いたとしても、月明かりしかないあの暗がりで、われらを見分けられるはずがない。

源之助の耳を、田んぼで鳴き騒いでいた夥《おびただ》しい蛙《かえる》の声が大きな波のように押し寄せて覆《おお》った。閉じた瞼《まぶた》に、女の沈んだ沼にゆれる青白い月明《げつめい》が浮かんだ。

大丈夫だ。案ずることはない。

源之助は不快な痛みに耐えながら、自分に言い聞かせた。それから、晒の上から頬を押

さえ、亡骸《なきがら》は朝には、沼に浮かんでいるところを見つけられたはずだ。忌々《いまいま》しい女だが、一刀《いっとう》の下《もと》に斬《き》り捨ててやった。おれに逆らわず、大人しくしておれば、ああはならなかった。むだに逆らいおって。自業自得《じごうじとく》だ。

今月は西町奉行所が月番ゆえ、西町に届けられ……

だが、少々調子に乗りすぎた。羽目《はめ》をはずしすぎた。後悔が脳裡《のうり》をよぎった。

不意に、刀の血のりを洗っておかねば、と気づいた。

昨夜、女に袈裟《けさ》懸《が》けを浴びせてから、あの場を離れるのが精一杯で、刀にまでは気が廻《まわ》らなかった。それから、女のかえり血が散った千筋縞《せんすじしま》の袴《はかま》と六角形の亀甲文《きっこうもん》の着物も、焼き捨てるか埋めるかすれば、なんの証拠も残らない。

自分に都合よく考えた。都合よく考えねば、気が変になりそうだった。

奉行所の表門のほうで交わされるやりとりが、表門から離れた長屋にまで、わずかに聞き分けられた。町奉行所の朝のざわめきが伝わり、いっそう滅入《めい》った。

頰と目の痛みを怺《こら》え、布団の中で身を起こした。

寝てはいられない。まず、刀を洗わねば、と立ちあがりかけたとき、朋輩《ほうばい》の近習・竹山《たけやま》安兵衛《やすべえ》が長屋を訪ねてきた。表の腰高障子《こしだかしょうじ》を引き、

「源之助、いるか」

と、土間に入って声をかけた。いるに決まっているだろうと思った。

「おう」

「あがるぞ」

竹山が寄付きの畳をゆらし、四畳半に入ってきた。

紺裃《こんかみしも》の出仕の支度《したく》を整え、手に刀を提《さ》げていた。布団の傍《かたわ》らに着座し、刀の鍔《つば》を鳴らして寝かせた。

「だいぶ腫れたな。痛むか」

「ああ、痛む」

源之助は不愛想にかえした。しかし、すぐに訊《き》いた。

「お奉行さまは、どんなご様子だ」

「わからん。御用部屋へ出られるときに役を交代する。源之助の代わりは、瀬川《せがわ》が務める。交代まで間があるので、源之助の様子を見にきた」

不機嫌な顔つきをあらわにして、源之助は沈黙した。

「ついさっき、ご家老と廊下で立ち話をして、源之助の代わりは、当分、中小姓の瀬川に務めさせると言われたのだ。それから、昨夜の詳しい経緯は、今夜、改めて聞くとも。かなり厳しいご様子だったぞ。昨夜の事情は、口裏合わせをしたとおりに、源之助がご家老に話したのだろう」

「話したとも」

「まずいな。じつにまずい事態になった。ご家老は、倅のおぬしの話を疑っておられるようだ。どこまで隠し遂《おお》せるか」

竹山が眉間にしわを寄せ、首をかしげた。

「何を言う。隠し遂すしかないではないか。昨夜のことが露見したら、切腹では済まん。おれだけではない。おぬしも瀬川も、神山《かみやま》も同罪だぞ」

「言うな。背筋が寒くなる。まったく馬鹿なことをしてくれた。人を地獄の道連《みちづ》れにしおって。源之助の罪が明らかになれば、ご家老もただでは済むまいな」

「成りゆきだ。気がついたら、ああなっていた。今さら嘆いたとて、とりかえしはつかん。酒の所為《せい》だ。呑みすぎた」

「酒の所為だと?」

竹山が睨《にら》んだ。

罪という言葉が源之助の胸にこたえ、竹山の目をそらした。

「亡骸は、いくらなんでも、朝には見つかっているはずだ。今月は西町が月番だから、西町に届けが出されているはずだ。何か聞こえているか。下手人《げしゅにん》捜しが、始まっているに違いない」

「だろうな。だが、今のところ、こちらには何も伝わっていない。相変わらず雑然として、普段と変わらずだ。忙しいのか、そうでもないのか、大坂の役人のふる舞いは、五年も大坂暮らしをしているのに、よくわからん。もっとも、定町廻《じょうまちまわ》りには、知らせが入っているだろうがな」

「もう六年目だ。大坂暮らしには、厭《あ》いた。ともかく、何があろうと、この件は隠し遂す。証拠はないのだ。われらに、かかり合いはない。そう言い通すしかない。瀬川にも神山にも、決めたとおりに口裏を合わせろと、くれぐれも頼むぞ。おれひとりでは、沈まんぞとな」

「わかっておる。しつこいぞ」

竹山は、不服そうに言った。無造作に刀をつかんで、座を立った。

源之助は竹山を見あげたが、疵《きず》が痛み、ちっ、と顔をしかめて舌を鳴らし、晒の上から頬と目を押さえた。

二

それから七日がたち、もう四月の下旬に差しかかったころ、難波新地《なんばしんち》のお茂《しげ》が、南堀江《みなみほりえ》の《こおろぎ長屋》の小春《こはる》を訪ねてきた。

まだ、蟬時雨《せみしぐれ》の降る時節には早かった。けれど、南堀江の貧しいこおろぎ長屋にも、日に日に夏の色濃く長《た》けていく気配が兆《きざ》していた。

こおろぎ長屋の路地へ入る手前に、幅一間《けん》（約一・八メートル）ほどのどぶがある。手摺《てすり》もない板橋を渡った先に、少しかしいだ板葺《いたぶき》屋根の二棟《むね》が向かい合って、片側に五戸、向かいに四戸の住まいになっており、かしいだ棟を突っ張り棒で支えていた。長屋の東側を玉手町《たまで》のお店の土蔵がふさぎ、路地はそこでいき止まりだった。

午前の真っ青な空が、どこまでも高く広がっていた。

板橋の袂《たもと》の明地《あきち》に、板葺屋根のある井戸があって、長屋のおかみさんらが洗濯をしていた。ひとりのおかみさんが、黒く濁ったどぶの水面を泡だてながら盥《たらい》の水を流し、板橋を渡るお茂と目を合せた。

あっ……

と、いうような顔つきを寄こした。

お茂は、ちょっと派手めな白地に黒と赤の逆玉《ぎやくたま》の小袖に、藍地《あいじ》の丸帯をだらりに締《し》めた装《よそお》いが少し照れ臭げに、笑みをかえした。小柄な丸顔に鼻が低く、器量よしではないものの、笑顔には愛嬌《あいきよう》があった。

薄化粧が笑顔に映《は》えて、こおろぎ長屋には不似合いな様子だった。

竹皮の小さな包みを、手に提《さ》げている。

井戸端《いどばた》のおかみさんらは、洗濯の手を止め、誰や、というふうに板橋を渡るお茂を見守った。

「済んまへん。小春さんの店は、どこでっしゃろ」

お茂は、目の合ったおかみさんに訊《たず》ねた。

「ああ、小春ちゃんの店は、そこの三軒目やで」

と、おかみさんは盥を提げた恰好《かつこう》で、路地を指した。

「おおきに」

板橋を渡り、玉手町の土蔵の日陰になって日あたりの悪い、ちょっとじめじめした路地に草履《ぞうり》を鳴らした。ただ、午前の日がだんだん高くなって、土蔵の瓦屋根の上から、ほんのひと筋の初夏の日が、長屋の軒下《のきした》に射《さ》していた。

路地に人の姿はなかった。家守《やもり》の好之助《よしのすけ》にも小春にも、聞いてはいた。けれど、こおろぎ長屋にくるのは初めてだった。

こんなとこやったんか。もうちょっとましなとこやろと思てたのに。

お茂はちょっとがっかりした。

おかみさんに教えられた、片側の三軒目の粗末な軒下に立った。

「おはようさん。小春ちゃん、いる？」

腰高障子越しに声をかけた。

「どうぞ」

男のやわらかな江戸訛《なまり》が、中からかえってきた。

唐木さんや、とすぐにわかった。

片引きの腰高障子をそっと引き、遠慮がちに顔をのぞかせた。

竈《かまど》と流し場のある狭い土間に、着流しに襷《たすき》がけの唐木市兵衛が、肩に紺地の手拭《てぬぐ》いをかけ、碗《わん》や鉢《はち》を洗いながらお茂に笑顔を向けていた。お侍なのに、刀も差していなかった。

「お茂さん、小春に用かい」

やわらかな笑みを浮かべた唇の間から、白い歯がのぞいた。

唐木さんは、広い額《ひたい》の下に鼻筋が通り、顎《あご》がいく分張っている。色白で背が高く痩せている所為《せい》か、頼りなさそうに見えた。

けど、とお茂は自分に言った。

頼りなさそうに見えても、それは、唐木さんが穏やかな人柄で、本途《ほんと》は頼もしさを隠したはるんや、とお茂には思えた。

なんでかな、と不思議な感じがするけれど、唐木さんにお願いしたら、きっと何とかしてくれそうな気になれた。

「はい。あの……」

市兵衛に言いかけたとき、

「よう、お茂さん、いらっしゃい」

「おはよう、お茂さん」

と、店奥の四畳半の裏手から、青竹のような背の高い良一郎《りよういちろう》と、ずんぐり小太りの富平《とみへい》が、表戸のお茂に気づいて声を投げてきた。

店の裏手は、隣家の板塀との間の庭というより、人がかろうじてすれ違える程度の隙間《すきま》になっていて、二人は、そこにも射《さ》している一条の陽射《ひざ》しにあてるように、下帯や肌着を干していた。

「どうしたんだい。よくここがわかったじゃねえか」

二人は四畳半の畳をゆらして板間にきて、富平が意外そうに言ったので、良一郎が笑った。

「何を言ってんだい、兄き。おれたちにこおろぎ長屋を世話してくれたのは、お茂さんなんだぜ。わからねえわけが、ねえだろう」

「あ、そうか。そうだったな。けど、お茂さん、大丈夫なのかい。《勝村《かつむら》》の恐そうなご主人が出かけるのを、許してくれたのかい。まさか、逃げ出してきたんじゃねえだろうな」

「まさかや。ちゃんとご主人に話して、お許しをもろたからええの。昼見世《ひるみせ》が始まるまでに帰らな、えらい目に遭《あ》わされるけどな」

「ならいいや。昼見世にはまだだいぶ間があるぜ。なあ、良一郎」

「お茂さん、小春に会いにきたんだろう。わざわざきたんだから、なんか用が、小春にあるのかい」

「うん。小春ちゃんに会いにきたんやけど、それだけやないの。じつは、ほかにもちょっと……」

お茂は言葉をきり、流し場の市兵衛へちらりと目をやった。

市兵衛は笑顔を消さず、富平と良一郎に言った。

「では、朝のひと仕事を終えたところで、みなで茶を飲んで一服《いっぷく》しよう。お茂さん、まずはおあがり。良一郎、小春を呼んでおいで」

そこへ、路地を挟んだ向かいのお恒《つね》の店の戸が開き、小春が顔を出した。小春は路地を隔《へだ》てた店の戸口にお茂を見つけ、

「あら、女の人の声が聞こえたから、誰かと思ったら、お茂さんだったの」

と、駆け寄ってきた。

「小春ちゃん、会いとなってきたんよ」

お茂が言うと、嬉しい、と小春はお茂の手をとった。そして、すぐに真顔になって、富平と同じ心配をした。

「勝村のご主人は、大丈夫?」

「ご主人にお願いして、昼見世が始まるまでやぞ、と恐い顔で睨まれたけど、しぶしぶ許してもろたんや。小春ちゃん、これ。千日前《せんにちまえ》の菓子屋さんで買《こ》うてきた京鹿子《きょうがのこ》。みなで食べて」

お茂は小春へ頰笑《ほほえ》んで竹皮の包みを差し出し、市兵衛ら三人を見廻《みまわ》した。

「わあ、京鹿子なの。嬉《うれ》しい」

小春は、竹皮の包みを大事そうに両掌《りょうて》に持った。

「千日前の菓子屋の、きょうがのこ？　なんだか、名前を聞いただけでも、京の上品そうな菓子でやすね、市兵衛さん」

富平が市兵衛に言った。

「餅《もち》を餡《あん》で包んだ餅菓子だ。砂糖で煮つけた小豆《あずき》で包んで……まあ、食べればわかるよ。甘くて、美味《おい》しい」

「お茂さん、お恒さんも呼んでいい？」

「うん、そうして。お恒さんの分もちゃんとあるよ。沢山《たくさん》買うてきたから」

お茂は目を細めた。それからまた、市兵衛にそっと向いて、

「あの、唐木さんに、聞いてほしい話があるんだす。かまいまへんか」

と、ちょっと浮かぬ素ぶりを見せた。

小春が、あら、どうしたの、という顔つきになった。

「いいとも。京鹿子をいただきながら、聞かせてもらうよ」

市兵衛は、肩にかけた手拭いで濡《ぬ》れた手を拭《ふ》きながら、のどかに言った。

お茂は、難波新地の色茶屋・勝村の茶汲《ちゃく》み女である。

色茶屋・勝村の茶汲み女というのは名ばかりで、酒と膳《ぜん》を出して接客し、客が希《のぞ》めば一切り七匁《もんめ》足らずで相手をした。

公許となった遊女町であれ、難波新地の勝村のような色茶屋であれ、女たちの外との往来は厳しい制限を受けた。

江戸の吉原《よしわら》は、出入り口の大門《おおもん》は日本堤《にほんづつみ》の衣紋坂《えもんざか》に向いたひとつしかなく、忍びがえしのついた黒板塀《くろいたべい》と、お歯黒溝《はぐろどぶ》と呼ばれる堀が吉原の周囲を堅く囲い、吉原で働く者や住人が使う裏戸はあったものの、遊女の出入りを厳重に監視した。

それは岡場所《おかばしょ》の女も同じで、外との自由な往来を許さなかった。

ところが、大坂の遊里は宝暦《ほうれき》のころからもう違っていた。

公許となった大坂で唯一の遊女町の新町《しんまち》は、囲いは背の低い竹垣で、出入り口の大門も東西とそのほかに四ヵ所が設《もう》けられ、大門の数が増えるに従って遊女の見張りはゆるやかになっていき、大門番所の門番に一定の心付けを払えば、外との往来は自由にできた。

南の場末の難波新地でも、そういう大坂らしい遊女町の気風が流れていて、色茶屋が抱えている茶汲み女らの多少の出入りは、あたり前のように許された。

だが、お茂の場合は、勝村の主人がお茂に厳しい扱いをしない理由が、もうひとつあった。

小春には、三歳のときに大坂の新町で別れた、ただひとりの身内であった姉のお菊《きく》がいた。

新町で妹の小春と別れたのち、遊女になったお菊は、十五年の歳月に翻弄《ほんろう》された末に、難波新地の勝村へ流れ、わけあって勝村で亡くなった。

お茂は、勝村でお菊と親しい間柄だった。お菊から、九つ年の離れた妹の小春が江戸にいると聞いていた。お茂は、亡くなったお菊を哀れんで、江戸にいた小春へお菊の死を知らせてやった。

小春とお茂の縁は、お茂が小春にお菊の死を知らせ、小春が良一郎とともに難波新地のお茂を訪ねてきたときから始まった。

小春と良一郎が、右も左もわからない大坂の町で暮らせるように、南堀江のこおろぎ長屋の家守・好之助に、勝村のお茂から聞いたと言うたら寝泊りできる店を世話してくれるから、と勧めたのはお茂である。

好之助は、色茶屋・勝村のお茂の馴染《なじ》みで、気安い人柄の大坂男だった。

お茂が言うのならと、南堀江界隈《かいわい》の町運営を仕きる町代《ちょうだい》にかけ合い、割長屋の日当たりは悪く、粗末だけれど、安心して寝起きできるこおろぎ長屋に、小春らが住めるようにとり計《はか》らった。

お茂は、江戸から訪ねてきた可憐《かれん》な花のような小春をけな気《げ》に思い、できる限りの手助けをしたが、お菊の死と小春の事情にからんだがために、瀕死《ひんし》の暴行を受けるという災難に遭ったのだった。

その一件を調べた町奉行所の定町廻り役が、お茂に加えられた暴行を見て見ぬふりをした勝村の亭主を、厳しく叱責した。

「おまえ、言うとくぞ。お茂を、ちゃんと医者に診せて治るまで看病せえへんかったら、勝村は潰すからな」

勝村の亭主はひたすら平伏し、お茂がすっかり癒《い》えるまで養生させると誓い、それ以来、お茂の身体がすっかり癒えて、前と変わらず務めるようになってからも、お茂の頼み事は、しぶしぶながら大抵《たいてい》は聞いた。

一方、お菊と小春姉妹のわけありの事情は、亡くなったお菊や小春の納得のいくものではなかったが、とにもかくにも始末がつき、小春と良一郎が大坂に留《とど》まる理由はなくなった。江戸に帰るときがきていた。

にもかかわらず、肌寒さの残る春の前季に、小春と良一郎、続いて市兵衛と富平が二人を追って上坂し、同じこおろぎ長屋の住人になって、はや春は去り、夏の声を聞いてなお、四人は未《いま》だに南堀江のこおろぎ長屋にいた。

小春が江戸へ帰りたがらなかった。

わたしたちのためにお茂さんがひどい目に遭わされたのだから、お茂さんの身体が癒えるまでは、と初めは言っていたが、お茂の身体が癒え、前と変わらず務めができるようになると、こおろぎ長屋のお恒に習っている裁縫が、ちゃんとできるようになるまで、というのを江戸に帰らない理由にした。

市兵衛と富平が加わったので、小春と良一郎の店には、市兵衛と富平、良一郎の三人が寝起きし、小春は、長屋ではお恒ばあちゃんと呼ばれているひとり暮らしのお恒の好意で、路地の向かいのお恒の店で、まるでお恒の親類の娘のように寝起きしていた。

お恒は五十をすぎた年配ながら、界隈のお店から裁縫仕事を請け、その手間賃で暮らしていた。お恒の裁縫は、丁寧で仕あがりがいいと界隈では評判がよく、小春はお恒の裁縫を手伝っているうちに、裁縫の手ほどきを受け、お恒が感心するほど上達していた。

春が終り夏がきて、筋のいい小春の裁縫は、もう何も教えることはないと、お恒に太鼓《たいこ》判《ばん》を押されたが、それでも小春は、もう少し、あれもこれもと何かと理由をつけ、江戸へ帰ろうとはしなかった。

そんな夏の午前、お茂が手土産の京鹿子の竹皮の包みを提げて、こおろぎ長屋に訪ねてきたのである。

三

向かいの店のお恒も呼んで、市兵衛、小春、良一郎、お茂、富平、お恒の六人は、お茶の一服と甘い京鹿子を楽しんだ。

そのさ中、お茂が真顔になって市兵衛に話しかけた。

「ほんで、唐木さん、かまいまへんか」

お茂の様子が、少し違っていた。

「あての里は東小橋《ひがしおばせ》村いうて、北平野町の先に小橋村があって、小橋村と猫間川の末を挟んだ東側の村だす。難波新地からは一里《り》（約四キロ）足らずの、そう遠い村やおまへん。あての生まれは、村のはずれに狭い田畑を持ってるだけの、食べていくのがやっとという小百姓の家だした。せやから、身内に病人を出して薬料がかかったり、虫にやられて収穫が思うようにいかへんかったら、一家で頭抱えなあきまへん。もっとひどいことになったら、頭抱えるだけで済まず、一家で首くくらなあかん、そんな暮らしやった。あてが堀江の吹屋浜《ふきやはま》の銅吹《どうふき》屋さんに年季奉公に出たのは、十二歳のときだした。里にいろいろ費《つい》えが重なって、借金がかえせせんようになるくらいできてしもて、あての下に幼い弟や妹のいる長女やから、お父ちゃんに助けてくれと言われて、奉公に出るしかなかったんだす」

お茂は、薄化粧をした丸顔を少し悲しげに、笑うように曇らせて、短い身の上話を始めた。

「十年の年季奉公を終えるころになって、東小橋村の里に戻って、いずれどっかの家へ嫁入りして、とぼんやり思てました。けど、弟が継ぐことになってた里は借金をかえしたら、また新しい借金をしてのくりかえしで、あてが年季奉公を終えて戻っても、厄介《やっかい》がひとり増えるだけや、貧乏な暮らしは五年たとうが十年たとうが貧乏なままやとわかってました。そやから、またどっかのお店の年季奉公を始めるか、いっそのこと、新地に身売りをしてとか考えて、難波新地の勝村の茶汲み女になったんは、三年半前だした。あてみたいな器量の悪い、二十歳をすぎた年増にも、新地で働きまへんか、金になるええ働き口がおまっせ、とこっそり声をかけてくる人がおるんだすな。あては字も書けん阿呆《あほ》やし、考えるのが苦手やから、どうでもええわ、これでええわと投げやりになって、挙句《あげく》の果てが、こんな女になってしもたんだす」

「そんなことない。お茂さんは、自分でちゃんと働いて、他人にも親切で、器量だって……」

小春が、お茂に言いかけて上手く言えず、言葉につまった。恥ずかしそうに俯《うつむ》いて、白い頬《ほお》をほんのりと赤らめた。

お茂は小春の様子に、愁眉《しゅうび》を開くような頬笑みをかえした。

「おおきに、小春ちゃん。そんなふうに気にかけてくれて、優しいのやね。お菊ちゃんも優しい二つ違いの姉さんやった。勝村に務めて半年ぐらいたって、お菊ちゃんが店替えになって勝村にきたとき、へえ、と思た。気だての優しい器量のええ姉さんで、頭もええし心《しん》も強かったし、あてはお菊ちゃんに字を習《なろ》うた。お菊ちゃんは、病気にさえならへんかったら、勝村なんかに流れてくる人やなかった。新町の太夫になって、大店の旦那さんに落籍《ひか》されて、大店のお内儀《かみ》さんに納まっててもおかしない人やった。小春ちゃんも、江戸に帰ったら、良一郎さんのおかみさんに迎えられて、良一郎さんは老舗《しにせ》のお店を継いで、さぞかし似合いの夫婦になるのやろね。目に浮かぶわ」

良一郎は肩をすぼめて俯いて、顔もあげられなかった。

富平が唇《くちびる》をへの字に結んで、ふむふむ、と頷《うなず》いた。お恒は茶を一服しつつ、心地よさそうに頬笑んでいる。

「お茂さん、話の続きを聞かせてくれるかい」

市兵衛はお茂を促した。

「ああ、そうやった。今日は、お菊ちゃんの話をしにきたんやのうて、あての幼馴染《おさななじ》みの話を、しにきたんだす。東小橋村の幼馴染みだす。あてよりひとつ下の、名前はお橘。あてと同じ小百姓の家の生まれやけど、あてと違うのは、お橘ちゃんは東小橋村と小橋村の中で、一番の器量よしと言われてたことだす。幼いころ、いつも二人で遊んでました。あては、十二歳のときに奉公に出て、それからはお橘ちゃんと滅多《めった》に会えんようになりました。けど、奉公先の休みの日に村へ帰って、たまにお橘ちゃんと会うことがあると、お橘ちゃんは会うたびに見違えるほど綺麗《きれい》になっていくので、へえっ、と驚いて、うっとりするくらいだした。村では、お橘は小百姓の娘やけど、今に大百姓か、大坂のお金持ちのお店の嫁になるのやろと、言われてたんだす」

「お橘さんは、そうなったのかい」

「それが、お橘ちゃんは、大百姓の家でもお金持ちのお店でもない、あても知ってる東小橋村の由助《ゆすけ》さんに嫁《とつ》いだんだす。村の人の間では、なんでや、と噂《うわさ》になったそうだす。由助さんの家は、あてとこよりはましやけど、やっぱり貧しい小百姓やったんだす。けど、由助さんは気だての優しい働き者で、それはあても知ってましたから、お橘ちゃんが希《のぞ》んで由助さんに嫁いだと聞いたときは、お橘ちゃんらしいな、と思て感心しました」

「ふうん、お橘さんはそういう人なんやな」

それはお恒が言った。

「そうなんです。お橋ちゃんは、小《ちい》ちゃいころからそういう娘だした。あては小ちゃいころを思い出して、ちょっと嬉しかったのを覚えてます」

「お茂さん、お橋さんは今も、東小橋村でご主人の由助さんと暮らしていらっしゃるんでしょう」

小春が言った。

「あてが勝村に務めてからは、里へ帰れるわけもないから、お橋ちゃんとは会《お》うてまへん。きっと、子供もできて、気だての優しい由助さんと、幸せに所帯を営んでいるのやろなと、ときどき思い出すぐらいだした。けど、三日前、お客さんから、あてが東小橋村の生まれやと言うたら、東小橋村のお橋という百姓女が、賊《ぞく》に襲われて斬られた話を知ってるかと、お橋ちゃんの名前が出たんだす」

「まあ、お橋さんが賊に襲われて、斬られたの」

お橋という東小橋村の女が、百姓仕事の傍ら、上本町筋の東高津の料亭《木村》で中働きをしていた。七日前の夜更《よふ》け、木村から東小橋村への戻りの野道で、覆面頭巾《ふくめんずきん》をした賊に襲われ、逃れようとした背後より斬りつけられ、瀕死の大けがを負い、生死の境を彷徨《さまよ》っている。

お茂が客から聞いた話は、それだけだった。

「ええっ、お橋ちゃんが、だ、誰に？　お橋ちゃんの命は助かったの？　無事やの？　不《ふ》逞《てい》の輩《やから》は、捕まったの」

お茂は、お橋の名が出たことに何よりも驚き、客にとりすがった。

「お橋を襲うた賊は侍らしいて、お橋を手籠《てごめ》にする腹やったんや。お橋が抵抗して逃げるところを、逃がすまいと背中に斬りつけたというわけや。ばっさりと一刀の下に斬り捨てられて、お橋の生死がどないなったか、それ以上のことはわからん。だいぶ深手と聞いたから、もうあかんのちゃうか」

客はお茂があまりに驚いたので、面白がって言った。

お茂はお橋の身を案じ、居ても立ってもいられなかった。

一昨日、お茂は勝村の亭主に事情を訴え、亭主に身揚《みあ》がりを払い、さらに見張り役をつけられて、東小橋村の里にも寄らず、由助の店を訪ねた。

確かに、お橋の疵は深手で予断を許さぬものの、今のところ、かろうじて命はとりとめていた。お茂は横たわるお橋の手をとり、お橋ちゃん、お茂ちゃん、と二人は呼び合い、ただもう涙をこぼすばかりだった。

「お橋ちゃんと由助さん夫婦には、小さい子が二人とお姑《しゅうとめ》さんがいやはって、去年、お姑さんが倒れて、長いこと患《わずら》い、薬料がだいぶかかったそうだす。お姑さんの身体は治ったけど、それからは、惚《ぼ》けたことを言い始めてあてにできんようになり、そのほかにも費えの重なる事情が続いたとかで、由助さんは今年の田畑の収穫のために、借金をしたんだす。それでお橘さんは、朝のうち、由助さんと田畑の仕事をして、昼からは、借金をかえす足しにするため、東高津の料理屋の木村で、通いの中働きの仕事を始めたんやけど……」

お茂は亭主の由助から、七日前、木村からの戻りの小橋墓所で賊に襲われた事情を聞かされた。

「お橘ちゃんは斬られたとき、悲鳴をあげて沼に落ちたんだす。墓所の近くの東寺町の無《む》量寺《りょうじ》のお坊さんらが、お橘ちゃんの悲鳴と沼に落ちた音を聞きつけて、急いで沼へいったら、真っ白な月明かりが、水中に漂《ただよ》うてるお橘ちゃんをぼうっと照らして、背中から噴《ふ》き出している血が、黒く見えたそうだす。お坊さんに助けられて、まだ息がある、疵の手当てを、どこの女や、などと大騒ぎになり、東小橋村の由助の女房のお橘とわかった。お橘ちゃんが東小橋村へ運ばれ、気がついたんは翌日やったんだす。東小橋村の村役人さんらが、月番の西町奉行所にお調べ願いの訴えを出して、町奉行所のお役人さんらがきやはったんは、お橘ちゃんが命をとり留めたとわかった三日目やったそうだす。それまでは、お橘ちゃんただ苦しむばかりで、話が訊ける状態やなかったからだす。お役人さんらは、お橘ちゃんにいろいろ聞いたけど、下手人《げしゅにん》については、まだ何もわかってへんのだす。ただ、由助さんは、お橋ちゃんがお役人さんらにこんな話したと、言うてました。賊に襲われた日の午後の八ツ半（午後三時）ごろ、料亭の木村に東町奉行お雇いの十二、三人のお侍衆があがって、町芸者をあげて賑《にぎ》やかな酒宴になったんだす。酒宴は宵の六ツ（午後六時頃）をすぎても終らず、町芸者が引きあげてからは、中働きのお橋ちゃんらが、酌《しゃく》などの接客もやらされました。そのお侍衆の中のひとりが、お橋ちゃんの器量に目をつけ、言い寄ってきて……」

と、お茂の話は続いた。

賊は覆面頭巾で顔を隠していたが、お橋には、賊の身に着けていた千筋縞の袴と、小袖の六角形の亀甲文に見覚えがあった。木村の酒宴で酩酊し、お橋をしつこく追い廻《まわ》したあの侍の着衣と同じ文様で、侍の名前は、大坂東町奉行・彦坂和泉守お雇いの小坂源之助と聞いた。

それと、お橋は賊に激しく抵抗して、たまたま目だけを出した覆面を鷲《わし》づかみにして頭巾を奪いとり、そのとき、お橋の指が賊の目を突き、頰を引っかいた。

「お橋ちゃんは、賊の覆面をつかんで沼に沈みながらも、ずっと離さへんかったんだす。戸板に乗せられて東小橋村の家に運ばれてきたときも、黒覆面をぎゅっとつかんだままやったと、由助さんは言うてました」

「じゃ、じゃあ、お橘さんを襲った下手人は、もう知れているじゃねえですか。そいつですよ。小坂、なんとかの……」

富平が言ったのを、

「小坂源之助よ。大坂東町のお奉行さまお雇いのお侍よ」

と、言い添えた小春の顔が、ちょっと朱《しゅ》に染まり、怒っているようだった。

良一郎は、すくめた両肩の間に首を埋《うず》めて考えていたが、ふと、頭をもたげて市兵衛に言った。

「大坂東町奉行さまお雇いのお侍って、どういうお侍なんですか。町方の与力とか同心とかじゃ、ないんですか」

「それそれ。そうじゃねえんですか」

富平も市兵衛へ向いた。

「町方の与力同心とは違う。与力同心は、大坂町奉行所に属する大坂に住む地役人《じやくにん》で、町奉行の家臣ではない。与力同心は、町奉行の支配の下、従来どおり町方の役目を務める。だが、江戸の旗本《はたもと》が任じられ大坂へ赴任《ふにん》する町奉行の役目は、与力同心の支配だけではなく、家政向きの用人、あるいは公用人、それぞれの下役など、様々な仕事を担《にな》う家来が要る。そのため、町奉行に就いた旗本は、自分の家臣を率いて大坂へ赴任することになる」

「はいはい、なるほど。するってえと、江戸のお旗本はどれぐらいの人数をそろえて、大坂へ、ふ、なんとかするんですか」

「赴任だ。命じられた土地へいって、役に就くという意味だよ。人数は二十人以上、旗本によってはもっと大勢の家来衆を率いていく場合もあるらしい。旗本の家の体裁《ていさい》も、保たねばならないしな」

「そりゃそうですよね。江戸からきたお奉行さまが、御用箱をかついだ中間《ちゅうげん》ひとりのお供じゃ、大坂の町衆に、なんやねんあれっ、て笑われますよね」

「お旗本は、日ごろからそんなに大勢の家来衆を抱えて、大変ですね」

と、良一郎が言った。

「だから、お雇いなのだ。大坂の町奉行に就くのは、千五百石ほどの家禄《かろく》の旗本だ。そんなに大勢の家来衆を、日ごろから抱えておくことはできない。それで、奉行として赴任するときのみ、それらの家来衆を雇って、率いていくしかない。江戸には旗本の要請に応じて、家来衆を集める武家奉公人がいる。普段は浪人の身でありながら、一季居《いっきお》りで雇われた期間は、家来として仕えることになる。大坂の町奉行だけではない。長崎奉行や堺奉行や、幕府領の代官の任に就く旗本らは、みなそういう家来衆を雇い率いていくのだ。それを請け負う武家奉公人を、渡り用人とも言ってな」

「えっ、渡り用人って、市兵衛さんも渡り用人じゃ、ねえんですか」

「わたしの稼業は、それとは少し、いや、だいぶ違うな。わたしは、主に、家禄の低い旗本や御家人の勝手向きのたて直しに雇われる算盤侍《そろばんざむらい》だ。勝手向きをつかさどる用人役を抱えておく余裕のない武家は、江戸には多い。何しろ江戸は、幕府の家臣だけでも、何千もの武家が一門を保っている。それらの武家同士、武家の知己《ちき》や縁故《えんこ》を利用して、より有利な、あるいは高い身分の役目をとり持つ権門師《けんもんし》とか御内談師《ごないだんし》と言われている者もいる。よって、わたしのような算盤侍にも、仕事が廻ってくるのだよ」

「するってえと、市兵衛さんを雇うお武家さんは、あんまり、裕福じゃねえんですか」

「わたしの雇われる武家は、表向きは裕福に見えても、勝手向きが傾いて、実情は暮らしに窮《きゅう》し、だからと言って武家を捨てるわけにもいかず、ゆえに仕方なく雇うという相手だ」

「ええ、そうなんですか。なんだか、市兵衛さんがお気の毒になってきたな」

富平のいかにも気の毒そうな口ぶりに、お恒と小春と良一郎のみならず、市兵衛までがくすぐったそうに笑った。

だが、お茂は笑わず、真顔のまま続けた。

「唐木さん、小春ちゃんから聞きました。良一郎さんと富平さんからも聞いてました。唐木さんは、算盤ができて、剣術も強くて、お武家さんの勝手向きをたて直したりもするけど、ほかにも助けてほしいと人に頼まれたら、助けてくれはるそうだすな。あの、先《せん》だって、お恒さんの息子さんの豊一《とよいち》さんがお勤め先の中之島《なかのしま》のお蔵屋敷《くらやしき》で亡くなられたそうで、あては何も知らんで、ほんまにお気の毒なことでお悔やみ申します。そのことで、唐木さんは、豊一さんが亡くなりはった事情のお調べでも、ずいぶんとお働きにならはったと聞きました。どんなふうにお働きになったのか、詳しい事情は知りまへんけど」

「そうや。豊一のことでは、唐木さんにほんまに、言葉にできんぐらいほんまに助けられた。小春にも良一郎さんにも富平さんにも、助けられた。あんたらがいてくれたお陰や」

お恒が言うと、小春は無邪気《むじゃき》に首を左右にふった。

「助けられたのはわたしです。お茂さんとお恒さんのお陰です。わたしの両親がどうして亡くなり、新町で別れたお菊姉さんが、どんなにわたしを思ってくれていたのか、わたしがどうして今まで生きてこられたのか、それを知ることができたんです。みんなお茂さんとお恒さんの……」

「お茂さん、唐木さんになんぞお頼みしたいことが、ありそうやな。わてらがおらんほうが、ええのか」

お恒は、頬笑みをお茂に投げてそれとなく言った。

「おおきに、お恒さん。そうやおまへん。そうやのうて、唐木さんにお頼みしたいのやけど、上手いこと言われへんのだす」

「お茂さん、お調べにきた西町奉行所のお役人に、お橘さんが見た賊の着物の文様や賊を引っかいて疵つけた話は、伝わっているのだろう」

お茂はこくりと頷いた。

「お橘ちゃんが、お調べにきやはった西町奉行所のお役人さんらに、苦しいのを我慢して話したその日の夕方に、またお役人さんらがきやはったんだす。お役人さんらが訊きこみをしたところによると、東高津の料亭・木村の客とお橘ちゃんを襲った賊は、かかり合いのないことがわかった、お橘ちゃんが見た着物の文様の当人は、酒宴がお開きになり、酔いが廻ってふらふらの態《てい》で、仲間らに支えられて帰ったと、仲間らが証言したそうだす」

「なんだ。そうなのか」

富平が気抜けした口調で呟《つぶや》いた。

「お橘さんが覆面頭巾を奪いとったときに引っかいた疵は、どうだったんだい」

良一郎が長い首を突き出し、続いて聞いた。

「疵はあるんやて」

「やっぱり、小坂とかいう侍が下手人だったのかい」

「それが、そうでもないらしいのや。当人はふらふらに酔うてたから、東高津から戻る途中、何度も転んで、道端に石材がおいてあるところで転んだときに、顔を疵つけたと、これも一緒にいた仲間らが間違いないと証言したから、下手人は別におると、お役人さんに言われたんだす」

「それで」

市兵衛は、なおもお茂を促した。

「あの、そ、それでもお橋ちゃんは、由助さんに介抱されながら、あれは小坂源之助というたあのときのお侍に違いない、着物の文様や顔を引っかいた疵だけやない、いきなりつかまれたときの、息の臭いやら声やら身体つきやら、木村のお座敷で、お橋ちゃんにしつこく言い寄ったお侍に違いないのにと、悔しそうに言うて涙をこぼしてたと、由助さんから聞きました。由助さんは、もうええやないか、ひどい災難に遭《お》うたと諦めよ、心配せんとまずは疵を治してと、お橋ちゃんを慰めてはいても、内心は途方にくれてるのが、あてにはわかるんだす。幼い子供らは、お橋ちゃんの里で預かってもらうことになったようだす。けど、由助さんは、頭が惚けてきたお母ちゃんの世話もせなあかんし、ひとりで田畑の仕事をして、借金をかえさなあかんのだす。そやのに、お橋ちゃんの疵をお医者さんに診てもらうのに高い薬料がかかるしで、借金をかえすどころか、また借金をするしかないんだす」

「そうか。命が助かってよかったけど、それで終りってわけにはいかねえよな」

富平がため息交《ま》じりに言った。

「由助さんは、西町奉行所の掛《かかり》のお役人さんを訪ねて、お橘ちゃんが賊は小坂源之助やと言うてるので、もう一遍、お調べ願いを訴えたんだす。お役人さんは、なんの証拠もないことを言うてもあかんと、相手にしてくれへんかったと、それも遣《や》りきれんそうに言うてました」

「お橘さんも由助さんも、本途《ほんと》にお気の毒……」

小春が言った。

「唐木さん、昨日一日、あては悪い頭でずっと考えたんだす。考え事をしてぼうっとしてるから、なんやねん、ええ加減にせえと、お客さんに怒られたぐらいだした。お橘ちゃんと由助さんは、ほんまに気の毒や。このままでは可哀《かわい》そうや。お橘ちゃんをあんな目に遭《あ》わせた相手に、ちゃんと罰を受けさせ、ちゃんと償《つぐな》わせな、道理が通りまへん。お橘ちゃんと由助さんと子供とお姑さんの所帯を滅茶滅茶《めちゃめちゃ》にしたんやから、罰を受けて償うのは、あたり前やおまへんか」

お茂は帯に挟んでいた紙包みを抜き出した。そして、紙包みを手にしたままもじもじした。だが、やおら、決まりが悪そうに身を乗り出し、市兵衛の膝の前においた。

「お奉行所のお役人さんは、動いてくれまへん。昨日一日、頭が痛《いと》うなるほど考えた末に、唐木さんにお頼みするしかないと思いました。唐木さん、お頼みします。お橘ちゃんが言うたとおり、小坂源之助がほんまの下手人か、お役人さんが言うたようにそうではないのか、調べてほしいんだす。ほんまに下手人なら、小坂源之助にちゃんと罰を受けさせて、償わせることができますやろ。せめて、償いがされたら、お橘ちゃんも由助さんとの暮らしが楽になって、二人の子供もお姑さんも助かるんだす。このままやったら、お橘ちゃんと由助さんは借金がかえせんようになって、田畑をとられ、水呑《みずのみ》百姓になってしまいます。そんな、あんまりやおまへんか。こ、これは、五両と銀貨と銭がちょっとだす。唐木さんは江戸の人やから、小判に両替しときました。仕事の手間代はこれで、お願いできまへんやろか。あての蓄えだす。これで足りんのやったら、もうちょっとぐらいは、なんとかできますし」

お茂は畳に手をついて、子猫のように身体を丸めた。

市兵衛は、紙包みとお茂の島田を見つめて言った。

「お茂さんの、蓄えだけではないのだな。勝村のご亭主に、年季奉公を延ばして借金を申し入れたのかい」

「ええっ、お茂さん」

小春が驚いて声をあげた。

お茂はこたえなかった。手をあげず、凝《じ》っと身を固くしている。

「だめだめ、お茂さん、こんなことしちゃいけない」

小春がお茂のそばへにじり寄り、紙包みをお茂の手に戻そうとした。お茂は島田を激しく左右にふって、

「小春ちゃん、あてはええのや」

と、それを拒んだ。

「じゃあ、わたしがお金を払います。市兵衛さん、わたしがお茂さんの代わりに年季奉公に出て、お金を作りますから、それでお茂さんの頼みを、聞いてあげてください」

良一郎と富平は唖然《あぜん》としたが、すぐに、小春の勢いに釣られて言った。

「お、おれも、わずかだけど、金がまだ残っていますので」

「なら、市兵衛さん、おれも出せる分は出しやす」

お恒が、呆《あき》れた顔つきを見せた。

「小春、良一郎さんも富平さんも、まずは、市兵衛さんの言わはることを、聞いてからに

したらどうや」

市兵衛は、お茂の島田から目を放していなかった。

「お茂さん、わたしを雇ってそれを調べ、小坂源之助という侍が、町方の言うとおり、賊ではなかったらどうする。罪のない他人に、疑いをかけたのだ」

「そうやったなら、申しわけないと思います。お橋ちゃんがあんな大怪我《けが》を負わされたんだす。疑いを持ったまま、しゃあないと諦めるのは、できまへん。済んまへんと言うしかおまへん。それはそれですっきりするし、お橋ちゃんと由助さんにも、斯《か》く斯《か》く云々《しかじか》と知らせてやれます。つらい災難やったけど、きっと下手人が捕まることを願うて、我慢《がまん》して、耐えて生きていけると思うんだす」

「お茂さんが年季奉公を延ばして拵《こしら》えたこの金を、お橋さんと由助さんに用だてたほうが、二人の所帯の役にたつのではないか」

「それも思いました。そやけど、あてみたいな阿呆でも、大好きやった幼馴染みがあんな目に遭わされて、悔しいてならんのだす。下手人が小坂源之助かもしれんと思たまま、何も手を打たんと諦めてしまうのは、つろうて情けないんだす。所詮《しょせん》百姓風情《ふぜい》の命のひとつや二つと、阿呆にしてるやおまへんか。所帯に役だてることとこれは、別やと思います。お橋ちゃんと由助さんの役にたてるためには、またほかに考えがあります」

「ほかに考えとは、さらに年季奉公を延ばすつもりなのかい」

お茂はこたえなかった。

「わかった。お茂さんの頼みを請《う》けよう」

「おおきに、おおきに。ああ、よかった」

「では、これは戻す」

市兵衛が紙包みをとってお茂の前へ膝《ひざ》を進め、畳についた手をあげさせ、紙包みをにぎらせた。

「あきまへん。そんなんあきまへん」

「手間代は、調べがついたら、小春と良一郎と富平からいただくことにする。わたしはわが友に頼まれ、富平とともに、小春と良一郎を無事江戸へ連れ戻すために大坂へきた。そのために報酬《ほうしゅう》ももらっている。まずは、小春と良一郎を江戸の親元に連れ戻してから、三人の申し入れをありがたく受けるつもりだ。大丈夫。請けた仕事は必ず果たす。江戸へ戻るのは仕事が済んでからだ。これはお茂さんのものだ。お茂さんにかえすのが筋だ」

さあ、と市兵衛はお茂の手に無理やりにぎらせた。

なおもためらっているお茂に、お恒が言った。

「お茂さん、唐木さんが言うてくれてはるのやから、そのお金は持って帰って、勝村のご亭主にかえしたほうがええ。お茂さんがわざわざ、唐木さんにそのお金を持って頼みにきただけで、もう充分や。年季奉公を延ばしたらあかん。お茂さんはまだまだ若い。先は長いのやで。もっと自分を大事にして」

お茂は紙包みを凝っと見つめ、

「おおきに」

と、誰にということもなく、ぽつり、と言った。

四

昼前、お茂は明るい笑みを市兵衛に残し、難波新地へ帰っていき、小春と良一郎と富平が、道頓堀川までお茂を見送っていった。

その間に市兵衛は、紺青《こんじよう》の上着と千筋縞の細袴に身支度し、菅笠《すげがさ》を携えた。

ほどなく、小春と良一郎、富平の三人が路地のどぶ板を鳴らして戻ってきた。表の障子戸を引き開け、三人は出かけるころ合いの市兵衛を見て、

「おっと、市兵衛さん、あっしらもお供しやす」

と、富平が真っ先に飛びこんで、小太りの身体を板間へはずませ、四畳半の自分と良一

郎の菅笠をつかみ、「ほら、良一郎」と土間の良一郎へひとつを投げた。

「済まねえ、兄き」

良一郎は、菅笠をかぶって顎紐《あごひも》を素早く結んだ。

「市兵衛さん、まずはどちらから。お指図《さしず》を願いやす」

富平も土間に飛び降りて良一郎と並び、二人は着流しを尻端折《しりはしょ》りにして、良一郎は膝頭から臑《すね》の細長い両足を青竹のように突っ張り、富平は太短い頑丈そうな臑を剝《む》き出した。

若い二人の跣《はだし》に草履《ぞうり》が、夏らしかった。しかし、

「市兵衛さん、わたしもすぐに支度をします」

と、小春が向かいのお恒の店に戻りかけるのを、市兵衛は止めた。

「小春は、お恒さんの裁縫の仕事があるだろう」

「ええっ。だって、お茂さんの頼みだから、わたしも手伝います」

「やりかけの仕事を、お恒さんに押しつけるのはよくない。小春は小春の仕事をするのだ。こちらの用が済んだら、すぐに大坂を発《た》つ。江戸へ帰るのだ。それまでに、お恒さんに習うことはちゃんと習っておくようにな」

「小春、こっちはおれたちに任しておきな。お茂さんの気が済むように、抜かりなく探ってくるからさ」

「そうそう。ようやく、江戸の岡っ引の見せ場がきたぜ。良一郎、江戸の岡っ引はちょっと違うな、というところを大坂者に見せてやろうぜ」

「やってやろうぜ、兄き。岡っ引の下っ引だけどね」

「大坂では文六《ぶんろく》親分もお糸姐《いとねえ》さんもいねえんだから、あっしらが岡っ引さ。市兵衛さん、あっしはなんだか、身体がむずむずしてきやした」

「そうか。ではいこう」

と、少々不満そうな小春を残し、《こおろぎ長屋》を出た。それでも小春は、市兵衛らがどぶに架かった板橋を渡ったとき、

「いってらっしゃい。良一郎さん、富平さん、市兵衛さんの足手まといになっちゃあだめよ。頑張ってね」

と、店の前で市兵衛らへ長い手をふって見せた。

路地で遊んでいた子供らが小春を真似《まね》て、「頑張りやあ」と口々に言って手をふった。

お恒も路地に出てきて、市兵衛らを見送った。

先日、江戸の渋井鬼三次から手紙が届き、市兵衛はそれが気になっていた。
一筆啓上《いっぴつけいじょう》唐木市兵衛殿　如何《いか》なる子細《しさい》に相成《あいな》り候哉《そうろうや》……

という書き出しで、一体どうなっているんだ。良一郎の両親も小春の両親も、いつになったら二人は江戸にもどってくるのだと、気をもんでいる。もしかして、路用《ろよう》を使い果たして帰るに帰れなくなっているかもしれないからと、五両もの小判が手紙に同封されていた。

渋井の懐《ふところ》から出た五両に違いなかった。

良一郎は、江戸の北町奉行所定町廻り方同心・渋井鬼三次の倅だった。

渋井と別れた女房のお藤《ふじ》が、良一郎の手を引いて里の扇子《せんす》問屋へ戻り、そののちお藤は、良一郎を連れて里と同じ扇子問屋《伊東《いとう》》の文八郎《ぶんぱちろう》に再縁した。

良一郎は、伊東の跡とりに決まっていた。

一方の小春は、良一郎が跡とりになった扇子問屋・伊東に扇子を卸《おろ》している、扇子職人の佐十郎《さじゅうろう》と女房の養女であり、良一郎とは幼馴染みだった。

この春、十八歳になった小春が、姉のお菊が大坂で亡くなった知らせを受け、養父母にも知られず大坂へいく決心をした。

小春の幼馴染みの良一郎はそれを知って、右も左もわからない大坂へ小春をひとりでいかせるわけにはいかないと、純情ひと筋に詳しい事情も訊ねぬまま、自分も扇子問屋の両親に隠し、小春と欠け落《かお》ち同然に大坂へ旅だった。

渋井鬼三次は市兵衛の気が置けない年来の友である。

渋井は市兵衛に、二人を江戸へ連れ戻してほしいと頼んだ。

友が、倅の良一郎と、倅とともに大坂へ旅だった小春の身を案じていた。市兵衛に友の頼みを拒む理由はなかった。

富平は、神田紺屋町《かんだこんやちょう》の御用聞《ごようきき》・文六親分の下っ引を、良一郎とともに務めている良一郎の兄き分である。

渋井に頼まれ、市兵衛が小春と良一郎を連れ戻しに大坂へいくことを知った文六親分が、富平は良一郎のいい相棒なので、二人を連れ戻す役にたちますから富平をお供にぜひと申し入れ、富平は市兵衛の助手としてともに上坂した。

大坂にきて、もう三月《みつき》近くがたっていた。

渋井鬼三次の手紙と五両を受けとったとき、しまった、これは拙《まず》い、長居をしすぎた、江戸へ早く帰らねば、と市兵衛はさすがに思った。

しかし、江戸へ帰る前にお茂の頼みを果たさなければならない。

難題を抱えたのは、わかっていた。安請け合いだったと思った。

渋井さん、済まない、もう少し待ってくれ、これが済んだら四の五の言わせず、必ず……

と、市兵衛は自分に言いわけした。
やるしかなかった。

南堀江の道頓堀端《どうとんぼりばた》へ出て、西横堀川《にしよこぼりがわ》に架かった金屋橋《かなやばし》を島之内《しまのうち》へ渡って、なおも道頓堀川端を東へとり、東横堀川も越え、高津宮《こうづぐう》をすぎ、上本町筋《うえほんまちすじ》の寺町に囲まれた東高津の町家に出たのは昼ごろだった。

上本町筋の北の空を背に、大坂城がそびえていた。南の空へ目を転ずると、四天王寺《してんのうじ》の五重塔が望めた。南の空の果てには、青にくっきりと分かれて、白い岩のような雲が積み重なっていた。

往来は、四天王寺や寺町の各寺への参詣客《さんけい》や饅頭笠《まんじゆうがさ》の僧らの姿が多く、荷を積んだべか車《ぐるま》がいき交い、ずいぶん賑《にぎ》わっていた。

料亭の木村には、東小橋《ひがしおばせ》村の由助の話を聞いてから寄ることにした。

東高津と寺町の境の小路を東へ抜けると、町家は途ぎれ、北側に寺町の家並が整然とつらなり、北から南へと、玉造《たまつくり》村、小橋村、国分《こくぶ》村や天王寺《てんのうじ》村の田んぼや畑が開けていた。

田畑の所どころに、いくつかの集落の屋根屋根が折り重なって、遠くの野道に沿って並木が濃い青葉を茂らせ、藪《やぶ》に覆われた塚のような小山や鎮守の杜《もり》や一軒家が、昼の白い陽射しの下に散在していた。

その田畑が広がる景色の彼方に、奈良へ通じる生駒《いこま》の峰が青く波打ち、雲がきれた空は、抜けるように澄んでいた。

青い田んぼの間を通っている野道の先に、小橋墓所の墓石の一群が固まっていた。野道から細道が、水草の繁茂する小さな沼に沿って墓所に通じていて、細道は草生《む》し、沼の片側の深い灌木《かんぼく》が細道に覆いかぶさるように繁《しげ》っていた。

「市兵衛さん、あそこじゃねえですか」

野道をいきながら、良一郎が墓所のほうへ目をやった。

「たぶん、そうだ」

「そうか。お橋さんはあそこで賊に襲われたのか。辺りは寺しかねえ。夜は寂《さび》しいところだろうな」

富平が菅笠を持ちあげ、野道の周囲を見廻した。

田んぼに百姓の姿は見えず、野道をいくのは、市兵衛ら三人だけだった。

野道を北側の墓所へ分かれる細道のところへきて、歩みを止めた。

沼と墓所の西側と北側は東寺町で、寺院の土塀や板塀が境内の仏殿や樹林を囲っていた。東寺町からさらに東方の真田山《さなだやま》の裾《すそ》にも、小橋寺町の寺院が仏殿の瓦葺《かわらぶき》屋根や茅葺《かやぶき》屋根を並べていた。

　沼の水面は、鏡のような苔色《こけ》に静まっていた。

「小さな沼ですね。水草がいっぱい生えてらあ。お橋さんは賊に後ろからばっさりとやられて、沼に沈んだんですね。痛かったろうな」

「痛かったに違いねえよ。あそこら辺のどっかの坊さんが、悲鳴《ひめい》を聞きつけて出てきた。お橋さんが沈んでいるのを見つけ、引きあげた。それでぎりぎり命をとり留めたってわけだ。ひでえ話だぜ」

「水草が繁っていたから、深くは沈まなかったんだ。だから、月の淡い光でも水中に浮かんでいるお橋さんを映し出した。深く沈んでいたら、お橋さんは助からなかったろうな。せめてもの幸いだった」

　市兵衛は、苔色の水面《みなも》越しに寺町へ目をやった。寺町は、沼からさほど離れてはいない。夜更けの悲鳴や水音は、よく聞こえたのに違いない。

「市兵衛さん、お橋さんを見つけた坊さんの話も訊くんでしょう。確か、東寺町の無量寺のお坊さんでしたよね」

　良一郎がまた言った。

「訊かねばな。だが、まずは東小橋村の由助さんの話を聞いてからだ。できれば、お橋さんの話も訊きたいが、話が訊けるかどうか」

市兵衛は良一郎と富平を見廻し、「いこう」と先に歩み出した。

小橋墓所から味原《あじはら》池、小橋村の集落を抜け、猫間川の末の細流に架かった小橋を渡ったら、野道の先に東小橋村の集落が見えます、とお茂に教えられた。

小橋を渡ったところに、一本松があって、地蔵菩薩《じぞうぼさつ》が祀《まつ》られていた。

野道は、東小橋村の先の平野《ひらの》川や、北の鶴橋《つるはし》村へといたる。

東小橋村の往来には、子供らの駆け廻る姿が目だった。

由助の店は、すぐにわかった。

切妻《きりづま》の茅葺屋根の小さな百姓家だったが、見苦しさや貧しさを感じさせることのない、小ざっぱりした住居だった。垣根や塀はなく、櫟《くぬぎ》や楢《なら》が葉を繁らせる高木を背にした主屋《おもや》と、土壁の小さな納屋の前の庭に、胡瓜《きゅうり》と茄子《なす》の畑があった。

表戸が開いていて、良一郎が薄暗い内庭に呼びかけた。

ほどもなく、由助が応対に出てきて、両刀を帯びた市兵衛と町民風体の若衆の三人連れを、「あの、どちらさんだすか」と訝《いぶか》しんだ。

「卒爾《そつじ》ながら、こちら、東小橋村の由助さんのお住まいとうかがい、お訪ねいたしました。ご亭主の由助さんと、お見受けいたします。わたくしは唐木市兵衛と申します。この者は富平、良一郎でございます。われら決して、胡乱《うろん》なる者ではございません」

と、菅笠をとって名乗り、三人そろって辞儀《じぎ》をした。

お茂に聞いていたとおり、由助は人柄が穏やかで善良そうな風貌の、百姓仕事で日には焼けているものの、童《わらべ》のころの面影をとどめ、目鼻だちのしっかりした好男子であった。

見知らぬ侍風体と若衆二人の訪問者を訝しみつつも、大地とともに生きる農民の純朴さが垣間《かいま》見え、刺々《とげとげ》しさを感じさせなかった。

なるほど、村一番の器量よしのお橘が希《のぞ》んで女房になったのも頷ける、この男なら話がわかる、と市兵衛は思った。

「わたくしどもは、先夜こちらのお橘さんが不慮《ふりょ》の災難に遭われ、大怪我を負われた一件について、その事情をお聞きするためにお訪ねいたした次第《しだい》です」

えっ、と戸惑いを見せた由助に、

「ご不審はごもっともですが、お聞き願います。と申しますのは、われら、当東小橋村のお茂さんの依頼を受け……」

と、お茂の頼みを市兵衛らが請けて訪ねてきた経緯を、懇《ねんご》ろに語った。

すると、由助は初めのうちは啞然《あぜん》と市兵衛らを見廻していたのが、やがて、面映《おもはゆ》そうな顔つきに変えて言った。

「そうだしたか。お茂さんがそんなことまでして。お茂さんもえらい苦労を背負って、お茂さん自身も可哀そうな身のうえやのに、わたしらのことまで、そないに気にかけてもろて、申しわけないことだす。そういうことなら、狭いところですが、まあ、入っとくなはれ」

思ったとおり、由助は話のわかる男だった。

市兵衛の意図が相通じ、内庭から竈や流し場のある勝手の土間へ通り、炉が掘ってある台所の板間に招き入れられた。

勝手の背戸口が開いており、裏庭に青葉の繁る楢の木が見えた。

勝手の冷《ひ》やりとして澄んだ静けさが、陽射しの下を長々と歩いてきた市兵衛らを心地よく包んだ。竈のそばに筵《むしろ》を敷き、ほとんど白くなった髪を束ね髪にした老女が、置物《おきもの》のように座って、市兵衛らへ見向きもせず藁《わら》を編んでいた。

「お母ちゃん、お客さんやで。お茂ちゃんのお知り合いや。挨拶《あいさつ》しいや」

由助が言っても、老女はやはり市兵衛らに気づかぬかのように、藁を編みながらか細く優しい声をかえした。

「お茂がきたんか。そうか。お茂、ゆっくりしていき」

「お茂ちゃんと違う。お茂ちゃんのお知り合いや。お友だちや」

由助が笑い、市兵衛に言った。

「わたしの母親だす。もう子供に帰ってしもて。わたしらの子供は、お橋の里に預かってもろてますので、母親ぐらいはわたしが面倒を看《み》なあきまへん。手は多少かかりますが、しゃあないのかなと思てます。今朝作って冷ましておいた麦茶で、かまいまへんか」

「ありがたいことです。南堀江の下博労町《しもばくろうまち》の裏店《うらだな》からきましたので、喉が渇きました。麦茶の香りが夏らしさを感じます」

「南堀江の下博労町なら、もう木津川《きづがわ》のすぐねき（そば）だすな。ここは平野川のねきだす。大坂の、西の端から東の端まできやはったんや。喉も渇きましたやろ。すぐ支度します」

「その前に、これを。お橋さんの養生《ようじょう》の足しにしてください」

市兵衛は銀貨の紙包みを懐にしていて、それを由助の前においた。

「そんな。困ります。お気持ちだけで充分だす。これはやめてください」

「わたしも、若いこの二人も江戸の者ですが、大坂にきてお茂さんと縁ができ、その縁によりこちらにうかがいました。これも縁です。わずかでもお役にたてばと思うばかりで、気遣われるほどの額ではありません。何とぞ」

と、紙包みをさらに推《お》し進めた。

由助はためらっていたものの、やがて頭《こうべ》を垂れ、「そうだすか。ほんなら、遠慮のう」と、それを押しいただくように手にした。

由助は、市兵衛らに麦茶の支度をすると、奥のお橋の寝間にいった。夫婦のささやき声が交わされ、しばしののち、由助は板間に戻って、

「ありがとうございます。お橋も礼をせなあかんのではございますが、疵がしっかりふさがるまで無理させられませんので、ご無礼させてもらいます。先夜の事情については、大方《おお》《かた》のことはお橋から聞いております。わたしがお話しできると思いますので、お茂さんに話したことをもう一度話したほうがええのか、それとも、唐木さまのほうでお聞きになりたいことがおましたら、どうぞ、なんなりとお訊ねください」

それから始まった由助の話は、お茂から聞いた話と大差はなかった。

お橋は、悲鳴と小橋墓所の沼に落ちた音を聞きつけた無量寺の僧らに助けられてから、丸二日近く、生死の境を彷徨《さまよ》った。

東小橋村のお橋とわかり、戸板で運ばれ、村医者に大急ぎできてもらったが、あまりの深手ゆえ村医者では手に負えぬというので、南谷町《みなみたにまち》の蘭医《らんい》が呼ばれた。

肩から背中の半ばまでの刀疵の縫合《ほうごう》に、明け方近くまでかかった。

「気を失うていたのが翌日気がつき、それがかえってお橋を苦しませることになって、母

親の苦しむ声に子供らは怯えて泣きますし、お医者さまは自分にできることはこれ以上はない、容体が変わったらいつでも呼べと帰らはるので、わたしは何をするんだすかと訊ねますと、疵を覆う晒《さらし》を綺麗な晒に変えてやることと疵に薬を塗ること、声をかけて励ましてやること、それから神仏に祈ることやなと言われました。わたしはお橘が可哀想で、見守ることしかできんのがつろうて、涙がこぼれてなりまへんでした」

予断は許さぬものの、血がすっかり止まり、一命をとり留めるかもしれん、と医者が言ったのは三日目だった。

「若いからやな。この疵でようもった。たんと血が出たから、これから滋養《じよう》をつけて身体を回復させるのや」

と、医者もお橘の回復に驚いていた。

「疵を看たとき、ほんまはあかんと思とったんや。おまえの女房は、三途《さんず》の川を渡らんと、引っかえしてきたんやな」

南谷町の蘭医は薄笑いを浮かべ、由助にこっそり言った。

その三日目の昼前、西町奉行所の掛の町方がきて、苦しみながらも横になったままならなんとか話ができるお橘に、訊きとりをした。

お橘は、覆面頭巾の賊が着けていた千筋縞の袴と六角形の亀甲文の着物や、賊の頭巾をむしりとったはずみに、爪で目を突き顔を引っかいた、と話した。

そのとき、小坂源之助の名前が初めて出た。

「《木村》のお客さんの中にいた、あの侍さんやと、すぐにわかりました。名前は、東町の御奉行さまのご家来衆で、小坂源之助と言う人だす」

小坂源之助は酒宴で酩酊し、お橋にしつこく言い寄った。

「間違いないか」

「間違いおまへん」

お橋はこたえた。

それから沼に沈んだとき、男らの言い合うおぼろな声を聞いていた。

婢《はしため》、成敗してやる。何をしている。逃げろ。ぐずぐずするな。人がくるぞ。

賊はひとりではなかったと、それもお橋は言った。

しかし、訊きとりをした町方は、宵《よい》になって再び東小橋村の店に現れ、当夜の酒宴の客とお橋を襲った賊は、別人であることが仲間らの証言で明らかになったと、お橋に伝えられた。

「どうやら、おまえの思いすごしのようやな」

町方は、そう言い残して引きあげていった。

町方が引きあげていったあと、お橘は由助に、あれは小坂源之助というお侍に違いない、着物の亀甲文や顔の引っかき疵だけではない、賊にいきなりつかまれたときに、息の臭いや声や身体つきであのお侍とわかった、と言った。

「もうええやないか。ひどい災難に遭うたと諦めよ。まずは疵を治して」

由助はお橘を慰めたが、

「あのお侍に、違いないのに」

と、お橘は涙をこぼした。

翌日、由助は朝のうちはお橘の世話をお橘の母親に頼み、四日ぶりに田んぼと畑の仕事に出た。田畑の仕事に精を出している間は、つらい思いを忘れた。

だが、お橘のこぼした涙は由助に応《こた》えた。

由助は、その日の田畑の仕事を終えて、西町奉行所の掛《かかり》の町方を訪ねた。賊の息の臭いや声や身体つきは、小坂源之助のそれに間違いないとお橘が言っている、今一度お調べを、と訴えた。

なんの証拠にもならんことを言うてもあかん、と町方はとり合わなかった。

「わたしらには、これ以上どうすることもできまへん。遣りきれんし、悔しいけれど、泣き寝入りするしかおまへん。そしたら一昨日、お茂さんが見舞いにきてくれたんだす。お茂さんがどういう境遇にあるのか、村では知られています。お茂さんを白い目で見る人もいます。お茂さんは里にも戻りづらいと言うてました。それでも、わざわざお橋の見舞いにきてくれたんだす。お橋も喜んで、ほんまにありがたいと思いました。つい、お橋が言うてるのをお茂さんに話して、それで、唐木さんらがお茂さんに頼まれてきやはったわけだす」

由助は、わずかに首をかしげて、背戸口の楢の青葉に目をやった。

市兵衛は言った。

「掛の役人は、賊がひとりではなかったと、お橋さんが聞きつけた何人かの男らの声については、どのように言っているのですか」

「背中を斬られて沼に落ち、意識が薄れたときに聞いたのやろ。それはあてにならん、そう聞いたと思てるだけとちゃうか、と言われました。賊は、何人かが組になってたのか、ひとりなのか、それもはっきりしません」

「何人かが組になっていたなら、小坂源之助と酒宴の場にいた仲間らかもしれません。その仲間らも、お橋さんが襲われた小橋墓所にいた。思いがけない事態になって、逃げろ、ぐずぐずするな、と言い合って逃げたとしたら……」

市兵衛は推量した。

「そうだ。それに違いありませんよ。仲間がいたんだ。やつら、みなで口裏を合わせて、罪を隠す気なんですよ」

「そんな悪仲間の小細工《こざいく》に騙《だま》されやがって、大坂の町方は何やってんだ」

良一郎と富平が、不満をあらわに言った。

「東高津の木村でも、当夜の事情を訊くつもりです。お橘さんは中働きをなさっていたのですね。同じ中働きのどなたかに、親しいお知り合いはいませんか。お知り合いに話が訊けたら、ありがたい」

すると、間仕切りの襖《ふすま》越しに、「あんた、あんた」と、お橘の弱々しくかすれた声が由助を呼んだ。由助が奥の部屋へいき、ひそひそ声が聞こえてきた。

ほどもなく、由助は板間に戻ってきた。

「同じ中働きの、頭役《かしらやく》のお菜恵《なえ》さんなら、話が訊けるそうだす。当夜の酒宴で、お橘が小坂源之助に言い寄られて困っているのを、お菜恵さんが助けてくれはった。お菜恵さんなら、知ってることがあるかもと言うてます」

「お菜恵さんですね。では、さっそく……」

市兵衛は座を立った。三人が勝手の土間に降りると、竈のそばの母親が、変わらずに藁を編みながら、

「お茂、またおいで」

と、か細く優しい声をかけてきた。

五

猫間川の小橋を戻り、小橋村の集落を抜け、再び、沼沿いに細道が小橋墓所へ分かれる野道まできた。

小橋墓所の沼の西側に、無量寺の土塀が見えていた。

無量寺は、お橋が沈んだ沼に沿って土塀を廻《めぐ》らし、講堂の瓦葺屋根が、境内の樹林の間に午後の日を浴びて耀《かがや》いていた。

蟬の声は聞こえないが、だいぶ暑くなっていた。

田んぼの畦道《あぜみち》を通って、無量寺の土塀と沼を隔てる小路をとり、小橋墓所の表参道にあたる東寺町の往来に出た。

小橋墓所は大坂七墓《ななはか》のひとつで、七墓巡《めぐ》りの墓参《ぼさん》客らしき人通りが案外に目だつ東寺町の往来に、浄土宗《じょうどしゅう》無量寺の表門は開かれていた。

表門から僧坊《そうぼう》へ廻り、僧坊にいた寺男に取次《とりつぎ》を頼み、大柄な身体に墨染《すみぞ》めの衣を涼しげに着けた無量寺の法顕《ほうけん》という中年の和尚《おしょう》が、僧坊の板間に出てきた。

法顕は、侍風体と町民と思われる若衆二人を、訝しく思ったようだった。土間の市兵衛らにあがれとも言わず、立ち話で少々ぞんざいな応対をした。

「東小橋村のお橋の一件で話を聞きたいというのは、あんたらかいな。町奉行所のお役人には見えまへんが、どういうお役目だすか」

と、怪訝《けげん》そうに質《ただ》した。

市兵衛は、突然訪ねた非礼《ひれい》を丁重に詫《わ》び、自分たちはお上の役目に就いている者ではなく、東小橋村のお橋をよく知るさる人物の依頼を請け、その人物に代わって、七日前の夜、どのような経緯があって、お橋があの大怪我を負ったのかを調べていると伝えた。

「東小橋村のお橋さんのご亭主の由助さんに、こちら無量寺のお坊さま方が、小橋墓所の沼に沈んだお橋さんを助け出され、お橋さんは一命をとり留められたとうかがいました。まさに、阿弥陀仏《あみだぶつ》の御慈悲《おじひ》の賜物《たまもの》に間違いなく、その子細の一端なりともお聞かせ願えればと、お訪ねいたしました」

「由助さんに、聞いてこられたんだすか」

「はい。お橋さんは今も床に臥《ふ》せっておられますので、ご亭主の由助さんにお会いし、当夜の事情やお橋さんの容体などを聞かせていただきました。そののち、こちらへ……」

「さる人物とは、どういう方だすか」

「お橘さんとは幼馴染みの方です。ただ今は村を出られ、ご奉公の身ゆえ、わたくしどもが請け負いました」

「請け負うたということは、唐木さんはそういう稼業をなさったはるんだすか」

「さようです。請け負いの代金を得て務めております」

「阿弥陀仏の慈悲やのうて、金のためだすか」

「人が身を粉《こ》にして稼業に励み、得られた稼ぎがわが代金でございます。大事な稼ぎを代金にいただくのです。請け負いましたわが務めを、おろそかにはいたしません。わが務めが、阿弥陀仏の慈悲にそむくとも思いません」

「小理屈やな。まあ、ええか」

法顕は呟き、剃髪の大きな頭を指の太い手でなでた。

「唐木さんは、江戸のお侍だすな。江戸の訛《なまり》でわかります。町方は大坂の地役人やが、お城勤めのお侍は大抵は江戸侍だす。江戸侍が珍しいわけやおまへんし、唐木さんらがお上の役人ではないからというて、軽んじて隠したりはしまへん。先だっての、東小橋村のお橘の件は、ここら辺の者ならみな知ってることや。隠してもしょうがおまへんしな。あの夜は、うちで修行中の新発意《しんぼち》らが、お橘の悲鳴と沼に落ちた音を聞きつけ、飛び出していって、沼に沈みかけとるお橋を助けあげた。誰でもすることだす。血がだらだらと流れて、むごたらしいあり様だした。わては、修行僧らがお橋を助けあげるのを見て、お橋のために経をあげてただけだす。応急の手当てはしました。けど、虫の息というか、もう持たん、長ないとみな思てました。近所の人らも出てきて、これは東小橋村の由助の女房のお橋やと、知ってる者がおって、身元がわかった。親類縁者にちゃんと弔《とむろ》うてもらいなはれと、そういう気持ちで東小橋村へ運んだんだす。なんと、死にかけてたのが生きかえったと聞いて、吃驚《びっくり》しました。阿弥陀仏の御慈悲の賜物《たまもの》に間違いないのかな。南無《なむ》阿弥陀仏……」

法顕は、うなるように声をもらした。

「沼に沈みかけていたお橋さんを助けあげた折り、賊の姿を見られたとか、あるいは、修行僧の方々が見られたとか、賊はひとりだったのか、何人かいたのか、それについては、どのように」

「全部、西町の町方に話しました。わては気づくのが遅れたので、沼へ駆けつけたのは、お橋を沼から引きあげてるときだした。そやから、賊を見てまへんのだす。ひとりやったか、何人かで襲ったのか、わかりまへん。うちの新発意らは三人だすが、三人とも町方の訊きこみに、知りまへん、とこたえてましたな。今、托鉢《たくはつ》に出とります。話を訊きたいのやったら、帰ってくるまで待ちますか。夕方になりますけどな。わてはかまいまへんで」

「ありがとうございます。しかし、ほかに廻るところもございますので」

礼をしていきかけた市兵衛に、法顕はぞんざいな応対を気にしたのか、さりげなく声をかけた。

「訊きこみにきたお役人が、言うとりました。賊はどうせ、島之内の三筋か西高津の新地辺りをうろついとる、地廻りか破落戸《ごろつき》やろ。島之内の三筋やら道頓堀の新地やらの盛り場ほどではないものの、大坂七墓でも、小橋墓所辺りは目だたんので荒しにきよった、たまたま通りかかったお橋が狙われたんとちゃうかと、町方はそういう見たてで、そっちのほうを探ってるみたいだすな」

無量寺を出て、東寺町の往来を上本町筋へとった。

往来をいきながら、良一郎が市兵衛の背中に話しかけた。

「あの和尚さんは、なんだか、面倒そうな口ぶりでしたね。役にたつ話は聞けなかったし」

「そうでもないよ、良一郎。いきなり訪ねた見知らぬわれらに、和尚はよく話してくれたほうだ。だいぶ訝ってはいたがな。それに、町方の見たてがわかった。やはり町方は、小坂源之助の仕業《しわざ》だとは、疑っていないようだ。仲間らの証言だけで、小坂源之助が賊ではないと決めつけている。お橋さんの話はあてにならないと、見ているのだろう」

「それって、道理に合いませんよ。確かな証拠もねえのに、小坂源之助の仲間の証言は信じて、襲われて怪我を負った本人の言葉はあてにならないなんて、おかしいじゃありませんか。第一、仲間の証言て、そいつら自身が賊の一味だったかもしれねえんだし。なあ、兄き」

「まったくだぜ。お橋さんは賊の何人かの声を聞いてるんだし、お橋さんの言うのも、あてにできるかできねえか、念のために調べるのが筋じゃねえですか。こんなとき、文六親分なら、おい富平、おめえはそっちのほうを調べろって、必ず言いやすぜ。大坂の町方ってやつは、どうなってんだ」

「同じ町奉行所勤めだ。手心を、加えているのかもしれないな」

　三人は、東寺町から上本町筋へ出ていた。

　市兵衛は菅笠を持ちあげて、晴れた空を見あげ、南へと廻らした。南の空の果ての、白くごつい岩を積み重ねたような雲が、四天王寺の五重塔よりも高く盛りあがっていた。

「富平、良一郎、東高津の木村で昼にしよう。少し遅くなったが、木村は参詣客目あての料理屋だ。大丈夫だろう」

「おっと、ありがてえ。あっしは腹が減って腹が減って、目が廻りそうですぜ」

富平が、わざとらしくふらついて歩いて見せた。

「よしなよ、兄き。みっともねえだろう。大坂者に笑われるぜ」

人通りの多い上本町筋の往来である。

「だってよ、良一郎、おらあ腹が減って腹が減って」

「よしなって。おれだって腹ぺこなんだから」

と、たしなめながら、そのうちに良一郎も「腹が減って、腹がへって」と、富平と一緒になってふらつきだし、市兵衛を呆れさせた。


料亭・木村の前土間に、二階座敷で開かれている酒宴の、賑やかな談笑が聞こえていた。三人は、中働きの女の案内で、店の間から建てつけの悪い板階段を軋《きし》らせ、二階の往来側の四畳半に通された。

連子格子《れんじこうし》の窓から、通行人が絶えずいき交う往来が見おろせた。酒宴は狭い廊下《ろうか》の奥の部屋で開かれていて、談笑はいっそう大きく聞こえた。

「うるそうて済んまへんな。もう間もなくお開きになりますよって」

と、案内の女が三人の敷物をそろえながら言った。

「それはかまわない。昼の膳を頼む。それから、こちらの中働き頭のお菜恵さんにお会いしたい。お菜恵さんの知り合いに聞いてきたのだ。手が空《す》いたときにでも、顔を出すように伝えてくれないか」

「へえ、お菜恵さんにだすか？」

市兵衛は笑みを見せ、

「これは、お菜恵さんと姐《ねえ》さんに。決して怪しい用ではない。ただ、できれば、ほかの方に知られないように、お願いしたい」

と、懐から紙に包んだ心付けを二つとり出し、女ににぎらせた。

女は慣れたふうで、すぐににっこりと頰笑んだ。

市兵衛は、お橋の名を出さなかった。なぜか、木村ではそうしたほうがよいのではないかと、勘《かん》が働いた。

昼の膳は、枝豆《えだまめ》、人参《にんじん》、白滝蒟蒻《しらたきこんにゃく》の白和《しらあ》えの猪口《ちょこ》、蛤《はまぐり》の吸い物、鯛《たい》の切身の西京焼《さいきょうや》き、れんこんに南瓜《かぼちゃ》、茄子、ごぼう、椎茸《しいたけ》を炊き合わせた旨煮《うまに》、厚焼き玉子。赤飯に赤出しの椀《わん》。香《こう》の物は紀州《きしゅう》の梅に割干し大根だった。

「わあ、すげえや。市兵衛さん、大丈夫ですか」

「値の張りそうな膳ですね。いいんですか」

富平と良一郎が、目を丸くした。

「いいんだ。任せろ。腹が減って目が廻りそうでは、仕事にならない。じつはわたしも目が廻りそうなのだ。さっそく、腹いっぱいいただこう」

よし食うぞ、と三人の食欲は旺盛《おうせい》だった。菜を咀嚼《そしゃく》し、汁をすすり、飯を頬張り、喉《のど》を震わせ、言葉もなく、皿や鉢や碗の料理をたちまち平らげていった。

膳が終りかけたころ、奥の部屋の酒宴がお開きになったらしく、酒宴の客らが市兵衛らの部屋の外を賑やかに通って、店の間へおりていく足音が階段をどやどやと騒がせた。

客らは声高に、干鰯《ほしか》や〆粕《しめかす》の相場《そうば》の話を交わしていた。干鰯〆粕を商う問屋か肥料《ひりょう》販売業者仲間のようだった。業者仲間らが、昼前より四天王寺に参拝し、その戻り、東高津の料亭・木村にあがって酒宴を始めたのだろう。

連子格子の窓に、往来に出た客の声高《こわだか》な遣りとりや、「またのお越しを」と店の者のかける声が聞こえた。酒宴の膳を片づける中働きの女らの、そそくさとした足どりが、外の廊下にしばらく続いた。

それから、店中がひと息ついたように静まったころ、階段を静かに上がってくる気配がして、「失礼します」と、襖越しに女の声が聞こえた。

「ほんまに性質《たち》の悪いお客で、お橋さんは色の抜けるように白い、野良仕事で日に焼けたら白い肌がほんのり桜色になって、女のわてらが見てもうっとりするぐらいの器量よしやから、こっちへこい、酌をせいと、お橘さんの手を離さへんのだす。お橘さんは中働きだけで、接客に慣れてへんから、酔っ払ってしつこいお客を上手いことあしらわれへんのだす。と言うて、お客さんを怒らさんようにせんとあかんし、やめとくなはれ、堪忍しとくなはれと拒んで、つかまれた手をふり払った拍子に、お橘さんの膝が膳に触れて、酒や料理がこぼれてお客の着物を汚したんだす。お橘さんが慌てて済んまへん済んまへんと謝ったけど、お客はもう盛りがついた犬みたいに、それまではとろんとした目をにやにやさせていたのが、急に目がすわりましてな。恐がって逃げるお橘さんを追い廻して、膳がひっくりかえって徳利《とつくり》や鉢やらが転がったり襖が破れたりで、大騒ぎだした」

中働き頭のお菜恵は眉をひそめ、七日前の酒宴のあり様を話した。

「わてらやお客の仲間が止めても、相手は盛りのついた酒乱だすわ。どうにもならしまへん。さすがにご主人があがってきて、てんごうもええ加減にしとくなはれ、お奉行さまのお顔を潰すことになりまっせ、と言うたら逆に、お奉行さまの顔を潰すだと、軽々しく口にしおってと、ご主人に食ってかかる始末だした。刀まで抜きそうになって、周りのお侍衆がとり押さえたので、どうにか刃傷沙汰《にんじょうざた》にはならずに済んだんだす。お侍いうても、いろいろな人がいやはります」

「東町奉行お雇いの小坂源之助と、知ってはいたんですね」

市兵衛が言うと、お菜恵はゆっくりと大きく頷いた。

「木村は普段、四天王寺の参詣客が途ぎれる宵の七ツ半（午後五時）ごろには、店を閉じるんだす。けど、昼間の八ツ半（午後三時頃）すぎにお侍衆がきたとき、自分らは東町奉行・彦坂和泉守さまに仕えていると、自慢そうに言うてましたから、ちょっと長くなりそうな気はしてました。小坂源之助というお侍は、十二人ぐらいの中では一番若そうに見えましたけど、酒盛りの最中も、小坂さま、源之助さまとか、呼ばれてはって、源之助、と呼び捨てにするお侍も、なんとなくとり巻きのように見えました。そやから、歳は若《わこ》うても身分は高いのやな、と思てました」

「騒ぎが収まってからは、みなが大人しく引きあげていった、と聞きました。そうなんですか」

「みなというか、ばらばらに。小坂源之助ととり巻きの三人のお侍が残って、酒盛りのお勘定《かんじょう》を済ませたからだす。いろいろ壊したものや座敷を荒らした弁償代もご主人が請求しはって、長引いたんだす」

「では、源之助ら四人が勘定を済ませ、ほかの侍衆が引きあげたあとに、遅れて引きあげたんですね」

「そうだす。ご主人は、弁償代のほかに心付けも案外気前が良かったから、四人が引きあげたあと、機嫌は悪うなかったみたいだす。ご主人がお橋さんに、遅なってしもたから男衆の手が空《す》いたら東小橋村まで送らせる、と言うのを、お橋さんははよ帰りたかったみたいで、通い慣れた道やからと、ひとりで帰ることにしたんだす。それで、わてらは部屋の片づけをしてましたけど、お橋さんに、あんたはええからはよ帰り、と勧めたんだす。あの晩、お橋さんも片づけを一緒にやってたら、男衆の手が空いて、東小橋村まで送ってもらえたかもしれまへん。えらいことになってしもたという気がして、なりまへん」

お菜恵は膝の上で手を擦り合わせ、少ししおれた。

「小坂源之助は、お橋さんが夜道を東小橋村へ帰ることを、知ってたんですか」

良一郎が、お菜恵へ膳越しに首をかしげるようにして言った。

「暴れ出す前は、にやにやしてお橋さんにいろいろ訊ねてました。お橋さんは、東小橋村に子供が二人いますと、そんな話をしてたように思います」

「じゃあ、やっぱり小橋墓所の野道で、お橋さんを手籠《てごめ》にする腹で待ち受けていたんですね」

富平が市兵衛に言った。

市兵衛は頷き、束の間をおいて言った。

「お橘さんは、賊に襲われてつかまれた折り、賊の息や声や身体つきで、小坂源之助とすぐにわかった、それから賊の仲間の声を聞いたと、ご亭主の由助さんに話したのです。ただし、一味の顔は見ていません。由助さんは掛の町方にそれを訴えましたが、それでは証拠にはならないと、とり合ってもらえませんでした。源之助は、あの夜、ひどく酩酊していて、木村から真っすぐに帰ったと、三人の仲間が証言しているからです。お菜恵さん、酒盛りがお開きになったあとの源之助らのふる舞いに、妙なとか、不審《ふしん》を感じた覚えはありませんか」

お菜恵は首をかしげ考えたが、何も思い浮かばないようだった。

そこへ、襖越しにそっと声がかかった。

「お菜恵さん、ご主人が呼んでます。あの、そろそろ……」

「あ、はい。すぐに。唐木さん、お役にたてんで済んまへん。仕事がまだありますので」

お菜恵が申しわけなさそうに言った。

「充分役にたちました。ありがとう。勘定をお願いします」

お菜恵は階下へおりていった。

勘定を済ませて木村を出たが、お菜恵は見送りに顔を見せなかった。

上本町筋の往来は、南の四天王寺の空から盛りあがる雲が日を隠し、先ほどまでとは違う涼しい風が吹いていた。通る人影も、急に少なくなっていた。

「いつの間にか、お天道《てんとう》さまが隠れてますぜ。ざっとひと雨きそうな気配だな」

富平が雲の模様をにらんで言った。

「ざっときたら、どこかで雨宿りをせねばな」

市兵衛は大坂城を眺めつつ、上本町筋を北へ目指した。

先ほど、無量寺から上本町筋へ出た往来を通りすぎ、東寺町が終って札《ふだ》ノ辻《つじ》へ入る角まできたとき、大福寺《だいふくじ》という寺の土塀の陰に、お菜恵が立っていた。

お菜恵は、市兵衛ら三人と顔を合わせ、辞儀を寄こした。

「あれ、お菜恵さんだ。どうしたんですか」

良一郎が意外そうに声をかけた。

「はい。ご主人の用で、そこの餌差《えさし》町へいきますので、唐木さんらがこっちのほうへきやはるのやったら、ご挨拶をしよと思いまして。木村からこっちのほうへきやはるのが見えましたから、ここでお待ちしてました」

「わたしたちの所為《せい》で、ご主人に小言を言われたのですか」

市兵衛は歩み寄って訊ねた。

「いいえ。大したことはおまへん。それより、さっき、唐木さんのお訊ねになった源之助らのふる舞いに、妙なとか、不審を感じた覚えとかについてだすけど、ひとつ、思い出したことがおます。お橋さんの件とは関係ないかもしれまへんで」

「気になります。聞かせてください」

「源之助らが階段下の店の間で、勘定をしてたときだした。わてらは二階座敷の片づけをしてまして、その最中に、内証《ないしょう》のご主人に呼ばれて階段下の店の間におりたら、源之助が三人の仲間と、ひそひそと何かの相談をしてるような様子だした。源之助が二人の肩に手をおいて、三人の仲間に指図しているみたいに見えました。階段をおりたとき、わてと源之助の目が合って、わてはすぐに目をそらして内証にいきました。そう言えば、あれはなんか怪しげな様子やったなと、思い出したんだす。済んまへん。それだけだす」

「そうでしたか」

「源之助は、酩酊してふらふらの状態で、仲間らに助けられて戻ったということに、町奉行所の調べではなっているのですが」

「酒乱は確かだす。けど、酩酊してふらふらの状態というのは、ちょっと違うと思います。店の間で目が合うたとき、源之助は、なんやお前か、みたいに気色悪い薄笑いを見せてました。町奉行所のお調べは、ご主人に訊きとりをしただけだす。わてら中働きはなんにも訊かれてまへん。ちゃんとしたお調べをする気があんのかないのかようわからん、あっさりしたもんだした」

源之助は酩酊し、千鳥足《ちどりあし》を仲間らに支えられて帰ったのではなかった。それがわかっただけでもよいと、市兵衛は思った。

不意に、お菜恵が言った。

「あの、唐木さん、お橘さんに大怪我を負わせた賊を調べて、それが小坂源之助の仕業とわかったら、どないしやはるつもりだすか」

「お橘さんの幼馴染みが、わたしに言ったのです。お橘さんをあんなひどい目に遭わせ、お橘さんと由助さんと子供たちとお姑さんの所帯を滅茶滅茶にした賊が、罰せられもせず償いもしないのは、道理が通らない。わたしは、その幼馴染みに、道理を通してほしいと頼まれ、引き受けました。誰がお橘さんをあんな目に遭わせたか、それが明らかになったなら、雇い主の幼馴染みに伝え、指図を受けることになります」

「はあ、道理を通してほしいと、頼まれたんだすか。わかりました。それを聞いてすっきりしました。それからこれ、おかえししします」

お菜恵は、紙包みを市兵衛へ差し出した。

市兵衛が木村で仲働きの女にわたした、二つの心づけのひとつだった。

「なぜです？」

「お橋さんの幼馴染みの言わはる道理はもっともやと、わても思います。気の毒な目に遭わされたお橋さんの助けになる話をするのに、心づけをいただくのは、道理に合いまへんので」

お菜恵は市兵衛に心づけを手渡すと、くるりと背を向けた。

そのとき、ひと粒、二粒、三粒、と空をすっかり覆っている厚い雲から落ち始めた大粒の雨が、市兵衛ら三人の菅笠に戯《たわむ》れるように飛び散った。

六

上本町筋の地面を、突然の驟雨《しゆうう》が激しく叩《たた》いた。ばしゃばしゃと、雨音をたてて泥水が躍《おど》っていた。下帯だけの裸体に着けた袖なしの裾を後ろになびかせ、人足《にんそく》風体が跣《はだし》で雨の中を駆けていった。

灰色の天を衝《つ》く大坂城の天守閣が、分厚い雨煙にくるまれていた。

市兵衛、富平、良一郎の順に、ずぶ濡《ぬ》れの三人は道を急いだ。菅笠《すげがさ》が何の役にもたたない土砂《どしゃ》降りだった。

御定番の与力同心の組屋敷が町家と瓦屋根をつらねる上本町二丁目の辻《つじ》を、西へ折れ、谷町筋の北谷町《きたたに》の辻を横ぎって、農人町《のうにん》の往来へ入った。

町家はみな雨戸をたて、人通りは市兵衛ら三人のほかになく、町家の瓦屋根に降りつける雨が、滝のような雨垂《あまだ》れを落としていた。

雨戸を閉じた町家の軒下に、数匹の野良犬が雨宿りをしていて、雨の中をいく市兵衛ら三人を不審そうに見守っていた。

農人町二丁目の小路を、南へ折れた。

小路の両側に、柾《まさき》や柘《つげ》植などの生垣《いけがき》が沿い、裕福そうな二階家が南へ建ち並んで、小路の先で鼠《ねずみ》色の雨の中に没していた。農人町界隈《かいわい》は、先祖代々大坂に住んできた旧家の多い町家である。

その町家も、降りしきる雨に閉ざされ、息をひそめて耐えていた。

やがて、山茶花《さざんか》の生垣が囲う庭に、枝ぶりのいい松が踊りの所作のように見える庭の先に、瀟洒《しょうしゃ》な二階家が雨の中に現れた。

二階の出格子の窓に雨戸が閉《た》てられて、一尺（約三〇センチ）幅ほどが開けてあった。

市兵衛は、富平へふりかえった。

「ここで、雨宿りをさせてもらおう」

「へい」

富平は、きりりとした顔つきを市兵衛にかえした。富平の後ろで、良一郎が生垣ごしに二階家を見やりつつ、

「兄き、もしかしたらここは、朴念《ぼくねん》さんのお店じゃないのかい」

と、激しい雨をかき分けるように言った。

「もしかしたらじゃねえ。ここが朴念さんのお店さ。いいお店だろう」

富平が、菅笠の下のずぶ濡れの顔を掌でぬぐった。

「いいお店ですね。小ざっぱりして、朴念さんらしいな」

良一郎も同じく、菅笠の下のずぶ濡れの顔をぬぐった。

山茶花の生垣に、片開きの木戸があった。木戸から表戸にいたる前庭に沿って木蓮の灌《かん》木《ぼく》が並び、敷きつめた小石を雨が激しく洗っていた。

広い軒先の下に、洒落《しゃれ》た縦格子の両引きの表戸が閉じてある。

三人は軒下に入り、菅笠をとり、せめてという具合に袖を絞った。

すると、いきなり格子戸が引き開けられ、千鳥《ちどり》や蝶《ちょう》の散らし模様の帷子《かたびら》を着けた朴念が立っていた。市兵衛と顔を合わせ、に、と唇をゆるませた。

「済まない、朴念さん。雨宿りを頼む」

市兵衛は、袖を絞りながら言った。

「市兵衛はん、朋《とも》あり、遠方よりきたる。また楽しからずや、やな」

「朴念さんは、人知らずして慍《うら》みず、また君子ならずやさ。というわけで、また、朴念さんの力を借りにきたのだ」

「承知や。まずは、着替えが要《い》るな。浴衣《ゆかた》を用意する。濡れついでや。裏の風呂場へ廻《まわ》り」

朴念は何を頼まれるかも知らずに言った。

朴念の稼業は、読売屋《よみうりや》でも目明《めあか》しの手下の差口屋《さしぐちや》でもない。世間のうわさ話や評判、小耳にはさんだ人と人の遣《や》りとりを、できるだけ多く拾い集め、聞き出し、探り出し、それらの中から、真《まこと》と嘘《うそ》、似《に》た評判と異なる評判、要る話と要らぬ話を選《え》り分けて、表には見えていない真の仕組みや狙いを読みとり、それを知りたい、聞きたい、という客に売って報酬《ほうしゅう》を得ていた。

読売屋と似ている。しかし、読売は人が面白がって気をそそりさえすれば、仮令《たとえ》、嘘でも読売の種にして売る。

朴念は、自分の頭の中で読みとった自分の考えを売っていた。

読売は嘘でも面白ければ客はつく。朴念の場合は、朴念の考えや読みが的外《まとはず》れであれば客はすぐに離れていく、そういう稼業だった。

童子を思わせる、無邪気な目を耀《かがや》かせる一方で、色白の顔や口元に年月が皺《しわ》を刻み、五十すぎにも見えた。実際は、文政八年のこの春、四十一歳になった市兵衛より数歳上の四十代半《なか》ばである。

良一郎と小春を追って大坂へきた市兵衛は、朴念に助けられて、二人の行方《ゆくえ》を探しあてることができた。以来、わずか三月足らずながら、市兵衛と朴念は互いを知り、心を許せるかかり合いを結んできた。市兵衛の大坂の友である。

雨はまだ止《や》まなかったが、だいぶ小降りになって、濃い鼠色だった雲が白くなっていた。閉《た》てていた雨戸が開けられ、かすかに湿った冷気が、男たちの肌を心地よくなでた。

雨垂れが、二階屋根の軒庇《のきびさし》から小刻みな調子をとるように滴《したた》っていた。

出格子窓より、雨に濡れた大坂城の天守閣が望めた。もう分厚い雨煙にくるまれてはおらず、くっきりとした雄姿を夕暮れ近い白い雲の下に見せていた。

部屋は朴念の居室である。

文机《ふづくえ》には帳面と硯箱《すずり》、まだ火の入っていない行灯《あんどん》、書物や双紙《そうし》が積み重ねてあり、部屋の一角も積みあげた帳面や筥《はこ》が占めていた。

朴念は、窓ぎわの文机を背に坐《すわ》り、朴念のおかみさんと雇いの小女が用意した浴衣に着替えた市兵衛、富平と良一郎が車座《くるまざ》になっていた。

三人のずぶ濡れの着物は、裏庭の軒下の物干に吊《つ》るしてあるが、当分は乾きそうもない。市兵衛の黒鞘《さや》の二刀も、柄《つか》の黒撚糸《くろよりいと》が湿って、これは部屋の壁にたてかけてある。

四人の前には湯吞《ゆの》みがあって、二升入りの角樽《つのだる》と片口丼の酒が、強い香りを居室に放っていた。

「これは摂津《せっつ》の、あまり名の知られてない酒蔵で醸造された酒やが、船場《せんば》の旦那衆に人気らしい。貰《もら》い物やけど、味見をしたところが、あんまり美味《うも》うてもったいないので、ちょっとずつ吞んでた。まだたっぷり残ってる。今日は市兵衛はんらが訪ねてくれて、ええ機会や。みなでぱっと楽しも。ただし、酒は夏場でも燗《かん》で吞むのが普通らしいが、わては冷やがええ。冷酒《ひやざけ》の強い香りがええねん。燗は冷やの強い香りが飛んで、わてにはかえって物足りんのや。うちにきたら、悪いけど、わての好みにつき合うてもらうで」

と、角樽から片口丼にそそいだ冷酒を、みなの湯吞みに廻した。

酒の肴《さかな》は、甘味のある麴《こうじ》漬けの白菜、茄子《なす》、蕪《かぶ》、味噌《みそ》漬けの大根、人参《にんじん》、牛蒡《ごぼう》、白瓜《しろうり》、胡瓜《きゅうり》、さらに、わさび漬けの白瓜、茄子、椎茸《しいたけ》、などの漬物づくしだった。

「漬物をほんのひと欠片《かけら》をかじって、冷やをきゅっとやる。夏場はこれがこたえられん。もっともっと暑い日もええけど、こういう雨の物寂《ものさみ》しい夕方も、案外にええのや。なあ、

「市兵衛はん」

市兵衛は、湯吞みの酒をひと口含んで、ふむ、とこたえた。

「富平はんや良一郎はんは、若いからまだわからんやろが、人間、四十をすぎたら、人の世の物寂しさも酒の肴になるということがわかる」

朴念は気持ちよさそうに、自分の言葉に頷《うなず》いた。

それから市兵衛が話し始め、話し終えると、朴念はそれが頭の中でこなれるまでの間をおくかのように、ゆっくりと繰りかえし頷いた。

「なるほど、そういうことか。話の大筋はわかった。お橘というおかみさんには気の毒やが、この話は面白い。ちょっとそそられるな。わてらの稼業の役にたちそうな臭いがするし。つまり、大坂東町奉行所奉行・彦坂和泉守《いずみのかみ》雇いのご家来衆の中の、小坂源之助という奉公人に近づく手だてを、わてがつけたらええというわけやな」

「頼めるかい、朴念さん」

「小坂源之助か。確か、お奉行さまの家老が小坂伊平というたが、ひょっとしたら、小坂伊平の倅《せがれ》かもしれへんな」

朴念は真顔になり、少し鼻息を荒くした。

それから、白瓜の味噌漬けを口に入れ、歯ぎれのよい音を鳴らして咀嚼《そしやく》した。

「できんことはない。むずかしい手だてでもない。ただし、ひとつ厄介《やっかい》な事情がからむことになるで。何がというと、町方は町奉行所に勤める地役人やが、小坂源之助は町奉行所に勤める役人ではなく、お奉行さまお雇いの家来衆で、お奉行さまの者、江戸から大坂へ赴任してきたお奉行さまの懐の物と同じや。小坂源之助に近づいて探るというのは、お奉行さまの懐の物を探るのと同じことになる。江戸の気位《きぐらい》の高い旗本が、自分の懐を、仮令《たとえ》、支配下の与力同心であっても、大坂者に勝手に探られたら、さぞかし機嫌を損ねるやろ。無礼者、断じて許さん、という事態になりかねん」

「ははあん。するってえと、お奉行さまは大坂があんまりお好きじゃねえんですね。早く江戸に帰りてえんですね」

富平が得心したように口を挟んだ。

「そういうことではないのやが、与力同心の裁量《さいりよう》に任せられる町家の事柄ではのうて、お奉行さまの身辺の事情となれば、むずかしい事態になる恐れがなきにしもあらずと思うのや」

「む、むずかしい事態って、どういう事態なんで？」

「富平はん、それは今はわからん。お奉行さまの人物人柄にもよるから、そのときになってみなな。お奉行さまと酒を酌み交わしたこともないし、案外に話のわかる人かもしれんし」

朴念は、湯呑みをあおって喉を鳴らした。

すると、良一郎が言った。

「でも、手だてはあるんでしょう。むずかしい手だてでもないって、朴念さんが言ったじゃありませんか」

「ふむ、言うた。あることはある。市兵衛はん、東天満の《めおと屋》で会うた東町奉行所の栗野敏助《くりのびんすけ》はんを覚えてるか」

「むろん、覚えているよ。癖《くせ》はあるが、定町廻り役の面白い町方だった」

「先だって、栗野はんに会う機会があって、市兵衛はんの話が出たんや。栗野はんが言うてたで。あの日、めおと屋で市兵衛はんに偉そうに言うたが、言うたとおりにできんかったことが後ろめたい。市兵衛はんに会う機会があったら、済まんかったと言うといてくれとや」

「ああ、あのことか」

「わてらの稼業で言うたら、市兵衛はんは栗野はんにひとつ貸しがある。栗野はんに申し入れたら、貸しをかえしてくれるで。小坂源之助に近づく手だての段どりを、つけてくれるはずや。ああ見えて、なかなか義理堅い大坂者なんや」

市兵衛は頰笑み、首肯《しゅこう》した。

富平と良一郎は事情が呑みこめず、きょとんとしている。

先月三月、《こおろぎ長屋》のお恒の倅・豊一が、奉公先の大店の商家が蔵元を務める中之島の島崎《しまざき》藩・蔵屋敷において、不慮の災難に遭い命を落とした。

それから、お恒の身に不可解な出来事が起こり、こおろぎ長屋でお恒の世話になっていた市兵衛らも、その不可解な事態に巻きこまれていった。

市兵衛は、倅を失ったお恒の身に起こった不可解な出来事に不審を抱き、のみならず、お恒の無念や悲しみを晴らすため、朴念の助けを借りて、東町奉行所の栗野敏助と東天満のめおと屋で会い、豊一が島崎藩・蔵屋敷で命を落とした事情を探った。そして、豊一の落命に、蔵役人らの空米《くうまい》切手にまつわる不正がからんでいるかもしれぬという疑いを、栗野敏助より聞かされた。その折り、

「大坂の町方は大坂の母親を悲しませた者を、仮令《たとえ》、どこの蔵屋敷のお偉方《えらがた》であろうが、この大坂にのさばらしときまへん。それは約束しまっさ」

と、栗野は市兵衛に言い残したのだった。

大坂の町方の心意気だった。

だが、その約束は果たされなかった。

大坂の諸藩の蔵屋敷は、名目は名代の所有する町家であり町方支配だが、実情は諸大名の大坂屋敷である。町奉行所は穏便に事を収束させるため、蔵屋敷に踏みこまず、豊一殺しの一件は、蔵役人の不正が曖昧にされたまま、有耶無耶《うやむや》も同然に方がつけられたのだった。

栗野敏助が朴念に、済まんかったと言うといてくれ、とはそれを言っていた。

「なるほど。大坂の町方の心意気は、空《むな》しかったたってわけですね」

富平がちょっと不満げに口をとがらせ、

「そうだったんですか。お恒さんは、しゃあないわ、という様子ですけどね」

と、良一郎も小首をかしげた。

「つらい思いも悲しみも腹の底に仕舞《しも》うて、しゃあないわ、とさらっと言うてのけるとこが、いかにも大坂女らしいな」

朴念が言った。

「でな。栗野敏助はんに話を持ちかけるとしてや。市兵衛はん、わての考えを言うてかまへんか」

「聞かしてくれ」

「さっき言うたが、小坂源之助は、お奉行さまの家老役で雇われとる小坂伊平の倅に間違いない。小坂伊平が江戸で家老役に雇われ、大坂へ着任するお奉行さまの供をする家来衆を集めた。倅の源之助もお奉行さまの近習役《きんじゅ》に仕えとると、今思い出した。小坂伊平が、お奉行さまの家来衆を支配というか、束ねとるわけやな。わては、この一件は、小坂伊平に直談判《じかだんぱん》して、倅の始末をつけさせるというのは、どうやろと考えるのや」

「えっ、それって、どういうことなんです。よくわかんねえ」

　良一郎が意外そうに言った。

「それはおかしい、と思うのは当然や。仮令《たとえ》、お奉行さまの家来衆であっても、罪を犯した者をお縄にして罰するのが、町奉行所の務めや。けどな、お橋を襲って斬ったのが、間違いなく小坂源之助の仕業と、決めつける証拠はないのと違うか。お橋も賊の顔を見たわけやない。息やら声やら身体つきやらが、源之助に似ていたというだけや」

「似ていたじゃなくて、間違いねえのにって、お橋さんは言ってるんです」

「間違いないと言うてたとしても、それだけで、源之助が下手人と言いたてるのはむずかしい。お橋の一件が、東町のお奉行さまの家来衆が下手人と明らかになったら、お奉行さまの面目《めんもく》は丸潰れになる。お奉行さまは激怒し、一方で、性質の悪い家来を雇うためるに、のちのちの出世に差し支えると思うやろ。それどころか、お奉行さまの役目すら解かれるかもしれん。となると、仮令、証拠があったとしても、西町奉行所が掛やったら、西町奉行に斯《か》く斯《か》く云々《しかじか》と同じお奉行さま同士、密《ひそ》かに話をつけて、下手人がわからんことにしてたち消えにしてしまう恐れがある。早い話が、お茂が幼馴染《おさななじ》みのお橋のために希《のぞ》んだ償《つぐな》いは、結局、何もできんまま終ってしまうかもしれん、ということや」

「それが、むずかしい事態になる恐れなんですか」

「明らかな証拠があれば別やで。けど、お橋の言い分だけでは、わての勘ではそうなるような気がする」

「そんな、馬鹿な」

「そや、そんな馬鹿な話や。あってはならん。けどな」

小雨は降り続いていた。雨垂れが、出格子窓の外で拍子を打っていた。雨の中を、烏《からす》が鳴き騒ぎながら飛び廻っていた。

階下の台所で、朴念のおかみさんと下女の交わす話し声や、夕餉《ゆうげ》の支度《したく》をする物音などが、夕暮れの次第に暗みの増す二階の居室に、なごやかに聞こえた。

「朴念さん、小坂伊平に直談判をして、倅の罪を親に償わせるのか」

市兵衛が言った。

「小坂源之助がお橋を襲った下手人に間違いないなら、親に償わせる手もあるやろ。源之助が、これにすらなりかねん罪を、容易に白状するとは思えんし」

朴念は、手刀で打ち首の仕種《しぐさ》をやって見せた。

「どうやるんです」

良一郎が質《ただ》し、富平も、ふむ、と頷いた。

「大坂町奉行さまの家来衆、中でも、家来衆を集めて束ねる武家奉公人は、江戸のお旗本が大坂町奉行さまに就いてる間だけの家臣や。小坂伊平は、お奉行さまの家老職として、給金は年に十両と三人扶持《ぶち》か四人扶持らしい。大坂町奉行さまに就くお旗本の家禄は千五百石前後として、そこの江戸家老、あるいは用人の給金よりちょっと高いぐらいやな。ところが、武家奉公人には、給金以外に大坂三郷の年始銀《ねんしぎん》やら八朔銀《はっさくぎん》、年中諸向到来《ねんちゅうしょむきとうらい》の役職所得があって、六百両から七百両はある。それを小坂伊平ら主だった者らで分け合うのや。小坂伊平は武家奉公人の頭やから、分け前は一番多いらしいて、百三十両に少々足らんほど、と聞いたことがある」

「ひひ、百三十両っ？」

富平が呆《あき》れた声を出した。

「むろん、お奉行さまも認めているからこその、武家奉公人や。小坂伊平が、毎年、江戸の商人に百両ほどの金を送り、すでに相当の蓄えがあるという話は、町方の間ではよう知られとる。源之助をお縄にするのがむずかしいのやったら、父親の蓄えから、お橘の負わされた怪我《けが》の薬料や詫《わ》び代やら、相応の額を償わせるという手が、あってもええのと違うか」

「金で、始末《しまつ》をつけろと……」

良一郎の不満げな声が、か細くなって途ぎれた。

「つけろとは言わへん。ただ、無念、許せん、という思いは残っても、たち消えにされてしまうよりはましと違うか。お橋のためにも、亭主と子供らや姑《しゅうとめ》のためにはなると思う。どうやろ、市兵衛はん」

「市兵衛さん、お茂さんはどう言いますかね。お茂さんは悔しいって、言ってましたよね。つらくて情けねえって。所詮《しょせん》、百姓風情の命のひとつや二つと、阿呆《あほ》にしてるやおまへんかって」

「お茂の言いたいことはわかる。良一郎はん、できるだけのことはする。ただ、相手はお奉行さまに仕える家来衆や。どこまでできるかや」

朴念が言ったとき、階段を軽く踏む音がして、おかみさんがあがってきた。

「まあ、あんた、明かりもつけんと暗い中で。夕餉の支度ができましたで。そろそろ下へ……」

「ほんまや。話に夢中になって、気がつかんかった。酒もあんまり進まへんかったな。すぐいく。雨はまだしょぼしょぼ降っとる。みんな、今日はうちへ泊っていき。東町奉行所は京橋《きょうばし》二丁目や。うちからいったほうが、便利がええ。まずは飯や。市兵衛はん、富平はんも良一郎はんも、飯を食いながら酒の続きやで」

七

翌日は、夏の初めの空が澄んだよい天気になった。

朴念と市兵衛、富平、良一郎の四人が、農人町二丁目の店を出たのは、午《うま》の刻（正午頃）になる前だった。昨日ずぶ濡れになった市兵衛ら三人の着物は、朝の陽射《ひざ》しの下に干してさらさらに乾いていた。

朴念は、くぬぎ色の夏らしい絽羽織《ろばおり》を着け、総髪にかぶった深編笠姿が、商人でも職人でもない、裕福な数寄者《すきしゃ》ふうだった。

朝早く、朴念は東町奉行所の栗野敏助に今日の都合を訊く使いを出し、栗野より昼の九ツ半（午後一時）ごろ、東天満の川崎《かわさき》の渡しの茶店で、と知らせがあった。

「よっしゃ、あそこか」

と、朴念は承知していて、早めに昼を済ませて店を出たのだった。

川崎の渡船場は、北から南への淀川《よどがわ》の流れが、桜宮《さくらのみや》をすぎ、天満橋の手前で大きく西へと変わる東天満の淀川端で、対岸は備前島《びぜんじま》町である。

茶店は前土間に五、六台の縁台があって、前土間奥の店の間も広く、行商ふうやお店者ふう、人足風体の客が多かった。

四人は、軒にたてた葭簀《よしず》の陰の縁台にかけることができた。

葭簀を透かして、陽射しの光をちりばめた淀川を、客や荷馬や荷を積んだ渡し船が何艘《そう》も波をたてて往来し、右手の西へ流れを変える下流に天満橋が架かり、川向こうに東町奉行所の土塀と屋根、大坂城の石垣、白雲がふくれた餅《もち》のように浮かぶ空には、壮麗な天守閣のそびえる光景が開けていた。

人通りの絶えない天満橋を、黒羽織に着流しの同心に目明しふうと、挟《はさ》み箱をかついだ紺看板を梵天帯《ぼんてんおび》で絞った中間《ちゅうげん》が従い、東天満へ渡ってくるのが見えた。

「あれやな」

朴念が天満橋のほうを見やって、ぽつりと言った。

ほどなく、葭簀の前を黒羽織が足早《あしばや》によぎるように通り、葭簀をたて廻した茶店の軒をくぐって、前土間に入ってきた。

「おいでやす」

茶店の女の声が、ほのかに燻《くすぶ》る店の茶の香りをゆらした。

栗野敏助は、若い目明しと挟み箱をかついだ中間を従えて、中背の分厚い身体《からだ》をそり気味にして賑《にぎ》やかな店を見廻した。客の頭ごしに手をかざした朴念を見つけると、丸く瞠《みは》った眼差《まなざ》しを、すぐに隣の市兵衛へ移した。

市兵衛は腰をあげ、栗野へ頭《こうべ》を垂れた。富平と良一郎が市兵衛に倣《なら》って後ろに並んで辞儀をし、遅れて立った朴念は、栗野へかざした手を、済んまへんな、と言うようにふって見せた。

栗野は、市兵衛に向けた日に焼けた丸顔を少しもゆるませず、土間に雪駄《せった》を擦《こす》って、縁台のそばへきた。それから、朴念へ向きなおり、警戒して突き出した強く結んだ唇を、ようやくゆるめた。

「朴念、さっそく唐木さんを連れてきたんかいな。やることが早いな」

言葉つきはくだけていたが、真顔のままだった。

目明しと中間が、市兵衛と後ろの富平や良一郎を、訝《いぶか》しげに見つめている。

「たまたま、昨日、唐木はんがうちへ見えたんだす。ちょっとこみ入った話がありましてな。それやったら、ええ機会やし、栗野はんにご挨拶《あいさつ》がてら、ご相談してみたらどうかなと思いたって、それで、昨日の今日というわけだす」

「何がご挨拶がてらや。こみ入った話をわしにも聞け、ちゅうんかい。堪忍してくれや。まあ、しゃあない。唐木さん、先だっては」

「こちらこそ。あれから、いろいろありました」

市兵衛は顔つきをやわらげた。

「そやな。こっちもあれから大騒ぎが続いて、挙句《あげく》にとんだ尻すぼみやった。まあ、そういう尻すぼみが、町方らしいと言えんこともないしな。西町の福野武右衛門《ふくのたけえもん》さんが目明しの三勢吉《みせきち》に襲われて、二人ともに命を落としたのがあの天満橋や。それが尻すぼみの幕引きやった」

と、栗野は自嘲《じちよう》を露《あら》わに言った。

淀川に架かる天満橋が、葭簀ごしに見える。昼の耀《かがや》かしい陽射しの下、天満橋は今日も相変わらず大勢の人々が往来し、人々の声と橋板を踏み鳴らす足音が聞こえてくるようだった。

大坂西町奉行所地方《じかた》与力・福野武右衛門は、中之島の島崎藩蔵屋敷の館入《たちいり》与力であった。館入与力とは、諸藩の蔵屋敷の蔵役人らが、蔵屋敷で起こる訴えやもめ事を収めるためにかかり合いを結んでいる、町奉行所与力である。

三勢吉は、その福野武右衛門の御用聞、すなわち目明しであった。

島崎藩蔵屋敷で起こった空米切手の不正にからんで、三勢吉が島崎藩の蔵役人らとつながりができた背後には、福野の口添えがあったからである。島崎藩蔵屋敷の蔵元《大串屋《おおぐしや》》の手代で、南堀江のこおろぎ長屋の住人・お恒の倅の豊一が蔵屋敷で殺害された一件は、三勢吉の差金《さしがね》だった。

だが、三勢吉は豊一の抹殺を頼まれたにすぎない。

誰がそれを頼んだのかは、表向きは明らかにならなかった。と言うより、町奉行所は表《おもて》沙汰《ざた》にしなかった。

三勢吉は、御用聞を務めていた福野にも、蔵屋敷の蔵役人にも見捨てられ、豊一殺害の下手人として、追われる身となった。

福野を深く恨《うら》んだ三勢吉は、四月初めの夕方、あの天満橋で福野を襲い、恨みを晴らした。三勢吉自身も、その場で若党に斬り捨てられた。

それが、栗野の言う尻すぼみの幕引きである。

真《まこと》の事柄を知る者が消え、そもそも、真の事柄などなかったことになった。

その顚末《てんまつ》を、むろん、市兵衛は聞いている。

「そうですね」

市兵衛は菅簀ごしに天満橋を見やり、栗野の自嘲にこたえた。

「話が違うやないかと、唐木さんは思てるのやろな。役人なんて、所詮、そんなもんやと、まともにつき合うたら、えらい目に遭わされるで、てな」

「そうなのですか？」

市兵衛は、笑って栗野を見かえした。

「栗野はん、今日はなんでここだんねん」

朴念が、市兵衛と栗野の間に入った。

「あたり前やないか。奉行所の近くで朴念に会《お》うてるとこを朋輩《ほうばい》に見つかってみい。あいつら、またよからぬことを企《たくら》んどるのやと、勘繰《かんぐ》られかねんやろ。用心して、ここにした」

「そら誤解だっせ。わてはいつも、栗野はんらのお役にたつ話を持ってきて、栗野はんらのほうかて、話せることがあったら聞かせてもらえまへんかと、お頼みしてるだけでんがな。しかも、大抵はわてのほうがお役にたつ話をお聞かせするばっかりでっせ。それもただで。違いまっか」

「わかった。もうええ。で、今日はまた、こみ入った話を聞かせにきてくれたわけやな」

「そういうことだす。立ち話で済む話やおまへん。坐りまひょ」

「いや、奥へいこ」

栗野は店の間を指した。店の間に客はいるが、前土間《まえどま》よりは空いている。

「ここからは、おっさんらのろくでもない話になるかもしれんから、おまえらはここにおり。それから、そっちの兄ちゃんらも、ここで餅でも食うて、待っとき。朴念さんのおごりや。遠慮せんでええで」

栗野は、従えている目明しと中間、富平と良一郎にも、面倒そうな笑みを見せて言い残し、さっさと店の間へいった。

店の間にあがって、客から離れた隅の壁を背に、片膝立ちに胡坐《あぐら》をかいた。刀を壁にたてかけ、片手を片膝立ちの膝頭へだらりと乗せた。

市兵衛は栗野に対座し、刀を右膝わきに寝かせた。

対座する二人の間の片側に、朴念は前土間へ丸めた背を向け神妙に着座した。

「ほんなら、聞かせてもらうが、念のために言うとくで。相談に乗れる話と乗れん話がある。それは承知しといてや」

「へえ、わかってます。厚かましい相談やおまへん。むしろ、至極《しごく》まっとうな相談だす。けど、わてには栗野はんしか、相談できるお役人は思いつきまへんのだす。なんでか言うたら、じつは、お奉行所の、それも東町のあるお侍はんについてのご相談だんねん」

ううん？

と、栗野は丸顔の大きな目を瞠って、朴念を不審そうに睨《にら》んだ。

「市兵衛はん、わてが話してよろしいな」

「頼む、朴念さん」

「栗野はんは、当然、知ったはると思います。もう八日も前のことだす。猫間川の東の、東小橋村にお橋と言う百姓の女房がおります」

長い話ではなかった。それでも、朴念の話が続いている間に、川崎渡しの渡し船が浜の船寄せに着くと、そのたびに雁木《がんぎ》をのぼってきた客が茶店にあふれ、客が入れ替わり立ち替わりして混雑が続いた。

葭簀の外の淀川端を、薪《まき》の束や炭俵、樽《たる》や壺《つぼ》、木綿《もめん》を積みあげたべか車が、歯ぎしりするように車輪を鳴らして、何台も通りすぎた。前土間の富平と良一郎、栗野の目明しと中間は、笑顔を見せて言葉を交わしている。

「と、まあ、そういうことで、ご家老の小坂はんに、表沙汰になってお奉行さまに知られることがないように、倅の起こしたことやから父親として始末をつけるのがええのと違いまっかと、話を通してほしいんだす」

「話を通して？　朴念、強請《ゆすり》みたいな言い方をするやないか」

栗野は、日焼けした丸顔の薄い髭《ひげ》の剃《そ》り跡を、指先でなぞりながら、にやにや笑いを朴念へ投げた。

「済んまへん。決して、そんなつもりで言うてんのやおまへん。ただ、お橋と言う百姓の女房が可哀想《かわいそう》や。亭主は幼い子供らや、ちょっと惚《ぼ》け始めたらしいばあちゃんを抱えて、そのうえ女房を大怪我させられて、薬料はかかる、小さな田畑は守らなあかん、借金はあるで、もう気の毒でなりまへん」

「見舞《みま》いに、いったんかい」

「え？　はあ、まあ、市兵衛はんから聞いたところによるとだす」

朴念は一瞬肩をすくめたが、かまわずに続けた。

「賊に襲われたお橋本人が、賊の息やら声やら身体つきやらで、咄嗟《とっさ》にこの男は小坂源之助やと、ぴんときたと言うとるんだす。本来なら、小坂源之助にもっと厳しいお調べがあってしかるべきだす。ところが、西町の掛のお調べは、小坂源之助の仲間の証言だけを聞いて、お橋の言うことは、気の所為《せい》や、そう思ただけやと、おとりあげにはなりまへん。なんでかいうたら、小坂源之助が、東町奉行の彦坂和泉守さまお雇いの奉公人やから、お奉行さまの家老役・小坂伊平の倅やから、お奉行さまの面目に疵《きず》をつけんように、お立場を損ねんように、忖度《そんたく》して手心を加えているから、だすな。お橋に相手が悪い、泣き寝入りせい、ということでんがな。それは、なんぼ貧しい百姓の女房でも、できまへんで」

栗野は顎《あご》に掌《てのひら》をあてがい、うめくような呼気《こき》をもらした。

「せやけど、わては市兵衛はんに、お奉行さまの面目を疵つけお立場を損ねることはないんやないか、お奉行所の評判を落とすようなことまでは、せんでもええんやないか、と言うたんだす。早い話が、父親の小坂伊平はんに、倅の源之助の始末をつけてもらう、という手だてはどうか。仮に、源之助の表向きの処罰がお奉行さまの体面上不問になったとしても、父親の小坂伊平はんが金でお橋に償う手だてでも、かまへんのと違うかとだす。ご家老の小坂伊平はんに話を通してほしいとは、そういう意味だす」

「小坂源之助を下手人やと、決めつける証拠はないのやろ。源之助がお橋を襲った賊やなかったら、どないすんねん。下手人ではないと、確かな証拠が源之助にあったら、どないすんねん」

「そんなん、お奉行所にはなんぼでもありまんがな。下手人やと疑うて、散々《さんざん》痛めつけて、厳しい取り調べをした挙句、下手人やないとわかった途端、済まんかったな、これも役目や、と何食わぬ顔で言うて、終りでっしゃろ。それよりはずっとましでんがな」

朴念が言うと、栗野は忌々《いまいま》しそうに朴念へ一瞥《いちべつ》を投げ、舌を鳴らした。

市兵衛は、栗野から目を放さずに言った。

「身分のないわたしでは、調べに限りがあります。ゆえに、栗野さんのお力を借りにきました。栗野さん、お橘は大怪我を負って、生死の境を彷徨《さまよ》い、一命はとり留めましたが、今もまだ苦しんでいます。証拠がなくとも、お橘が賊に襲われ斬られたのは、確かな事実です。先だって、栗野さんは言われました。大坂の町方は、大坂の母親を悲しませた者を、仮令《たとえ》、どこの蔵屋敷のお偉方であろうと、この大坂にのさばらしてはおかない。それは約束すると。本途《ほんと》のことがわかればよいのです。小坂源之助が下手人なのかそうでないのか、証拠はありません。しかし、小坂源之助が疑わしいと承知していながら、お奉行さまの面目を疵つけぬようにと、調べるべき調べがおろそかにされるのは、承服できないのです」

栗野はしばしの沈黙をおいて、市兵衛を凝《じ》っと見つめていた。そして、

「わしも、つい青いことを言うてしもたな。親父どの番替わりをする前の、見習いやったころを思い出すわ」

と、目元をかすかにゆるめた。

「唐木はん、小坂源之助がお橘を襲うた下手人と明らかになっても、金で始末をつけてかまへんのかいな」

「調べがおろそかにされ、たち消えにされてしまうよりは、ましな手だてかと思われます」

栗野は宙へ目を泳がせ、しばしの間をおいた。

「よっしゃ、わかった。話すだけは話してみるか。どういうふうに話を通すか、ちょっと考えな……」

自分に言い聞かせるように言った。それから、

「唐木はん、青いことを言いついでに、もうひとつ、言いまひょか」

と、市兵衛に向きなおった。

「じつは、西町の掛からそれとなく聞いてたんだす。東小橋村のお橋が、賊に襲われ大怪我をした一件で、東町のお奉行さまのご家来衆の名が、下手人にあがったから、掛は驚いて、西町のお奉行さまに内々《うちうち》に伝えたんだす。西町のお奉行さまは、それは由々《ゆゆ》しきことや、そんなことを表沙汰にしたらあかん、下手人は不明ということにして、この探索はそれ以上手えだすなと、下手人は見つからんままにしとけと、掛は命じられたそうだす」

「そんな阿呆《あほ》な」

朴念が、つい大声で言った。

その声に、店の間の客のみならず、前土間の縁台にかけていた客や、茶店の女らも、市兵衛ら三人へふり向いた。富平と良一郎、栗野の目明しと中間も驚き、店の間の市兵衛らへ向いて腰を浮かせた。

「まさしく、そんな阿呆なや。ご家来衆の名前は聞いてまへんが、聞かんでもわかったけどな。とにかく、東町のお奉行さまには絶対知られたらあかん、知られたら町奉行所が大騒ぎになる。どころか、ご城代《じょうだい》さまとか江戸の御老中さまがたのお耳に入ったら、お奉行さまのお役目の障《さわ》りになる恐れもある。というわけで、東西両奉行所でも、知ってる者はほんのわずかで、知ってても誰も口には出しまへん。言うまでもなく、わしもでっせ。当然、お奉行さまはご存じないし、ご家老役の小坂伊平さんも、倅の源之助が本来ならとっくにお縄になってるはずの罪を犯したとは、夢にも思てまへんやろ」

「それはわかってまんがな」

朴念が言い、栗野は朴念をひと睨みして続けた。

「唐木はん、お橋は賊に襲われたとき、賊の覆面頭巾《ふくめんずきん》を毟《むし》りとったはずみに、頬《ほお》を爪で引っかいたんだすな」

「そうです。賊の頰には、お橋の三本の爪跡が残っているはずです」

「深い疵でっか」

「おそらく、顔が血まみれになるほどの」

「それほどの疵なら、賊は医者の治療を受けてますやろな」

「西町の掛は、源之助の頰の疵は、一件のあった当夜、東高津の料亭で酔っ払った帰り道、転んで道端の石材にぶつけてできたことが、源之助当人や仲間らの証言でわかった、よって、源之助が賊でないことは明らかかと、お橋とお橋の亭主の由助に伝えています」

「当人と仲間らはそう言うとるが、疵を治療した医者はどう言うとるかやな。谷町筋《たにまちすじ》の南谷町に、益田高安《ますだたかやす》と言う蘭医がおりますわ。小坂源之助は、南谷町の益田高安に頰の疵を診せとるそうだす。源之助はお奉行さまの近習役で、不覚にも道で転んだ頰の疵が元で、近習役を瀬川道広《みちひろ》という中小姓が代役を務めとって、一昨日、たまたま瀬川と顔を合わせた折りに、源之助はんの疵の具合はどうだすかと挨拶代わりに訊《たず》ねた。そしたら、益田高安先生にもう大丈夫やから、自分で膏薬《こうやく》を貼り替えたらええと言われた、と聞いたんだす。それで、益田高安の診療所で治療しとるのがわかった。南谷町はえらい遠いやないか、なんで南谷町やねんと気にはなりました。帰り道で転んで怪我をして、途中の益田高安の診療所で治療を受けたんかと考えたら、ふとね、お橋の一件を思い出して、西町の掛に伝えよかなと思いました。けど、向こうは深入りする気はないのやし、余計な口出しはせんでもええかと思いなおして、放《ほ》っときました。唐木はん、南谷町の益田高安に、源之助の疵の様子を訊いてみたらどうだすか。道で転んで石材にぶつけた疵か、爪で引っかかれた疵か、違いが判るかもしれ……」

栗野が言い終る前に、朴念が口を挟んだ。

「益田高安の診療所は知ってまっせ。農人町のある北谷町の次が南谷町だす。気むずかしい町医者やけど、腕はええと評判だす」

「朴念さん、ではただちに」

市兵衛は、刀をつかんですでに立ちあがっていた。

八

南谷町の益田高安の診療所は、谷町筋を大番組の屋敷地のある東へ折れて半町（約五四・五メートル）ほどにあった。土間に入ってすぐに寄付きがあり、寄付きが患者の控室で、間仕切りの襖《ふすま》を隔《へだ》てた、南向きの明るい八畳間が診療部屋だった。

医療道具に囲まれた益田高安は、確かに、気むずかしそうな五十すぎの町医者だった。総髪に結った髷《まげ》に、だいぶ白髪がまじっていた。市兵衛と朴念、二人の後ろに富平と良一郎がぞろぞろと入った様子を訝しげに見つめ、

「どうやら、診療ではなさそうだな」

と、冷やかに言った。

朴念がいきなり訪ねた非礼を詫び、自分はこの近所の農人町二丁目の者で、常々益田先

生のご高名は云々《うんぬん》、と述べたあと、用件をきり出した。

「それで、益田先生にお訊ねいたしたいのは、こちらで治療を受けている小坂源之助と言うお侍の頬の疵についてでございます」

益田は、それから朴念の話す用件を聞き終えると、しばし、首をかしげて考える素ぶりを見せた。やおら、市兵衛へ探るような目を向け、

「唐木さんは、ご浪人さんのようですな。朴念さんの用件と、どのようなかかり合いがおありなので」

と、声を低めて聞いた。

はい、と市兵衛は、改めて益田高安へ膝を向け、東小橋村の百姓の女房が、八日前の夜更け、小橋墓所に近い野道で賊に襲われ大怪我を負った一件を調べている事情を伝えた。

「賊に襲われけがを負った女房は、お橋と申します。亭主の由助は、小さな田畑を耕し、幼い二人の子の母であり、老いた姑がおります。お橋は丸二日生死の境を彷徨い、三日目になって、やっと一命をとり留めたと聞きました」

「東小橋村の、お橋ですか……すると、唐木さんのお調べは、町方のお調べとかかり合いはないのですな。後ろの若いお供の方々も」

益田の気むずかしそうな眼差しが、富平と良一郎を射すくめた。

　すると、朴念が市兵衛らを庇《かば》って言った。

「お名前は今は出せませんが、わてらは東町のあるお役人さまに、南谷町の益田先生が小坂源之助さんの頰の疵を治療されているとうかがい、お訪ねした次第でございます。決して、胡乱《うろん》な者ではございません。農人町二丁目の朴念、と訊ねていただきましたら、わてがどういうもんか、わかっていただけます」

「農人町二丁目の朴念さんのお名前は、存じておりますよ。面白い稼業をなさっておられるようですな」

　朴念は、苦笑いを見せて頷いた。

「お橘は、賊に襲われた折り、賊の頰を爪をたてて強く引っかいたと言っております。賊の頰には、お橘の三本の爪の跡が残っているはずです。わたしに調べてほしいと頼んだお橘の幼馴染みは、お橘を襲った賊が、罰せられ、お橘に償いをするのが道理ではないかと、思っています。それゆえ、小坂源之助の頰の疵を、お訊ねしたいのです。町方の調べでなければ、信用がならないのでしょうか」

「あなた方を怪しんで、質しておるのではありません。町方のどなたかが言われたように、小坂源之助さんの頰の疵の治療はしております。町方のやむを得ぬお調べでないのなら、患者の意向を考慮するのは、医者の務めです。余ほどの事情があれば、別ですがな」

益田は、無骨そうな指をそろえ、膝においた。そして、

「患者の小坂源之助を、疑っておられるのですか」

と言った。

「疑ってはいますが、証拠はありません。小坂源之助は、頬の疵を道で転んで道端の石材にぶつけたと言っておるようです。本途《ほんと》に石材の疵なら、お橋にそう伝えます。お橋の負った大怪我は、東小橋村近在のお医者さまでは、手の施《ほどこ》しようがなかったそうです。それゆえ、大急ぎで南谷町の腕の確かと評判のお医者さまをお呼びし、明け方までかかって疵を縫合されたのです。そのお医者さまのお陰で、お橋は一命をとり留めました。お医者さまは、亭主の由助に言われたと聞きました。疵を覆う晒《さらし》を綺麗《きれい》な晒に変えてやること、疵に薬を塗ること、声をかけて励ましてやること、それから神仏に祈ることだと。そのお医者さまは、益田先生ではありませんか」

「おお、そうだしたか」

朴念が、思わず声をあげた。

「わたしが駆けつけたとき、お橋は死んだも同然でした。あと少し遅れていたなら、間違いなく助からなかった。何が生死をわけたのか、わたしにもわかりません。まさに、神仏に祈りが通じたんでしょうな」

「命の恩人の益田先生が言われたなら、お橋は、そうでしたかと、心安らかに頷くでしょう。疵がすっかり癒えれば、きっと、前と変わらずに、亭主と子供らとお姑さんとの暮らしを続けていくでしょう」

益田は眉間に深い皺を刻み、市兵衛を凝っと見つめた。それから、さり気ない風情で、診療部屋の宙《ちゅう》へ目を泳がせた。

「小坂源之助の頬の疵は、石材にぶつけてできた疵ではありません。それは明らかです。三本の指で、こう引っかかれたのですよ」

益田は言い、片手の三本の指を自分の頬にあて、引っかく仕種《しぐさ》をして見せた。


その日の宵、小坂伊平は、東町奉行所長屋の腰高障子《こしだかしょうじ》を引いた。

三畳間の寄付きの奥に四畳半があって、その四畳半に、行灯《あんどん》もつけず、源之助が布団《ふとん》をかぶって、のんきな寝息をたてていた。

源之助の寝姿は、片足の腿《もも》から跣の足先までが、布団の端《はし》からだらしなくはみ出していた。薄暗い四畳半に、はみ出した片足の妙に白い肌が生々しく、それはまるで、源之助の愚《おろ》かさが形になっているように見えた。

「馬鹿《ばか》が」

伊平は、源之助を起こすより先に、四畳半の寝姿へ投げつけていた。これがわが倅かと思った途端、馬鹿が、と投げた呟《つぶや》きが自分に跳《は》ねかえってきた。

ちっ、と舌打ちした。

寄付きへあがり、四畳半へ入った。

角行灯のわきに、附木《つけぎ》と火打石《ひうちいし》がある。

火打石を鳴らして附木に火をつけ、にょろにょろ燃える火を行灯に移した。

枕元に寝かせた二刀のそばに、淫らな絵双紙《えぞうし》や滑稽本《こっけいぼん》が数冊散らばって、部屋の隅の膳には、汚れた碗《わん》や箸や皿が放ってある。壁の衣紋竹《えもんだけ》に吊《つ》るした萌黄《もえぎ》の小袖と白い下着が片側へ歪《ゆが》み、その下に畳んだ紺裃《かみしも》が、長い間放っておかれた所為《せい》で、折り目がずれて皺《しわ》になっていた。

伊平は、枕元に端座し、右わきに刀の鍔《つば》をわざと鳴らしておいた。

源之助は、行灯の明かりにも鍔の音にも目覚めなかった。

ぽかんと口を開いた寝顔が腹だたしく、ちっ、と伊平はまた舌打ちした。

「源之助、起きよ。源之助」

なおも目を覚まさない源之助に、伊平は苛《いら》だった。

「源之助っ」

う、あ、と源之助は寝床から半眼を彷徨わせた。枕元の伊平に半眼を止め、やっと気づいた。

「ち、父上」

目を見開き、慌てて布団を跳ね除《の》け起きあがると、噎《む》せるような若い体臭が伊平に吹きつけた。

「いつの間に、いらしたのですか」

源之助は布団に居住まいを正し、寝間着の帷子の襟元や乱れた裾を、ばつが悪そうになおした。月代《さかやき》が薄く伸び、寝乱れて髷は歪んで、ほつれ毛が汗ばんだ首筋に貼りついていた。

「さっきだ。まるで気づかぬとは、不覚な。刺客に襲われたら、眠ったまま首をかかれるのだな。それでも侍か」

左頬の頬骨から口のわきまで、べたりと貼った黒い膏薬が見苦しかった。

だが、顔面の腫れはもう引いて、無精ひげの生えた痩せた相貌が貧相だった。

「疵の具合が、まだ悪いのか」

「いいえ。医者には、膏薬を自分で貼りかえるといいと、言われています」

「もう寝てたのか」

「謹慎の身で、やることもありませんし。夕餉を済ませたら、寝るしかないじゃありませんか」

源之助は、左頰の膏薬を掌で押さえた。

「お奉行さまに急に出仕せよと命じられて、そのなりですぐに応じられるのか」

「そりゃあ、む、むろん。父上、いつまで謹慎せねばならぬのですか」

「いつまでだと。源之助、おまえのその首は、いつまでそこに坐っておるかの」

はあ？　と源之助は眉をひそめて、伊平を見つめた。

「源之助、なおれ。わしはおまえの上役ぞ。上役に向かって頰に手をあてた恰好《かっこう》は無礼だぞ。いい歳《とし》をして、父親にいつまで甘えるつもりだ」

伊平は裃《かみしも》の、肩衣《かたぎぬ》の埃《ほこり》を軽く払う仕種をした。

源之助は唇を尖《とが》らせ、しぶしぶという態《てい》で手を膝へおろした。

その瞬間、伊平が膝を一歩二歩と進め、源之助の顔面へいきなり手を差し出して、源之助の膏薬を毟りとった。

「あっ」

と叫んで、啞然《あぜん》として伊平を見つめ、すぐに気づいて左頰を両手で隠した。だが、その瞬間、左頰にさらした肉のみにくく盛りあがった三本の赤い筋を、隠すことはできなかった。

源之助は両手で頰を覆ったまま、しかめた顔を伏せた。

伊平は源之助を睨みつけ、しばらく身動きしなかったが、不意に、毟りとった膏薬を掌の中でくしゃくしゃに丸め、流し場や竈《かまど》のある薄暗い土間へ投げ捨てた。

「何を、するのですか。い、痛いではありませんか」

ふてくされた小声で、源之助はやっと言った。

「頰の疵は、どうした」

「どうしたって、前に、申しました。転んで、道端の石材にぶつけたんです」

「阿呆。石材にぶつけて、そのみにくく無様《ぶざま》な三本の爪痕が残るのか。おまえは痣《あざ》のようなその爪痕を頰に残した素っ首を、千日前の獄門台《ごくもんだい》にさらし、江戸の小坂家はとり潰され、一門の者はみな江戸を追われて路頭《ろとう》に迷い、食う物もなく野垂《のた》れ死にをするのか」

「何を、言われるのです。わけのわからないことを、もも、申されますな」

「まだ言うか」

伊平の拳が、源之助の薄く毛の伸びた月代に鈍い音をたてた。

源之助は声を絞るような悲鳴をあげ、頭を抱えて布団にうずくまった。

「父上とて、このようなご無体、許しませんぞ」

うずくまった恰好で、今にも泣きそうに言った。

「先ほどまで、定町廻り役の栗野敏助と会っておった。夕刻、栗野が見廻りから戻ってくると、話があると声をかけてきたのだ」

伊平は、そこで声を低くひそめた。

「八日前、おまえたちは東高津の《木村》と言う料亭で酒宴を開いた。酒宴は夜更けまで続き、おまえたちは酩酊《めいてい》し、殊におまえは中働きのお橋と言う百姓女に言い寄り、それを拒まれ、料亭の座敷でお橋を追い廻し、ずいぶん暴れた。あまつさえ、お橋が夜更けの道を東小橋村まで帰る途《みち》の小橋墓所に待ち伏せ、手籠《てごめ》にするため襲った。だがお橋に抵抗され、おまえの頰の疵は、そのとき、お橋に引っかかれてできたものだな。おまえは怒り狂い、逃げるお橋の背後から袈裟《けさ》懸《が》けを浴びせた。お橋は小橋墓所のそばの沼に沈んだ。おまえは血だらけの頰を押さえて逃げ出した。そうだな」

「何を言われます。一体誰が、言ったのですか。知りません。そんな埒《らち》もないこと、わたしがするわけが、あ、ありません」

源之助は頭を抱えて布団に俯せた恰好のまま、くぐもった声で言った。

「栗野敏助から聞いた。幸い、お橋は一命をとり留めた。西町奉行所の掛は、お橋を襲った下手人に、東町奉行・彦坂和泉守さまお雇いの家来衆で、家老役の小坂伊平の倅・小坂源之助の名があがって、吃驚《びっくり》したそうだ。一命をとり留めたお橋が、賊の臭い息や声や身体つきで、賊は小坂源之助に間違いありませんと、西町の掛の訊きとりに言っているのだ。東町奉行さまの家来衆が、暗い夜道で百姓女を手籠にするため襲い斬り捨てたなどと、これが表沙汰になればただ事では済まぬことになる。それを忖度した西町の掛は、西町のお奉行さまに内々に相談したところ、お奉行さまは、断じて表沙汰にしてはならん、奉行所内でも掛の者以外は知られてはならぬ、東町のお奉行さまにも知られぬようにせよ、一件の調べは、下手人が不明のまま捨てておけ、と命じられた。源之助、われらが主人の彦坂和泉守さまはご存じではない。わしも今日まで知らなかった。だがな、おまえのこれほど恥知らずなふる舞いが、なかったことにできると、隠し遂《おお》せると、本気で思っていたのか」

源之助は虫のようにうずくまり、沈黙した。

「源之助、もう偽りは通用せぬぞ。おまえが、お橋を待ち伏せなどせず、真っすぐ戻ったと、西町の訊きとりに証言した仲間がいるな。近習役の竹山安兵衛、中小姓の瀬川道広、神山竜吉《りゅうきち》だな。おまえが小橋墓所でお橋を襲ったとき、三人もその場にいたのか。三人もお橋に手を出したのか」

源之助は、やはりこたえなかった。虫のように丸まって俯せた身体が、微細に震えていた。

「栗野敏助によると、今日の昼間、お橋とかかり合いのある者が、栗野敏助を訪ねてきた。栗野敏助はその者に、このように頼まれたそうだ。小坂源之助がお橋を襲った賊かもしれぬと疑いを持ちながら、お奉行さまの面目を疵つけぬため、調べるべき調べがおろそかにされるのは承服《しょうふく》できない。お奉行所が、お奉行さまの面目を疵つけぬために真偽を調べぬのであれば、小坂源之助の父親・小坂伊平が真偽を明かし、そのうえで、倅の罪が明らかであったなら、処罰は父親に任せる。その代わり、お橋とその一家に対して、父親が倅の罪を金で償う手だてでも異存はない。わかるか、源之助。その者は、栗野に中立《なかだち》を頼み、おまえの罪を金であがなえ、金で償えと申し入れてきたのだ」

源之助は両手で抱えた頭を、違う違うと言いたげにふった。

「強請《ゆすり》です。その者は、われらを強請っているのです。く、栗野も、その者の仲間なのです」

「強請だと。おまえはやはり、強請られるようなことをしたのか。お橋を襲って、そのように爪で頰を引っかかれ、逃げるお橋を斬ったのか」

「違う違う……だ、誰です、その者とは」

「身分もない一介《いっかい》の素浪人にすぎず、名を唐木市兵衛と言う江戸の者らしい。その者が、お橘とどのようなかかり合いがあるのか、子細《しさい》は知らぬが、栗野がたじろぐほど真っすぐに物事を見つめている男だと、言っておった」

「そのような、身分もない一介の素浪人など、相手になさいますな」

「阿呆。われらとて、今はお奉行さまの家来だが、お雇いが終れば、身分もない一介の素浪人に戻るのだぞ。その血の巡りの悪い頭で、自分が何をしたか、少しは考えてみよ。お橘は、小さな田畑しか持たぬ貧しい百姓の女房だ。お橘と亭主は、幼い二人の子供と惚けかけた姑がいて、田畑を形に借金も抱えていた。お橘が東高津の料亭の中働きを始めたのは、田畑をとられぬように、借金を少しでもかえすためだった。そのお橘が、生死の境を彷徨う大怪我を負わされた。お橘は命をとり留めたが、起きあがることもできない。お橘も亭主も、これからの暮らしの見通しがたたず、途方にくれ、苦しんでいる。その者は栗野に言ったのだ。調べがおろそかにされ、たち消えにされてしまうよりは、たとえ、罪を犯した愚かな倅が罰せられなかったとしても、父親が金で始末をつけるのなら、これからの暮らしの見通しがたたず、途方にくれ、苦しんでいるお橘と亭主を救う、まだましな手だてだとだ」

「た、たち消えに、すればいい。放っておけばよいのです」

「たち消えにならなかったら、どうする。おまえの頰のお橘の爪痕を見た西町の掛が、これは放っておけないと、考えをひるがえしたらどうする。お奉行さまのお指図に逆らってでも、賊をお縄にしなければならない、町方としての務めを果たさなければならないと思ったら、おまえはどうなる。おまえをかばった竹山らはどうなる。わが小坂家はどうなるのだ。よいか。大坂の町方は、大坂で生まれ育った地役人だ。おまえやわたしや竹山らは、江戸からきたよそ者ぞ。江戸から大坂にきたよそ者が、罪もない大坂の女を理不尽にも疵つけた。殺しかけた。そんな無頼《ぶらい》なよそ者を、大坂の地役人が、このまま許しておくと、本途《ほんと》に思っておるのか。どうということはない、大丈夫だと、本気で思っておるのか。これが表沙汰になって、小坂家のみならず、お奉行さまにもとりかえしのつかぬ事態にならぬよう、一刻も早く手だてを講ずるべきではありませんかと、わたしは栗野に忠告された。わたしはただただ驚き呆れ、背筋が凍った。源之助、おまえはどうなのだ。それでも放っておくのか」

九

翌日、市兵衛と富平と良一郎の三人は、朝の五ツ（午前八時）すぎに《こおろぎ長屋》を出て、難波新地の色茶屋《勝村》のお茂を訪ねた。

昼の《お務め》が始まる前の四ツ（午前十時）ごろで、お茂は、勝村の亭主に「ちょっとの間だっさかい」と頼んで、市兵衛ら三人を二階の自分の部屋にあげた。

中背ののっぺりした顔だちの中年男で、色の白い脂性《あぶらしょう》の肌に頬骨が高く鼻梁《びりょう》の高い鷲鼻《わしばな》を話の途中で、しゅっ、しゅっ、と鳴らす癖のある亭主は、前にきたことのある侍風体の市兵衛や、富平や良一郎の顔を見覚えていた。

板階段を軋《きし》ませ、安普請《やすぶしん》の天井を震わせて、お茂に続いて二階へあがっていく市兵衛らを、内証の戸口より顔だけをのぞかせて見守り、市兵衛と目が合うと、苦虫を嚙《か》み潰したような顔つきになって会釈《えしゃく》を寄こした。

お茂の部屋は、安普請の狭い板廊下が喘《あえ》ぎ声をあげる突きあたりだった。

小簞笥《こだんす》にびいどろ鏡の組みたて鏡台、枕屛風《びょうぶ》の陰にひと組の重ねた布団、衣紋掛《えもんかけ》には、《お務め》のときに着る花柄模様の小袖《こそで》や帷子がかけられ、出格子窓の物干し竿《ざお》に干した襦袢《じゅばん》や湯文字《ゆもじ》が、場末《ばすえ》の難波新地の陽射しを浴びていた。

お茂は、市兵衛たちを招き入れ、急いで出格子窓に干した襦袢や湯文字をとりこみ、それをぐるぐるに丸めて部屋の隅においた。

干し物がなくなり開けた出格子窓から、青々と広がる難波《なんば》村の田んぼと、田んぼの中に難波御蔵の白壁と瓦屋根が見え、そのずっと先に今宮《いまみや》村の集落が、茅葺《かやぶき》屋根をつらねていた。

辰巳《たつみ》の方角に千日墓所があって、千日火やの灰色の煙が午前の明るい空にのぼっていた。お茂は、干し物をとりこむとき、

「このごろ毎日、煙がのぼってますわ。果敢《はか》ないなあ」

と、火やの煙をなぜかうっとりと眺めたのだった。

小春の姉のお菊《きく》が、この勝村で心中を図《はか》ったのは去年の冬だった。それからはや、夏になっていた。お茂は果敢なげに、ため息をもらした。

「ぬるい、おぶうやけど」

お茂は言って、盆の土瓶《どびん》の茶を碗にそそいだ。

「お茂さん、一昨日と昨日のなりゆきを、報告にきたのだ」

お茂は三人の前におぶうをついだ碗を並べながら、市兵衛へ「おおきに」と、寂しそうに頷いた。

「東小橋村の由助さんにも、会ってきた。お姑さんが土間で藁《わら》を編んでいて、お茂ようきた、と言っていたよ」

「あはは、あてみたいな器量の悪いできの悪い子にも、分《わ》け隔《へだ》てのない優しいおばちゃんだした」

「お橋さんは、まだ起きることができないので会えなかったが、声は聞いた。由助さんの話では、回復に向かっている様子だった」

「よかった。お橋ちゃんが元気になれば、それだけでええのやけど……」

お茂は膝の上で手を重ね、少し決まりが悪そうに擦り合わせた。

「わたしも、雇い主のお茂さんの意に沿うように務めなければならないが、意に沿えるかどうかは、心もとない」

「かまいまへん。唐木さんのできるとこまでで、ええのだす」

市兵衛は、お茂がこおろぎ長屋に訪ねてきた一昨日の昼から、昨日の午後、南谷町の町医者・益田高安に聞いたことまでを、子細に伝えた。

「お橋さんが言ったとおり、賊は小坂源之助に間違いない。仲間らと口裏を合わせて、自分ではないと言い通すつもりだろうが」

「よかった。これで、お橋ちゃんの無念も少しは晴れる。あても嬉しい」

「ただし、源之助が犯した罪の咎《とが》めをどのように受けるのか、それは不明だ。源之助の処罰は、父親の小坂伊平に任せることにした。源之助に罰を受けさせ、償いをさせるのでなければ道理が通らないと、お茂さんの言うのはもっともだが、お橋さんと由助さんの一家には、源之助の処罰より、一家の暮らしに役だつ手だてを、ほかより先にしたほうがいいと考えた。お茂さんの意向も確かめずに勝手に決めたことを、許してもらいたい」

「お茂さん、おれも済まねえと思ってるよ」

良一郎が、市兵衛に続いた。

「一昨日と昨日、大坂の町や村を廻って、東町のお役人とも会ったし、源之助が下手人に間違いねえことはわかったし、初めは絶対重い罰を喰《く》らわしてやらなきゃと思っていたけど、市兵衛さんと一緒にいろんな人の話を聞いているうちに、これも仕方ねえかな、ましかなって、思えてきたんだ。お茂さんにとっては、ちょっと不満かもしれねえけどさ」

「そうだ。おれもそう思うぜ」

相槌《あいづち》を打つように、富平が言った。

「唐木さん、良一郎さん、富平さん、ほんまにおおきに。それで充分だす。あてが一番気になってたのは、お橋ちゃんと由助さん一家の暮らしだす。それさえなんとかなったら、ええんだす。あとのことは、しょうがおまへん。きっと神さんと仏さんが見たはる。神さんと仏さんに、お任せします」

「これから、東小橋村の由助さんを訪ね、報告するつもりだ。償い金の額は、中立の役人と小坂伊平の話し合い次第だから、まだわからないが、お橋さんと由助さん一家の暮らしに役だつ額でなければ、新たにかけ合うつもりだ」

「どうぞお頼みします。ああ、唐木さんにお願いしてよかった。勝村の年季が明けたら、東小橋村に帰るつもりだす。あてみたいな女は、嫁入りはできまへんけど、兄ちゃんの田んぼを手伝うて、庄屋さんの下働きをして、暮らしていこかなと思てます。お橘ちゃんもいるし、年季の明けるのが楽しみだす」

お茂は、ちょっと目を潤《うる》ませて言った。

半刻《はんとき》（約一時間）後、市兵衛らは上本町筋の往来を横ぎり、東高津の町家のわき道を抜けて小橋村の野道を東へとった。初夏の空は晴れ、田んぼの彼方の杜《もり》に飛び交う鳥影の群れが、風になびく布きれのように見えた。

野道は小橋墓所の沼、味原《あじはら》池、寿光寺《じゆこうじ》、をへて小橋村の集落を抜けると、ほどなく、猫間川の末に架かる小橋に出た。

野道に人通りは見られなかった。

小橋を渡り、猫間川から分かれた用水に沿って、野道を平野川のほうへゆく途中に、東小橋村の小さな集落が固まっている。

用水沿いの道端に松の木がそびえ、その下に祀《まつ》った一体の地蔵菩薩《ぼさつ》の傍らに、深編笠をつけた四体の侍風体があった。

三人が松の陰にたむろし、市兵衛らが通りがかると、訝るように深編笠を向けた。もうひとりは地蔵菩薩に並びかけ、両膝を折った青袴を、両腕でだらしなく抱えるようにしゃがんでいて、腰の大刀の鐺《こじり》が地面を擦りそうだった。

侍は、市兵衛らを避けるように、深編笠を何気ない素ぶりでさげた。

四人の前を通りすぎてから、良一郎が市兵衛にささやきかけた。

「市兵衛さん、地蔵菩薩の隣にしゃがんでるあの侍、笠の下に、頰っぺたの黒い膏薬が、ちらっと見えました。まさか、小坂源之助じゃねえでしょうね」

「良一郎、わたしも見た。あの侍だけではない。四人ともが、われらが小橋を渡ったときから、少し警戒している素ぶりに見えた」

「もしかしたら、栗野さんがさっそく中立《なかだち》の話をつけて、お橋さんのところへ示談《じだん》のかけ合いにきたんでしょうか」

「だとしても、われらのことは知らないはずだし、こんなところで、何をしているのかな。誰かを待っているのか」

「怪しいな。わあ、みなこっちを見てますよ」

良一郎が、後ろをふりかえりながら言った。

「どうしたんだい、良一郎」

富平はまだ気づいておらず、良一郎を見あげた。

「だからさ、兄き……」

「えっ、そうなのかい。じゃあ、あいつが。そうか」

「良一郎、富平、あまり見るな。勝手に推量しても始まらん」

市兵衛は言った。

一本松の上空に、浮雲が漂い鳥影が飛翔していた。

由助の百姓家の、表の引き違いの腰高障子が引かれ、菅笠を手に提げ、いずれも紺色と鼠色の羽織を着けた身なりのよい二人の侍が、薄暗い内庭から明るい前庭へ出てきた。

侍の後ろに、由助の姿があった。

表戸の前に、渋茶色の看板に梵天帯の中間が、片膝つきの恰好で控えていた。

侍は両名とも、中年の年ごろだった。畑のそばに並んだ市兵衛らへ、怪訝《けげん》そうな一瞥《いちべつ》を寄こし、二人で何かささやき合った。

由助も市兵衛らを見つけ、腰を折って辞儀を寄こした。

「われらはこれにて。よろしいな」

侍のひとりが由助にふりかえり、いく分、横柄《おうへい》に言った。

由助は、へえ、と畏《おそ》れ入る様子で侍へ頭《こうべ》を垂れた。

侍らと挟み箱をかついだ中間は、頭を垂れて見送る由助を残し、市兵衛らへはもう見向きもせず、野道を猫間川の小橋のほうへ引きあげていった。

侍らが野道に小さくなると、由助は頭をあげ、ため息をついた。そして、市兵衛らのほうへ、改めて腰を折った。

「由助さん、今日は改めて調べのついたことの報告にうかがいました。少々、よろしいですか」

「はあ、そうだすか。真に、ありがたいことと思てます。じつは、わたしのほうも、ちょっと事情が変わって、唐木さんとみなさん方に、お伝えしとかなあかんことができました。どうぞ、お入りください」

市兵衛は、由助の様子で察しがついた。今、引きあげていった二人の侍は、小坂伊平の指図を受けてきたのに違いなかった。それで、小坂源之助と仲間らがあそこにいたのだと、肯《うなず》けた。

内庭を通って勝手の土間に入ると、老いた母親が竈のそばの筵《むしろ》に置物のように坐り、藁を編んでいた。

やはり、勝手の背戸口が開いており、裏庭に青葉の繁《しげ》る楢《なら》の木が見え、風通しのよい勝手は、陽射しの下を歩いてきた市兵衛らに涼しかった。

「お母ちゃん、お客さんやで。お茂ちゃんのお知り合いや。覚えてるか」

老母は市兵衛らに気づかぬかのように、藁を編みながら、一昨日と同じか細く優しい声をかえした。

「覚えてるわ。お茂、ゆっくりしていき」

「わたしが倅やと、わかってくれるだけでも、ありがたいことやと思てます」

由助は市兵衛に頰笑んだ。

炉がきってある台所の板間にあがって、由助の出した冷えた麦茶を飲んだ。

間仕切の襖ごしにお橘の声が由助を呼び、由助が奥へいって、夫婦の言い交わす小声が聞こえた。お橘の声は少しもどかしげだったが、由助が優しくなだめているふうだった。

しばらくして、由助は板間にもどってきて言った。

「済んまへん。お橘の疵はだんだん治ってきてるようで、本人は唐木さんらにお礼を申したいと言うとります。ですが、ここで無理をさせたくありませんので、失礼させてもらいます。何とぞ、お許し願います」

「お気遣いにはおよびません。どうぞ、お橘さんの養生をもっとも大事に考えてくださ い。それで、由助さん、事情が変わったと言われたのは、お橘さんの件にかかり合いのある事情が、変わったのですね」

由助は目を伏せ、小さく頷いた。

「ならば、わたしの報告の前に、まずはそれをうかがったほうが、よいのではありませんか」

由助はしばし沈黙し、土間で藁を編む老母へ目を投げた。それから、呟くように言い始めた。

一刻ほど前、田畑の仕事を終えて戻ってくると、田島俊三《たじまとしぞう》と小牧左右衛門《こまきさえもん》と言う二人の侍と中間が、由助の戻りを待っていた。田島俊三は東町奉行・彦坂和泉守に仕える用人役で、小牧左右衛門は同じく目付役だった。

二人は単刀直入に、自分たちは彦坂和泉守の家老役・小坂伊平の命を受け、先だっての小橋墓所でお橋が賊に襲われ怪我を負った件について、そのあとの処理の話し合いにきた、と淡々《たんたん》ときり出した。

すなわち、あの一件は、小坂伊平の倅・源之助が起こしたことが明らかになった。源之助の白状によれば、あの夜、源之助はひどく酩酊して、おのれの立場をわきまえず、戯《たわむ》れに覆面頭巾をかぶってお橋を待ち伏せた。

戯れであり、断じて手籠にしようなどと、不届きな魂胆《こんたん》ではなかった。ところが、お橋を怯《おび》えさせたため思わぬ手向《てむ》かいを受け、腹だちのあまりついわれを失い、あのような仕儀《しぎ》にいたった。

源之助は今、いたくおのれを悔い、処罰を待ち謹慎の身である。江戸へ戻され、江戸の彦坂家の屋敷において、主人の厳正なる処罰を受けることが決まった。町方ではなく、江戸の彦坂

従って、怪我を負わせたお橘には、倅の源之助に代わって、父親・小坂伊平が金銭によって償い、お橘を苦しめた詫びとしたい、という申し入れだった。

ただし、小坂伊平の償いと詫びを受け入れるにあたっては、これ以後は、小坂源之助の処罰は、主人の彦坂和泉守に一任し、いっさい、町奉行所に異議を申したてず、この始末を他言《たごん》せず、また不平不満を誰にももらさぬことを、由助は求められた。

由助はそれを言う間、市兵衛と目を合わさなかった。

「その申し入れを、受け入れられたのですね」

「やりきれんし悔しいけど、わたしらの一家には大金だす。何もかもを失うて、泣き寝入りはせんでもええのやな、と思たんだす。せめて、お橘にゆっくり養生させて、ご先祖さまの田畑はとられんでも済みますし、子供らにも悲しい思いばっかりさせんでも済みますし、お母ちゃんにも……」

由助は、言いかけた言葉につまった。

「わかりました。由助さんとお橘さんが二人で、決められたのです。間違いとは思いません。一家にとって、何が大事かと考えて判断なさったのですから、それでいいのです。恥じることはありません」

市兵衛は、金額を訊かなかった。

富平と良一郎も、麦茶の碗を手にして黙っていた。

「一昨日とは逆のことを言うて、ほんまに済んまへん。せっかくのお茂さんの親切を、おろそかにすることになってしもて、心苦しいんだすが、お調べはこれきりにしていただきたいのでございます。あの、これは、お世話になったわたしらの、ほんの気持ちだす。どうぞみなさんで。お茂さんには、お橘の疵が治って、歩けるようになったら、難波へいってお礼をさせてもらうつもりだす」

由助は、粗末な麻布のひとくるみを、市兵衛に差し出した。

「わたしたちは、お茂さんに頼まれ、手間代を得て仕事をしただけです。このような気遣いは無用です。お茂さんには、このようになったと、わたしのほうからも伝えます。きっと、よかったと、お茂さんは言うと思いますよ」

市兵衛は麻布のくるみを由助へ押し戻した。

「それから、ひとつだけわかったことを、お知らせしておきます。お橘さんの疵を縫合なさったのは、南谷町の益田高安先生ですね。益田先生の見事な縫合により、一命をとり留められたと」

「は、はい」

「偶然にも、小坂源之助の頰の疵の手当てをなさったのも、益田高安先生でした。源之助はあの夜更け、血だらけの頰を押さえて、益田高安先生の診療所の戸を敲《たた》いたのです。昨日、益田先生に源之助の頰の疵がいかなる疵か、お訊ねすることができました。益田先生は、源之助の左頰の疵は、間違いなく三本の指の爪で引っかかれたものだと、言っておられました。お橘さんが、賊の覆面頭巾を毟《むし》りとったときに引っかいた疵です。お橘さんの言われたとおり、賊は間違いなく、小坂源之助でした」

市兵衛が言うと、間仕切《まじきり》の襖の向こうで、お橘の忍びなく声が聞こえた。

十

「市兵衛さん、これでよかったんですよね。たち消えにされてしまうよりは、せめて金で償わせるために、町方の栗野さんに中立を申し入れたんですもんね」

東小橋村から用水端の戻り道、良一郎が市兵衛の背中に声をかけた。

「でも、本途《ほんと》にこれでよかったんですか。源之助は、お橘さんをあんなひどい目に遭わせて、なんの罰も受けずに、いずれ江戸へ帰っちゃうんでしょう。なんだか、すっきりしねえな」

「良一郎、いいんだよ、それで」

と、富平が言った。

「源之助の罪は明らかでも、お奉行さまのお立場の障《さわ》りにならねえようにたち消えにされちゃあ、お橘さんはただの斬られ損だぜ。本人じゃねえが、父親からでも毟りとってやらなきゃあ、合わねえぜ。ですよね、市兵衛さん」

市兵衛は、富平と良一郎へ笑みを投げかえした。

「けど、市兵衛さんが、益田高安先生の手当てをした源之助の頰っぺたの疵が、爪の疵だとわかった話をしたら、襖ごしに、お橘さんのすり泣きっていうか、泣くのを一所懸命に堪《こら》えているのが、聞こえてきたじゃありませんか。お橘さんの本心は、やっぱり悔しくって、金で償いを受け入れるしかなかったのが、悲しいんじゃあ、ないんですかね」

「ああ、お橘さんは泣いてたよな。だとしてもさ、源之助の罪を訴え出た挙句、そのようなことはねえ、さがれさがれと有耶無耶《うやむや》にされるよりは、よかったんじゃねえか。悔しいのも悲しいのも、何もかもすぎたことさ。理不尽は仕方がねえと諦めて、先を考えて生きていきゃあいいんだよ」

「じゃあ、お上のお裁きはなんのためにあるんだい。間違ったことを正すのが、お上のお裁きじゃないのかい。この始末は、間違ったことを正したのかい。お上の筋は通ったのかい」

「世の中には、筋の通らねえことも、ときにはあるのさ。筋が通ってなくても、案外に人の役にたつことだって、あるんじゃねえか。今度のことだって、そうですよね、市兵衛さん」

富平が市兵衛の背中に声をかけ、ふむ、と市兵衛は頷いた。

「富平、良一郎、せめてこうなることを希《のぞ》んで、栗野さんに中立を頼み、こうなった。わたしも同じだよ。さっき、お橋さんの忍び泣いているのを聞いて、応《こた》えた。後ろめたいし、負い目を感じる。だが、わたしたちの希んだことが、間違ったとも思えないのだ。今はな……」

市兵衛の背中は、それで沈黙した。

野道に沿う用水の水草の中で、鴫《しぎ》やかる鴨《がも》が賑やかに鳴いていた。青い田んぼのはるかな向こうに、数羽の白鷺《しらさぎ》が舞っている。

野道の先に、一本松の高木が見えていた。

それよりしばし前、田島俊三と小牧左右衛門が中間を従え、猫間川の末に架かる小橋まで差しかかったとき、道端の一本松の下に祀った地蔵菩薩の周囲に、深編笠の四人がぶらぶらしたりしゃがんだりしていた。

地蔵菩薩の隣にしゃがんでいた小坂源之助が、気だるそうに立ちあがり、通りがかった田島と小牧へ投げやりな辞儀をした。

「田島さま、小牧さま、お役目ご苦労さまでございました。首尾は、いかがでございましたか」

「まあ、喜んで、という様子ではないが、受け入れましたな。一応は、事なきを得たということですかな」

田島と小牧は立ち止まり、菅笠をあげ、源之助ら四人を見廻した。

「そりゃあ、貧乏百姓らめは、涎《よだれ》を垂らして受け入れたでしょう。銀六貫《ぎんろつかん》の大金ですよ。重くて運ぶのもひと苦労だ」

「源之助どのが、運んだのではありませんがな」

小牧が言い、後ろの中間がむっつりと頷いた。

「口を慎みなされ。ここら辺の者は、みな百姓ですぞ。貧乏百姓らめなどと、人聞きが悪い」

田島が源之助をたしなめ、源之助は深編笠に隠れて不貞腐《ふてくさ》れた。

「ところで、田島さま。由助を訪ねてきた者がおりませんでしたか。浪人風体と若い男が二人です」

竹山安兵衛が言った。

「その者らなら、われらと入れ代わりに訪ねてきた。言葉も交わさなかった。余計な詮索《せんさく》を、されたくないのでな」

「やはりそうか。田島さま、その者らは唐木市兵衛とか言う不逞《ふてい》の浪人者と仲間らではありませんか。このたびのことで強請《ゆす》ってきた」

「強請った？　唐木市兵衛だとしたら、それがどうした」

「いや。ただ、そうではないかと」

「もう済んだのだ。そのような胡乱な浪人者のことなど、どうでもよい。捨てておけ。では、戻るぞ。ご家老にご報告いたさねば」

「田島さま、われらはあとから戻ります。先だっての、東高津の料亭につけが残っております。それを済まさねば、騒がれては困りますので」

源之助が、深編笠を伏せて言った。

「何、先だってのつけが残っておる？　拙《まず》いな。世間が忘れかかっておるのに、つまらぬことを引き摺《ず》るのはよくない。なぜ放っておいた」

「父上に、謹慎を申しつけられておりましたゆえ」

「竹山でも瀬川でも、神山でも、おぬしらが済ますことができただろう」

三人は、田島の咎めをそらすかのように、あらぬ方へ向いていた。

「仕方ない。すみやかにつけを済ませ、早々に戻れ。よいな」

「源之助どの、酒は絶対に慎まれよ」

田島と小牧が厳しく言い残し、中間を従えて小橋を渡っていった。

田島ら三人が野道の彼方に小さくなると、源之助は急に踵《きびす》をかえし、野道の先を睨んだ。高い空の下に東小橋村の集落が見えるが、さっきの三人の姿は、まだ野道に認められなかった。

「あの痩せ浪人が唐木市兵衛に違いない。礼をしておかねばな」

源之助は、忌々しそうに吐き捨てた。東高津の料亭につけがある、というのは口実だった。あの男が唐木市兵衛なら、見すごせなかった。

「斬ってはならん。脅すだけだ。三下《さんした》は刀を見せれば怖気《おじけ》づくだろうから放っておけ。相手は痩せ浪人ひとり、われらの礼を味わわせてやる」

竹山が言い、深編笠の下で破顔した。

市兵衛は、東小橋村の集落を抜けると、ほどなく小橋の一本松の下に深編笠の四人がまだたむろしているのを認めた。

「富平、良一郎、見ろ、あの四人がまだいるぞ」

市兵衛は、ふり向いて言った。二人は市兵衛の左右に並びかけ、

「本途だ。何やってやがるんだ、やつら」

と、富平が不審を露《あら》わにした。

「由助さんの店で、おれたちといき違いになった侍と中間が見えませんね。別々ってことは、源之助と仲間じゃ、なかったんですかね」

良一郎も訝った。

「源之助と仲間だ。今われらに気づいて、急にざわざわし始めた」

「本途だ。やつら、こんな真っ昼間にあっしらに喧嘩《けんか》を売る気ですかね」

「因縁《いんねん》をつける気なのだ。本気で斬りかかってはこないだろう。われらが栗野さんに中立を頼んだからこうなった。それを恨みに思っているのだ。仕かえしに脅すか、痛めつけるだけと思うが、用心しろ」

「そうか。じゃあ、やつらもちょっとは応えたってことですね」

「そうだな」

と、市兵衛は歩みを変えず、富平も良一郎も左右に並びかけて進んだ。

深編笠は、二人が慌ただしく小橋を渡っていき、あとの二人は地蔵菩薩のわきに佇《たたず》んで、こちらの様子をうかがっている気配だった。

猫間川の末に架かる小橋は、人がひとりすれ違えるほどの橋幅で、手摺《てすり》もない。橋の向こうとこちら側を押さえて、挟み撃ちにする狙いはすぐに知れたが、こういう展開に慣れておらず、動きは粗雑《そざつ》だった。

「富平、良一郎、源之助らが仕かけてくるとすれば、狙いはわたしだ。わたしが小橋にかかったら、すぐに逃げるふりをして一旦引きかえせ。脅しをかけてくるだろうが、斬りつけてはこない。乱戦になったら、やつらの隙《すき》を見て、二人でひとりを引き受けてくれ。残りの三人はわたしが相手をする。しかし、無理はするな。引きつけるだけでいい」

「承知」

富平と良一郎は声を合わせ、着流しを素早く尻端折《しりはしょ》りにした。

地蔵菩薩に近づくにつれ、二人は市兵衛からわざと遅れて間を開き始めた。二人は道端のひとにぎりの石を拾った。

やがて、市兵衛は地蔵菩薩の前を通りすぎた。

菅笠の二人が、さり気ない素ぶりを装い市兵衛を見送ると、遅れてくる富平と良一郎の間の野道に割って入った。

ひとりが、富平と良一郎へ向いて仁王《におう》立ちになり、もうひとりは、小橋へ進む市兵衛の後ろから、見え透いたさり気ない素ぶりでついていった。

用水の水草の間で、水鳥がのどかに鳴いていた。小橋村のほうからの行商風の通りがかりが、何も気づかず、小橋を渡って通りすぎていった。

猫間川の末の透きとおった細流が、小橋の下で涼やかな音色を奏《かな》でている。

市兵衛は小橋に差しかかった。

それに合わせて、橋向こうの二人が渡ってくる気配を見せた。

市兵衛は、ゆるやかな反りを見せる板橋の中ほどへ立ち、歩みを止めた。菅笠をわずかにあげて片側へよけ、前からくる深編笠に譲る仕種を見せた。

そのとき、後ろのひとりが市兵衛を前後から挟む恰好で、小橋に踏みこんできた。前方の後ろの深編笠が、細流の涼やかな音色や水鳥ののどかな鳴き声を、険しく甲高《かんだか》い声でさえぎった。

「おまえ、唐木市兵衛なる浪人者だな」

小坂源之助に違いなかった。深編笠がゆれて、一瞬、頰の黒い膏薬が見えた。

前後の二人は、市兵衛を挟んで自然と歩みを止めた。

「おまえは、小坂源之助か」

「与太《よた》の素浪人が、偉そうな口を利《き》きおって。由助から、口利き料をいくらせしめた。いくら集《たか》った」

「口利き料？　なんの口利き料だ。源之助、筋の通った話し方ができぬのか」

「阿呆《あほう》、呑みこみの悪い乞食侍めが。おまえに筋の通った話をしても無駄だ。意味などわかりはせんのだからな。金さえ集ればいいのだろう。そんな輩《やから》は、少々痛い目に合わせて、身体でわからせてやるしかなかろう」

「では訊くぞ、小坂源之助。何をわからせるのだ」

と、市兵衛は突然、高い空いっぱいに響き渡る大声で言った。

前後の深編笠が、突然の大声に不意を突かれ、びくり、と震えた。用水の水鳥の鳴き声が途ぎれ、水草の間を羽ばたいた。

「東町奉行彦坂和泉守さまご家来の小坂源之助が、先夜、小橋墓所においてか弱き女を襲い、大怪我を負わせ、その罪を逃れるために、父親・小坂伊平の……」

市兵衛の大声が、高らかに小橋村の野に広がっていった。

源之助はうろたえ、慌てた。

「やめろ、乱心したか。た、竹山、やめさせろ」

即座に、竹山は市兵衛へ大股で踏み出し、市兵衛の二刀の柄《つか》に無造作に手をかけた。短い小橋で向き合い、二人の間隔は一間（約一・八メートル）余しかなかった。それでは、抜刀する前に懐に入られる。

竹山の意図は、踏み出したときから見え透いていた。市兵衛の両刀を咄嗟《とつさ》に腰から抜きとり、四人で寄って集って痛めつける腹らしい。

竹山は、五尺八寸（約一七四センチ）近くある市兵衛より上背《うわぜい》があった。膂力《りよりよく》もありそうだった。

市兵衛はわざと、竹山に刀の柄に手をかけさせた。

たかが痩せ浪人ひとり、と高をくくって、隙だらけだった。隙だらけの喉《のど》を鷲《わし》づかみにした。指先に力をこめて喉をひねった。むろん、手加減した。

あっ、と竹山は目を剝《む》いた。

刀を抜きとるどころではなかった。奇声とも悲鳴ともつかぬ声を発し、首をひねられた鳥のような恰好で、市兵衛の手首をつかみ、足をじたばたさせ、後退するしかなかった。

市兵衛は片手一本で竹山の喉頸《くび》を持ちあげ、薙《な》ぎ払うように突き退けた。

竹山の大柄は、今にも飛びたとうとするかのように一旦浮きあがり、次の瞬間には橋板を踏みはずして猫間川の細流に水飛沫《みずしぶき》をあげた。

竹山の身体が水中に没し、水鳥の逃げ廻る水面に深編笠だけがゆれた。

「おのれ」

と、背後から瀬川道広が抜刀し打ちかかってきたが、痩せ浪人と見くびっていたのが、思いもよらぬ成りゆきに戸惑い、踏みこみが中途半端だった。

市兵衛はやすやすと体を躱《かわ》し、瀬川の踏み出した足を払った。

瀬川はあえなく態勢をくずし、わあっ、と足を投げ出して仰《あお》のけにひっくりかえった。

慌てて立ちあがりかけた襟首と袴《はかま》をつかんで、橋から放り投げた。

瀬川の身体が、浅い水中から起きあがった竹山の上に覆いかぶさり、二人はもつれて、二つの深編笠を川面に残してまた水中へ没した。

一方、神山竜吉は、橋で乱戦が始まるや、身をかえして富平と良一郎に背を向けた。これしきの若いのを、まともに相手にする気はなかった。どうせこいつらは、怖気づいているだけだろうと思っていた。

ところが、二人に背を向けた途端、背中にひとにぎりの石ころの痛打を受けた。

「痛ああ」

と背中をひねり、刀を抜きながらふりかえった。

そこへ、もう一個の石ころが、神山の袴の上から膝頭に音をたてて跳ねた。神山は膝頭を押さえて、ぴょんぴょんと跳ねた。

すかさず、良一郎が飛びかかった。

神山の刀を持った右腕を抱え、背後から長い腕を神山の首筋へ廻し、思いきり締めあげた。良一郎は、六尺（約一八〇センチ）以上背丈のある若衆である。細い身体を若竹のようにしならせ、神山を首吊りの恰好で抱えあげた。

げえっ、と神山は舌を出して白目を剝《む》いた。

小柄な小太りだが、力自慢の富平が、白目を剝いた神山の鼻柱《はなつぱしら》に拳を叩きこんだ。鼻柱が潰れ、次の拳で神山の口から折れた歯が飛んだ。

それから、三打、四打、五打と続けて浴びせ、神山は悲鳴もあげず、深編笠をゆらゆらとなびかせ、刀を落とした。

「あ、兄き、もういいんじゃねえか。それ以上やったら、死んじゃうよ」

富平が六打目の拳を見舞おうとしたとき、良一郎が心配して言った。

「あ、そうかい」

富平はなおもふるおうとしていた拳をおろし、良一郎が神山を放すと、神山は膝から身体を折り曲げて崩れ落ち、ぐったりした。潰れた鼻からも歯の折れた口からも、血が筋を引いていた。

良一郎と富平は、やりすぎたかな、と心配そうに神山をのぞきこんだ。

そのとき、市兵衛が橋を進むと、ひとり残った源之助は、思いもよらない成りゆきに怯《ひる》み、刀を抜くかまえをとりつつ、橋づめに後退《あとずさ》ったところだった。

「源之助、身体で何をわからせるのだ」

市兵衛のひと言で、源之助は身をひるがえし逃げかかった。

それより早く、市兵衛は長い腕を槍のように差し出し、深編笠をつかんで源之助を後ろへ、ずるずると引き戻した。

「仲間を捨てて、ひとりで逃げる気か」

「放せ、下郎《げろう》。放せ」

源之助は声を甲走《かんばし》らせ、刀の柄に手もかけず、深編笠の顎紐《あごひも》をはずして脱ぎ捨てると、頬の疵の無様《ぶざま》な膏薬も忘れて走り出した。何を言われようと、怖気づき、逃げる気しかなかった。

その背後より、市兵衛は源之助をすっぱ抜きにした。

はあ……

源之助は悲鳴をあげ、膝から崩れ落ちた。両手で頭を抱え、俯せた。

野道の先の、小橋村の集落のほうや、青い田んぼの彼方《かなた》で、悲鳴や騒ぎを聞きつけた住人らが様子をうかがう姿が、ちらほらと見えた。

用水の水鳥が、また鳴き騒いでいた。

源之助は野道に俯せ、凝《じ》っとうずくまったまま動かなかった。

源之助の後ろに、髻《たぶさ》から先の元結《もとゆい》にくくられた髷《まげ》が落ちていた。

第三章　光陰《こういん》

一

その日、保科柳丈と島田寛吉は、天満橋を京橋二丁目へ渡り、北船場安土《あづち》町二丁目の本両替の大店《堀井》を訪ねた。島田寛吉が、主であり師でもあった若き室生斎士郎《ときしろう》に従って、堀井の主人の安元を訪ねた晩春三月の下旬から、はやひと月近くがたっていた。

総二階の広い間口に、紺地へ白く《堀井》と抜いた長暖簾《ながのれん》がさがり、軒庇《のきびさし》には両替の文字が読める分銅形《ふんどうがた》の看板が吊《つ》るしてある。

柳丈と寛吉が堀井を訪ねると、利三《としぞう》と言う使用人が応対に出て、店裏の客座敷に通された。利三は、先月、斎士郎に従って訪ねてきた寛吉を覚えていて、柳丈と寛吉に茶菓を出し、

「島田さま、ようこそおいでやす」

と、寛吉に愛想よく言った。

堀井の主人・安元への訪問は事前に知らせ、安元の母親おかずより了承を得ていた。ただ、安元は急の用があって今は江戸店《えどだな》におり、不在だった。

座敷は、黒塗り組子の腰つき障子を両開きにして、拭縁《ぬぐいえん》の先の黒板塀に囲われた狭《せま》い中庭があった。中庭には玉砂利が敷きつめてあり、石燈籠《いしどうろう》と枝ぶりのいい松と竹林が、質素なというより殺風景な庭の風情《ふぜい》をわずかに彩《いろど》っていた。

昼下がりの日が、庭の玉砂利に白い陽《ひ》だまりを落としている。

ほどなく、黒染に菱文《ひしもん》を淡く抜いた小袖と中幅帯《ちゅうはばおび》のおかずが、小幅な歩みを忙《せわ》しなく運んで座敷に現れた。柳丈と対座し、

「かずでございます。ただ今、倅《せがれ》の安元は、堀井の江戸店に急な用がございまして江戸におりますため、わざわざ彦根《ひこね》よりお訪ねいただきましたのに、失礼させていただきます」

と、小柄な身体《からだ》を丸めて、柳丈と寛吉に辞儀《じぎ》をした。

「こちらこそ、突然、お訪ねいたしたご無礼をお許し願います。お初にお目にかかります。彦根藩井伊《いい》家に仕《つか》えております保科柳丈でござる」

と、柳丈はおかずに頭を低くしてかえした。

「この四月まで、お城勤めをいたしておりましたが、わけあって倅に家督を譲り、隠居の身と相なりました。およそ三年前より、先代の堀井千左衛門《せんざえもん》どのにお雇いいただいておりましたわが弟の野呂川伯丈《のろかわはくじょう》が、先々月の二月、千左衛門どのが急逝《きゅうせい》なされたわずかのちに、大坂南の千日墓所《せんにちぼしょ》において落命いたした知らせを、大坂西町奉行所与力の福野武右衛門どのより受け、兄であるわたくしが、ご主人の安元どのにお会いし、事情をお訊《たず》ねせねばと思っておりました」

「はい。先月、室生斎士郎さまが、保科さまの代人の添状を携えて、そちらの島田寛吉さまとお見えになられてお訊ねでございましたので、千左衛門がなんで自ら命を断ち、野呂川さまがいかなる経緯《いきさつ》があって千日墓所で斬《き》られはったんか、わてらの知る限りの事情はお話しいたしました。千左衛門と野呂川さまは、わてらの与《あずか》り知らんところで、何でも二人だけで決めて進めておりましたから、どれほどのことがお伝えできたかはわかりまへんけど。ただ、初めて見えられた室生さまは、ほんまに目の覚《さ》めるような凛々《りり》しいご様子だした。さすがは、徳川《とくがわ》さまの天下を支える彦根藩のお侍さまや、お侍というても、大坂の町方のお役人さまらとはだいぶ違うなと、安元ともあのあと話しておりました。島田さま、室生さまはお変わりございまへんか」

後ろに控えた寛吉は目を伏せ、静かに頷《うなず》いた。

柳丈が、束《つか》の間《ま》をおいて淡々と言った。

「室生斎士郎は、二十九歳。わたしは四十歳にて、斎士郎は年の離れたわが友、いや、わが心の血肉を分けた分身と言うべき者でした。鈴鹿《すずか》の山中で育ち、学問と武芸を修め、十数年前、保科家の招きに応じて彦根城下に居を移し、保科家に連《つら》なる者となりました。遠からず、藩校の稽古館の教師に推挙され、彦根藩士子弟らの教育、育成の役目をになうはずでした。わが弟・野呂川伯丈亡きあとの始末を、代人として斎士郎にゆだねましたのは、わたしは主君に仕える身ゆえ身勝手はならなかったため、斎士郎がわが頼みを引き受けてくれたのです。即座に、一片の迷いも見せず」

柳丈の言葉に微小な違和を覚えたらしく、おかずは、は？　というような顔つきを見せた。かまわず、柳丈は、つい昨日の瑣末《さまつ》な出来事を話すような口ぶりで続けた。

「室生斎士郎は、先だって、亡くなりました」

「えっ、亡くなった？　室生さまがだすか」

おかずは、柳丈から寛吉へ向き、問いかけた。

「室生さまに何があったんだすか」

「侍の習い、武士の通さねばならぬ意地と、斎士郎さまは申されました」

寛吉は、言葉少なにおかずへかえした。

「侍の習い、意地? それって、もしかしたら、野呂川さまの仇討《かたきう》ち、ということだすか。もしかしたら、室生さまと島田さまは、先月、うちへ訪ねてこられたんは、野呂川さまを千日墓所で斬った相手を見つけ出して、仇を討つためやったんだすか。ということは、室生さまは、その相手と斬り合いになって、お命を落とされたんだすか」

寛吉はこたえなかった。

「なんと、あの華やかな室生さまが、二十九歳で。お気の毒な。ほんまに、花のような果《は》敢《か》ない生涯だすな」

そや……

と、おかずはわれにかえったかのように膝を打った。

「保科さまが、まだ四十歳というそのお歳《とし》で、わけがあって家督をお子さまに譲られ、ご隠居の身になられたのは、お城勤めを退いて、人の世のしがらみを開き、おのれの身を捨てて、侍の習いに従い、武士の意地を通すおつもりだすか」

「それは、わが一個の存念にて、おかずどののお気にかけるほどの、事柄ではありません。古き習いに従い、意地を通し、身を捨ててこその侍なのです。室生斎士郎も、わたし同様、そうあろうとする者でした」

「ということは、わたしどもの話が少しは役にたって、野呂川さまを斬った相手がわかったんだすな」

「はい」

と、後ろの寛吉がひと言かえした。

「相手は、どういう人やったんだすか。わての知ってる人だすか。わが亭主の千左衛門が自ら命を絶ったことと、かかり合いのある人なんだすか」

「野呂川伯丈さまは、千左衛門さんに雇われ、その仕事のかかり合いにより相手を知ったことは間違いありません。しかしながら、野呂川さまが相手と斬り合われたのも、またわが主・斎士郎さまが戦われたのも、ただ今柳丈さまの仰《おっしゃ》られた侍としての一個の存念ゆえであって、それが、千左衛門さんの死にいたる事情にからんでいたからではありません」

「けど、わてらの話が少しはお役にたったんやったら、わてらもその相手とかかり合いができたということだすな。気にかかります。相手のお名前を、聞かせていただけまへんか。できましたら、素性とかも……」

「柳丈さま」

寛吉が柳丈の背中に声をかけた。

「おかずどのは、すでに察しておられる。内分にしておく意味はない。よい。島田、おぬしが話せ」

寛吉は首肯した。

「西町奉行所与力の福野武右衛門さまより、お聞きいたしました。野呂川伯丈さまを斬り、わが主・室生斎士郎さまをも倒したのは、唐木市兵衛と申す浪人者です。江戸の旗本の生まれながら、いかなる理由でか、旗本の身分を捨て浪人となり、渡り用人を生業《なりわい》にしておるようです」

「渡り用人……」

おかずは、訝《いぶか》しげに訊《き》きかえした。そして、首をかしげて寛吉の話を聞き、やがて物憂《ものう》げに言った。

「渡り用人の唐木市兵衛というお侍と野呂川さまは、千左衛門との仕事にからんだ事情で、かかり合いができたんだすな。どんな仕事やったんやろ。千左衛門はわが亭主ながら、女房のわてにもようわからんところのある人だした。千左衛門と野呂川伯丈さま、福野武右衛門さま。それから室生斎士郎さまや。年が明けてから、これで四人になった」

おかずは、皺《しわ》の多い瘦《や》せた指を折った。

すると、柳丈が訊ねた。

「そつじながら、西町奉行所の福野武右衛門どのが亡くなられたことは、大坂へきて知りました。福野どのは、わが弟の野呂川伯丈が浪人者となって、千日墓所の仕置場で首打役の手代を務めていた腕を見こみ、先代の千左衛門どのの警護役の中立《なかだち》をなされたと、斎士郎と寛吉は福野どのご自身から聞いております。福野どのに、一体何があったのですか」

「はい。先月、室生さまとこちらの島田さまがお見えになった折りに、お話ししましたな。千左衛門は、普段はそんなふうには見えまへんけど、性根は気性の激しい人で、せやから、気位が高《たこ》うて自尊心の塊《かたまり》みたいな野呂川さまとは、案外に気が合いました。悪口やおまへんで。野呂川さまが、ご自分に他人を寄せつけんぐらいの誇りを持っておられたと、申したいんだす。たぶん、福野さまはそれがわかって、千左衛門の警護役と相談役にええ人物やと、お口添えなさったんだす。と言いますのも、福野さまご自身がそういう人やったからだす。この四月の上旬だした。福野さまが、お勤め帰りの天満橋で賊《ぞく》に襲われてお亡くなりになった知らせを受けたとき、ああ、そうやったんか、と気づいたんだす。千左衛門も野呂川さまも福野さまも、似てるんや、そっくりや、三人は同じ気性なんやと、気づいたんだす」

「天満橋で、賊に？」

「賊と言うても、福野さまご自身が御用聞に使うてた目明しだした。天満の三勢吉と呼ばれていた柄の悪い博奕《ばくち》打ちの親分だす。福野さまが、そんな博奕打ちの親分を御用聞に使うたのは、性根はならず者でも、お上の御用の役にたつのやったら、それを上手《うま》いこと利用して使《つこ》うたらええ。お上の御用いうても、表沙汰《おもてざた》にはできん裏の実情もいろいろある。そういう御用には、三勢吉みたいな男は都合がええのやと、お考えやったんだす」

「目明しに使っていた三勢吉が、なぜ福野どのを襲ったのですか」

「表沙汰にはなってへんのだす。けど、少々こみ入った事情がありましてな。福野さまは、日ごろより堀井にお出入りしていただいて、もめ事やごたごたなどが起こった折りには、何くれとお力添えをいただいておりました。けど、福野さまにお出入りを願っているお店は、堀井だけやおまへん。ほかにも大店《おおだな》にお出入りなさっておられましたし、諸藩の大坂屋敷、つまり蔵屋敷にも町奉行所与力として館入《たちいり》なさって、蔵屋敷が抱える訴訟事などの応対を引き受けておられました。町奉行所与力の職禄は二百石だすが、お出入りや館入の礼金だけで、職禄の十倍以上を得られていたのは、間違いおまへん。中之島の島崎藩の蔵屋敷も、福野さまの館入先のひとつだした」

「筑後《ちくご》島崎藩の蔵屋敷、ですな」

柳丈の問いに、おかずは黒く染めた丸髷《まるまげ》をゆっくりと上下させた。

「どうやら、その蔵屋敷で数年前から蔵役人らの不正が行われていて、それに気づいて不正を暴こうとした蔵元の手代が、蔵屋敷の仲仕《なかし》に匕首《あいくち》で刺され、命を落とす一件があったんだす。一件は、蔵役人らの不正の証拠も見つかっていたらしいんだすが、蔵屋敷は表向きは町奉行所の支配でも、実情は諸大名の大坂屋敷だすから、蔵役人らの不正は島崎藩の処置にゆだねて、町奉行所は一件の調べを蔵元の手代が蔵屋敷の仲仕になんらかの恨みを買って刺された、という落としどころで収拾を図ったんだす」

「不正を犯した蔵役人らを、不問にしたのですか」

「そこが、はっきりせえへんまま、一件は幕引き同然になったんだす。というのも、手代を刺した仲仕を指図したのは、福野さまの御用聞の三勢吉やったからだす。じつは、福野さまのお指図で三勢吉は島崎藩の蔵屋敷に出入りし、蔵役人らにこっそり頼まれて手下の仲仕に手代を始末させた、というかなり確かな噂《うわさ》が、福野さまが三勢吉に天満橋で襲われたあとで流れましてな。けど、その調べはたち消えになって、有耶無耶《うやむや》になってしもたんだすわ。わかっているのは、三勢吉が裏から糸を引いて、仲仕に手代を殺させた廉《かど》で追われる身やったことだす。三勢吉は、一旦は島崎藩の蔵屋敷に身をひそめていたのが、そういう裏事情があって蔵屋敷を追われて、逃げまどっていたのが逃げきれんようになり、最後は破れかぶれで福野さまを天満橋で襲ったと、それも噂で聞きました。たぶん三勢吉は、福野さまに騙《だま》された、見捨てられたと、恨んでたんだすわ」

三人に沈黙が訪れた。

中庭の陽だまりが、いつの間にか屋根の陰になって消えていた。四十雀《しじゅうから》か何かの小鳥の声が、三人の沈黙に戯れかかるように聞こえた。

「三勢吉の身は、どのように……」

しばしの沈黙ののち、柳丈が言った。

「その場で、福野さまのご家来に一刀の下に斬られて、終りだす」

おかずはこたえた。そして言った。

「千左衛門は、商いにも、綺麗《きれい》な商いばかりやない、汚い商いもある、法に触れさえせんかったら、なんぼ汚うても商いは商いやと言うてはばからず、千左衛門がそういう商人やったから、堀井は大店の本両替屋になったんだす。そんな商人が、自分で自分の首をくくって、蔵の梁《はり》にぶら下ってました。福野さまは、ならず者でも使いようによっては、立派にお上の役にたつと言うてはばからんかったけれど、使いようをどう間違えたのか、自分の使うてたならず者にぐさっと刺されて、淀川《よどがわ》ではのうて、三途《さんず》の川《かわ》を渡っていかはったんだす。野呂川さまは、他人を寄せつけんぐらいに気位が高く、自尊心の塊みたいなお侍さまやったのに、唐木市兵衛とか言うお侍さんに斬られて、どこの誰かも知られんと、気位も自尊心も、何もかも千日火《ひ》やの灰になってしもたんだす。気性のよう似た三人が、それぞれ妙な死に方をしたもんや。千左衛門と野呂川さまと福野さま、あの三人らしいなという気がせんでもおまへん」

おかずは、うっすらとした頰笑《ほほえ》みを座敷へ泳がせた。それから、

「島田さま、不仕《ぶし》つけなことを、お訊ねしてもかまいまへんか」

と、小柄な身を柳丈の後ろの寛吉へ、やや傾けるようにして言った。

「どうぞ」

「侍の習い、武士の意地を通すと言わはりましたな。室生斎士郎さまは、そのために唐木市兵衛さんと戦うて、花の命を散らさはったんだすな」

寛吉は黙って頷いた。

「お訊ねしたいのは、侍の習い、武士の意地を通して室生さまが命を散らしたことに、どんな意味があったんだすか。千左衛門やったら、侍の習いやら武士の意地を通すことに、なんの値打ちがあんねん、死んでしもたら仕舞《しま》いやと、言いますやろ。室生さまは、もっともっと生きて、ああ、あれが室生斎士郎さまやと、他人が褒《ほ》めたたえるような生き方が、できんかったんだすか」

「人の生には、人それぞれの値打ちがあります。死もまたしかりです」

「死もまたしかりだすか。ほんなら、千左衛門が自分で首をくくったのも、福野さまが天満橋で自分の御用聞に刺されたのも、野呂川さまがどこの誰かも知られず千日火やの灰山

に捨てられたのも、値打ちがあったんだすか」

保科柳丈と島田寛吉は、東横堀川沿《ひがしよこぼりがわ》いの船場側の往来を北へとっていた。

川向こうの上町台地の空に、大坂城の天守閣がそびえていた。安土町の北隣の備後町《びんご》、そして瓦町《かわら》をすぎて思案橋《しあん》の袂《たもと》までできたとき、柳丈は川端《かわばた》の枝垂《しだ》れ柳《やなぎ》の下に佇《たたず》み、上町台《うえまちだい》地《ち》の天守閣を眺《なが》めた。

東横堀川の対岸に、豊後《ぶんご》町の商家の白い土蔵がつらなっていた。

寛吉は、柳丈の傍らに歩みを止め、柳丈が菅笠《すげがさ》をあげ、東の空の天守閣を見やる横顔に見入った。こういうとき斎士郎なら、寛吉は必ず、

「旦那さま、いかがなされましたか」

と、声をかけたものだ。斎士郎には、自分の心の裡《うち》を寛吉に明かす若さゆえの甘さがあった。その甘さが斎士郎の、えも言われぬ華やかな色気を醸《かも》していた。

だが、柳丈の沈黙は暗く、重厚だった。

寛吉には、柳丈にかける言葉が見つからなかった。

「島田、おぬしは斎士郎に、唐木市兵衛はどのような武士と思うかと訊《き》かれ、唐木市兵衛には無理がないと、言ったのだったな」

柳丈は、対岸の豊後町へ向いたまま言った。

「は？　はい。福野さまのお屋敷を訪ね、馳走《ちそう》になりましたその折り、唐木市兵衛がいかなる素性の武士かを福野さまよりうかがい、夜更《よふ》けの宿への戻り道、天満橋を渡っているときでございました。斎士郎さまがお訊ねになりましたので、そのようにおこたえいたしました。唐木市兵衛は、喜びも悲しみも怒りも、生も死もあるがままだと」

「斎士郎は、ほかに何か言ったのか」

「そうでございますな。あの夜のことは覚えております。斎士郎さまは申されました。ふと、自分が見えたと。唐木市兵衛に、自分を見ている気がしたと」

柳丈は寛吉へ向いた。

「そうか。斎士郎はそう言ったのか。芸なき者に芸は見えぬ。才なき者に才は見えぬ。斎士郎は唐木市兵衛に、おのれの才を見ていたのだな」

寛吉が頷くと、柳丈は再び対岸を見やった。

東横堀川を船客を乗せた伝馬船《てんません》や荷船がいき交い、川端の往来を風呂敷《ふろしき》包みの荷をかついだお店者が通りすぎていく。

「斎士郎は、なぜ唐木市兵衛に敗れた。何ゆえだ」

「それはすでに、申しました。戦いのさ中、不運にも斎士郎さまの刀が折れました。運不運が勝敗を決したのです。無念でなりません」

「運不運か……」

柳丈は言った。

「唐木市兵衛は風の剣を使うのだったな。奈良興福寺《ならこうふくじ》の門を敲《たた》き、法相《ほっそう》を学び、剣の修行を積み、奈良の深い山谷の廻峰行《かいほうぎょう》を重ねる中で、風の剣を会得《えとく》した。風の剣を、唐木はどのように言うていた」

「埒《らち》もない迷い事を言うておりました。風は自在に吹く。風の剣があるならば、その自在さこそが奥義に違いあるまい。そのように。すなわち、風の剣などないということを、言うていたのです」

「ほかには」

「ほかに？　さて」

と、寛吉は考えた。

「ああ、あのとき、唐木はこのようなことも申しておりました。確か、法相の教えでは、この世を夢から覚めぬ夢の世に例えている。自分は法相の教えの深遠さゆえの空虚に耐えられなかった。それゆえ、興福寺を出たと。斎士郎さまはそのとき、申されました。深遠さも空虚もおのれの中にある。それは、おのれの中の迷いを見ているのにすぎぬ。すると唐木はこうこたえたのです。いかにも、おのれの中の迷いこそわが武士の一分と……」

寛吉は、東横堀川の紺青《こんじょう》の水面に目を投げて言った。水面には、伝馬船が通りすぎたあとの波紋がゆれていた。あのときの、鮮やかな夕日の中の唐木市兵衛の姿が、寛吉の脳《のう》裡《り》にくっきりと甦《よみがえ》っていた。

ふと、寛吉は柳丈の視線に気づき、水面から顔をあげた。そして、虚《きょ》を突かれた気がして、あっ、と声をもらした。

柳丈が、唐木市兵衛の言ったそれを、おのれの中の迷いこそわが武士の一分の意味を問いかえすように、暗く重厚な沈黙を、寛吉へ投げていたからだ。

二

旅だちの日が、近づいていた。

南堀江の《こおろぎ長屋》の、市兵衛と富平、良一郎、小春の四人の身辺は、それぞれにいく分、慌《あわ》ただしくなった。

と言って、供もいない四人が身の周りの物だけの荷物を、ふり分け荷物や小葛籠《つづら》にからげていく気楽な旅だが、それでもそれぞれ、江戸の知人や縁者に大坂土産《みやげ》は何がいいか、およそ三月《みつき》になる大坂暮らしで少しは馴染《なじ》みになった人々へ挨拶《あいさつ》はどうするか、大坂へきたのだからせめてどこそこへのお参りは、あるいは名勝《めいしょう》の見物は、と旅だちまでの残された日々はすぎていった。

まだ盛夏に早い四月下旬にしては、蒸《む》し暑い日だった。

その日の午前、江戸に比べて早いのか、こおろぎ長屋に蟬《せみ》の声が聞こえた。

市兵衛と富平、良一郎の三人は、道中で使う肌着や足袋《たび》、手甲《てっこう》や脚絆《きゃはん》、帷子《かたびら》などをそろえ、ほつれや擦《す》りきれてできた穴の繕《つくろ》いなどにかかっていた。

小春は、旅だちまであまり日がないのでと、お恒の裁縫《さいほう》仕事をなるたけ多く手伝うため、朝から日暮れまで、向かいのお恒の店に入り浸っていた。

そんな午前、不意に蟬がこおろぎ長屋で鳴いたのだ。

この夏、初めて聞いた蟬の声だった。たぶん、路地の突きあたりの、玉手《たまで》町の土蔵がある敷地の桂《かつら》の木で、春蟬が鳴いているのだろう。

「あ、蟬だ。蟬が鳴いてます。そうか。もうそんな時節になったのか」

良一郎が繕い物の手を止め、古びた天井裏を見あげて呟《つぶや》いた。

「ありゃ、春蟬だな。江戸でも、そろそろ鳴き出しているんだろう。だんだん夏らしくなってきたぜ」

富平が、柳行李《やなぎごうり》へ荷をぎゅうぎゅう押しこめながら言った。

「大坂が長くなっちまったなあ。みんな、どうしてるかな。心配かけちまったんだろうな」

「なんだい、良一郎。江戸が恋しくなったのかい。みんなに心配かけたのに、決まってるじゃねえか。おめえと小春が、勝手気ままに欠け落ちみてえに江戸を飛び出したもんだから、市兵衛さんとおれが、お坊ちゃんとお嬢ちゃんを、無事、江戸の親御さんの元へ連れ戻すために、大坂まで追いかけてきたってわけだ。江戸へ帰ったら、おっ母《か》さんと育ての親のお父《と》っつあんに、こっぴどく叱《しか》られるぜ。ねえ、市兵衛さん」

富平が、肌着の袖のほつれを丁寧《ていねい》に繕っている市兵衛にふった。

「ふむ。叱られるな」

市兵衛は、手を止めずにかえした。

「叱られるのは、平気さ。慣れてる。どうってことねえよ。けど、蟬の声を聞いたら、ふと、室町《むろ》の《福寿《ふくじゅ》そば》を思い出してさ。昼に盛《もり》を頼んで、ぴりぴりする汁にそばをちびっと浸《つ》けて、ずるずるっと、二、三枚、軽く平らげるんだ。二、三枚じゃあまだ物足りねえが、夕飯までなんとか腹が持ちゃあいい。で、福寿そばを出て、暑い陽射《ひざ》しの下の室町の大通りをぶらぶらいくと、どっかの店の庭で蟬が騒いでてさ。あ、夏だなって感じるん

「盛そばに蟬の声か。江戸はやっぱり、だし汁のうどんじゃなくて、ぴりっと辛いのそばだよな。大坂のだしの効いたうどんは美味いけど、江戸は醬油と味りんを煮つめた辛々の汁のそばが、だしだの風味だのと小うるさいことを言わなくて、潔《いさぎよ》くていいじゃねえか。ああ、おれも盛を、ぴち、ずるずるっとすすって食いたくなったな」

江戸のそばのつけ汁は、醬油と味りんを同量にし、それが半分の量になるまでぐつぐつと煮《に》つめる。辛すぎて、そばをたっぷりと浸すことができない。だからほんのわずかに汁に浸け、そのひと舐《な》めの辛みだけで、そばをずるずるっとするのが、江戸ふうの食べ方になった。

「市兵衛さん、江戸へ帰ったら福寿そばへ盛を食いにいきましょう。二、三枚じゃなくて、五、六枚はいけますよ」

「盛なら、室町の福寿そばでなくたっていいだろう。そば屋ぐらい、神田《かんだ》にだって本所《ほんじょ》にだって、いくらでもあるぜ」

「福寿そばのご主人の打つそばが、絶妙の腰っていうか歯ごたえがいいんだよ。兄きだって美味《うま》いって、言ってたじゃねえか」

「確かに、福寿そばは美味いけどさ」

「ね、市兵衛さん、江戸へ戻ったら福寿そばへいきましょう」

うむ、と市兵衛は頷いたが、繕い物の手を止め、表戸の腰高障子を半ば開けた路地へ顔を向けていた。

「どうかしやしたか」

富平が市兵衛の様子に気づいて言った。

「人がきた」

富平と良一郎は話を止め、路地の様子をうかがった。ひと節の蟬の声と、どこかの店の隠居が、虫の這《は》うような経を読む声が聞こえるばかりで、路地を通る住人は見えず、あたりは夏の朝らしい静けさの中にあった。

向かいのお恒の店の表戸も、半ば開けたままになっているが、仕事中のお恒と小春の姿は、暗くて見えない。

だがやがて、草履《ぞうり》の音が近づいてきた。

「本途《ほんと》だ。誰かくる」

良一郎が言ったとき、障子に人影が二つ映り、半ば開けた戸口に、青ねずの絽《ろ》羽織と黒紺の袴《はかま》を着けた侍が立った。

「ごめん。こちら、唐木市兵衛どののお住《すま》いの店でござるか」

少し嗄《か》れた声が、狭《せま》い土間と板間ごしの四畳半へ投げかけられた。

侍は五十すぎ、あるいはそれに近い年ごろに見え、綺麗に剃《そ》った月代《さかやき》に淡《あわ》い灰色の髷《まげ》を結《ゆ》っていた。

挟《はさ》み箱をかついだ渋茶色の看板に梵天帯《ぼんてんおび》の中間《ちゅうげん》を、背後に従えていた。

良一郎が素早く立って板間のあがり端《はな》へ膝をつき、戸口の侍にかえした。

「へい。こちら、唐木市兵衛さんのお住いの店でございます。お名前とご用件をおうかがいいたします」

「江戸の方ですな。唐木どのは、江戸のお生まれとお聞きいたした。唐木どのの供をしておられたお二方のうちの、おひと方とお見受けいたす」

良一郎は膝に手をそろえ、訝るように侍を見つめた。

「それがしは、大坂東町奉行・彦坂和泉守さまの家老役を相務めます、小坂伊平と申す。唐木市兵衛どのにお取次ぎ願いたい。用件は、唐木どのへ直《じか》にお伝えいたすゆえ」

「へ、へい、さようで。市兵衛さん……」

良一郎は四畳半の市兵衛へふり向いた。

「どうぞ、お入りください」

市兵衛は、戸口の侍に言った。すでに、繕い物などの旅の荷を隅《すみ》へやって端座《たんざ》に変え、

富平は後ろに控えて膝をそろえていた。良一郎もこちらへと、富平の隣《となり》を指した。良一郎は富平と居並び、

「小坂伊平って、もしかして……」

と、ささやきかけた。

富平は、しっ、と緊張した目つきになって人差し指を唇にたてた。

むろん、小坂伊平には腰高障子《こしだかしょうじ》の半ば開いた戸口に立ったときから、粗末な店の市兵衛ら三人が見えていて、応対に出た良一郎にかえしながらも、また、土間へ入るときも、市兵衛の様子を注意深くうかがっていた。

小坂は中間を土間に待たせ、腰の黒鞘《くろさや》の大刀をはずし、板間続きの四畳半へ進んで市兵衛と対座した。刀を背後に寝かせ、

「改めまして、小坂伊平でござる」

と、名乗った。

「唐木市兵衛です。お初にお目にかかります。東町奉行・彦坂和泉守さまご家老役の小坂伊平どののお名前は、うかがっておりました。この二人は供の者ではなく……」

市兵衛は、富平と良一郎にも名乗らせた。

そのとき、来客に気づいた小春が、向かいの店から戸口にきた。

「市兵衛さん、お茶の支度《したく》をします」

「済まないな。頼むよ」

竈《かまど》には朝の残り火があって、鉄瓶《てつびん》がかかっている。

小春が狭い土間の竈のそばで、手早く茶の支度にかかると、小坂は、「おお」と意外そうな声をもらした。粗末なこおろぎ長屋に似合わない小春の器量に、驚いた様子だった。

小坂は中背の痩軀《そうく》に、髷や髪に白髪が目だった。気むずかしそうな顔つきながら、武家奉公人として様々な主に仕えてきたせいか、盛り場の顔利きが二本を携《たずさ》えているような練《ね》れた人柄が感じられた。

「東町の栗野さんに、唐木どののこちらのお住いを教えていただきました。東町奉行にお仕えしてはや五年になりますが、南堀江《みなみほりえ》にきたのは初めてです。道頓堀《どうとんぼり》や千日墓所にいったことはあります。だが、ここまできたことはなかった。江戸と趣《おもむき》は違うものの、大坂の町も存外大きい」

「京橋二丁目よりこの南堀江まで、遠いところをご苦労さまでした」

市兵衛は眼差《まなざ》しをやわらげ、穏やかに言った。

「唐木どのは、今はわけあって大坂におられるが、江戸のお生まれで、お住いは江戸とうかがいました」

「浪々の身ですので、神田の裏店《うらだな》住まいです」

「さようか。それがしの住まいは、三田《みた》の裏店でござる。お奉行さまの役目が終れば、われら奉公人の勤めも終ります」

小春が、盆に急須《きゅうす》と碗《わん》をのせて運んできた。

薄い湯気ののぼる茶を淹《い》れ、小坂、市兵衛の前に碗をおき、富平と良一郎の前にも並べたが、二人が妙にしゃちこばっていたのがおかしかったのか、くすり、と笑い声をもらした。そして、土間の中間にも、

「どうぞ、お茶です。こちらで」

と声をかけ、板間に茶碗をおいた。

「どうも、おおきに」

中間は大坂の男だった。渋茶色の紺看板《こんかんばん》の中間は、町奉行所ではなく、東町奉行・彦坂和泉守雇いの中間なのだろう。

小春がお恒の店に戻っていくと、小坂が小春を見送りつつ言った。

「失礼ですが、この長屋には似合わぬ器量のよい娘御でござるな。あの娘後も、やはり唐木どのの？」

「栗野さんからお聞きになられたように、少々こみ入ったわけがありましてね。この二人

とあの娘とわたしの四人、間もなく大坂を発《た》ちます。江戸へ戻らねばなりません。ときが果敢《はか》なくすぎていきますので」

「それも、うかがいました。それゆえ、それがしも急がねばと思いました。お奉行さまのお許しを得て、お訪ねいたした次第でござる」

「畏《おそ》れ入ります。ご用件をうかがいましょう」

小坂は、ふむ、と気むずかしそうな顔つきに、微妙な戸惑いをにじませた。そして、小春の淹れた茶を一服した。

「唐木どのも、若いお二方もお察しでしょうが、わが倅《せがれ》・小坂源之助の始末についてでござる」

小坂は碗を茶托《ちゃたく》に戻した。

「あろうことかあるまいことか、口にするのも恥ずかしい、考えるだけでもつらい、人として断じて許されぬ狼藉《ろうぜき》、侍ならば切腹して果てよ、切腹ができぬならお上のお縄を受け刑場で素《そ》っ首《くび》を打たれてしまえと、どのように言うても言いわけできぬ不埒《ふらち》なふる舞いを、わが倅・源之助は犯しました。若気のいたり、愚かでは済まされぬ、人の道に悖《もと》るわが倅の罪深さに、呆《あき》れたというよりむしろ、怖気《おぞけ》を覚えました。何より、一命をとり留めたとは申せ、生死の境を彷徨《さまよ》う大怪我《おおけが》を理不尽にも負わされた百姓女、お橘という女の、痛み、苦しみ、恐怖、怒りと悔しさを思えば、わが詫《わ》びの言葉が空《むな》しくなるばかりでござる」

小坂は、口を一文字に結び、かすかに鼻息を鳴らした。

「しかしながら、その一方で、これでは倅・源之助は切腹、あるいは打ち首、獄門もあり得る。さすれば、小坂家は跡とりを失ううえに、小坂家一族に、一門にどのような累《るい》がおよぶのかと、震えあがったのでござる。それは自業自得《じごうじとく》、倅の愚かさは親の所為《せい》と責められるのは承知で、倅のふる舞いを世間に隠し、なかったことにし、何とか倅の命を助けられぬものか、一門に累がおよぶ迷惑をさけられぬものかと、愚考したのも事実でござる。小坂家は一門の端くれの、渡りの武家奉公人勤めでござるが、一門には、諸藩に仕えておる者、代々幕府の職に就いておる者もおります」

そこで、小坂は物憂げな小さな咳《せき》払いをした。

「のみならず、お奉行さまにただ今お仕えする家来衆の源之助が、言い逃れのできぬ恥ずかしくみっともない罪を犯したと、大坂中に明らかになり、幕閣のお耳にまで届けば、お奉行さまのお立場に障《さわ》りとなるのはさけられません。それどかろか、幕府よりお奉行さまへ、奉公人のふる舞い不届きの段、お叱りの沙汰がくだされ、お奉行さまの今後のご出世をも左右しかねず、当然、源之助の父親である小坂伊平も、渡りの武家奉公人には使えぬということになって、わが小坂家は生業《なりわい》を失うことになるのでござろう。それは拙《まず》い、なんとか隠《かく》し遂《おお》さねばと、思いが乱れたのでござる」

路地にひと筋の蟬の声が、しきりに流れている。

どこかの店の隠居の、虫が這《は》うような読経は終っていた。

「決して、嘘《うそ》は申しませんぞ。唐木どのは、農人《のうにん》町の朴念どのと栗野さんに会われて、それがしへの申し入れの中立を頼まれましたな。それがしは、その日の夕方、栗野さんから聞かされて、源之助の一件を知ったのでござる。七日か八日がたっておりました。なんたることか。驚き呆れ、背筋が寒くなりました。むろんお奉行さまのお耳にも入っていない。よくそれまで、広まらなかったものだと、呆れながらも、内心、感心もし、まだなんとかなるのではと思いました。なぜなら、唐木どのの当《とう》を得た申し入れが、怪我を負ったお橋と亭主、その一家へ償《つぐな》いをして、お奉行さまのお立場の障りになることを防ぎ、しかも、わが小坂家をも救うことにもなるからでござる」

小坂は、富平と良一郎を見廻《まわ》し、また市兵衛を見つめなおした。

「おわかりですな、唐木どの。翌日、それがしと同じお奉行さまの用人役・田島俊三と、目付役の小牧左右衛門に事情を伝え、東小橋村の百姓女の店へ詫び代を持たせて向かわせました。二人は三田のわが道場の門弟でござる。申し遅れましたが、それがしは三田の住まいで、直心影流《じきしんかげりゅう》の道場を開いております。まあ、それはよい。唐木どのの申し入れは、源之助の犯した罪の処罰は、父親の小坂伊平にゆだねる。代わりに、父親伊平が詫び代を、お橘と由助夫婦とその一家に支払う、でしたな。ありがたいと思いました。この申し入れがなければ、それがしは源之助の罪の隠蔽《いんぺい》を、あらゆる手段を用いて図らねばなりませんでした。ひとつ間違えば、小坂家は地獄を見ることになりかねない。その恐れはあったが、そうせざるを得ないと思っておりました。唐木どの、それがしの奉公人としての給金はいかほどか、ご存じですか」

市兵衛に察しはついたが、「いえ」とこたえた。

「家老役のそれがしの給金は、十両と三人扶持《ぶち》でござる。そのほかに、大坂三郷よりの年《ねん》始銀《しぎん》、八朔銀《はっさくぎん》、年中《ねんちゅう》諸向到来《しょむきとうらい》などの所得を、役職に応じて奉公人らで分け合いますので、家老役のそれがしは、年にして給金の十倍ほどの稼ぎが得られます。田島と小牧に持たせた詫び代は、銀六貫《かん》。お上のお定めは、銀六十匁《もんめ》が一両ゆえ、銀六貫は百両に相なりますな。北浜《きたはま》の銀相場では、一両は銀五十数匁らしいので、実情は、わが所得や給金よりも多い額でござる」

銀六貫と聞き、富平と良一郎は目を丸くした。

「どうやら、それがしがどれほどの詫び代を用意したか、ご存じではなかったようですな。お橋の亭主の由助は、銀六貫と知って口が聞けなかったと、田島と小牧がおかしそうに言うておりました。しかし、それぐらいの金は、惜しいとは思いません。お橋と由助は、それがしの詫び代を受けとりましたので、お奉行さまのお立場の障りにならず、わが一門にも迷惑をかけずに済み、一件は表沙汰にならず落着したのですからな」

「小坂どの、ご用をまだお聞きしておりません。源之助さんと、お仲間の三人が東小橋《ひがしおばせ》村のはずれで、われらを待っておられた。今日は、そちらの始末をつけに遠路こられたのではないのですか」

ふん、と小坂は鼻を鳴らし、

「まったく、阿呆《あほう》につける薬はござらん」

と、嘲笑《あざわら》うように言った。

三

「源之助らをいかせたのは、お橋と由助がそれがしの詫び代を受け入れ、許しを得られるならば、お橋に怪我を負わせた当夜、源之助と一緒にいた三人を、お橋へ直《じか》に詫びを入れさせるつもりだったのでござる。ところが、由助は、源之助らの詫びを入れる申し入れに、田島と小牧に言うたのです。詫び代は受け入れる。自分らは切羽《せっぱ》つまっている。この金があれば、女房も子供らも母親も助かるからだと。と言って、女房を夜道で襲って斬った賊の罪が消えたわけではない。そう言うたのです」

「そりゃそうさ。由助さんらは泣く泣く詫び代を受けとったんだよ」

富平が、独り言を呟くように言った。

良一郎が、こくりこくりと、繰りかえし首をふった。

「そのとおりでござる」

小坂は富平へ苦渋に曇《くも》る眼差《まなざ》しを向けた。

「ところが、そうはとらぬ者もおる。そういう者は、詫び代を払えばそれで済んだと、おのれに都合よく勘違いをする。それがしも勘違いをした。いかに愚かな倅でも、さすがに悔いておるだろうとな。無理とは思いつつ、それがしは万が一許しを受け入れられたなら、源之助自ら詫びさせたいと思った。ゆえに村はずれで待たせていた。だが、倅の愚かさは親の所為《せい》だ。源之助はもう、二十五歳になる。二十五にもなった愚かな男など、もうどうにもならん。とりかえしがつかぬ。年の離れた弟がおりましてな。小坂家は弟に継がせる、という手だても考えねばなりません。だが、今はそれどころではござらん。お奉行さまのご奉公を、つつがなく終えてからのことでござる」

「源之助さんとお仲間は、わたしの名を知っており、わたしの所為で小坂さんに一件がばれたと、恨んでおりました。田島さんと小牧さんがお橋と由助夫婦を訪ねられたのと入れ代わりに、偶然、わたしたちも夫婦を訪ねましたゆえ、村はずれで待っていた源之助さんらと出会いました。そのとき、あれが唐木に違いないと、気づかれたようです。戻り道で、無頼ならず者のように因縁をつけてこられた。しかも、真っ昼間の、遠くからも見通せる野道でです」

小坂の苛《いら》だちが、微細な肩の震えでわかった。

市兵衛が言った。

「田島も小牧も、この期におよんで、源之助らがそんなふる舞いを企《たくら》んでいたとは、思いもよらなかったのです。わたしがどれほど、一件が大っぴらにならぬように心をくだいていたか、知っておりましたのでな。それに気づいたら、縛りつけて引き摺《ず》ってでも連れ帰ったでしょう」

「ただ、源之助さんらは、わたしを懲《こ》らしめればよかった。刀を抜かれたが、脅《おど》すだけで斬る気はなかった。そのため、打ちかかってきても手ぬるく、防ぐことは手もなくできました」

「防ぐどころか、逆に懲らしめられ、大恥をかかされましたな。そちらのお二人に、神山と言う者が油断して、立てないほど痛めつけられました。情けない。それでも侍か、と言いたくなります。源之助も仲間らも、三田のわが道場で剣術の稽古を積んでおり、自分らを強いと思いこんでいたのです。高が浪人ひとりと見くびって、あの始末です。あれから、唐木さんがどういう方か、少々調べさせていただいた。代々続く大身《たいしん》のお旗本のお生まれだそうですな。どういう謂《いわ》れかは存じませんが、子供のころに旗本の家を出られ、奈良の興福寺の門を敲かれた。興福寺において法相の教えを学び、剣術を修められたと聞きました。栗野さんに頼んで、朴念と言う人に訊いてもらったのです。唐木どののお知り合いですな。それもかなり親しい」

市兵衛は首肯《しゅこう》した。

「朴念さんが栗野さんに、言うたそうです。唐木さんの剣術を、自分ごとき者が言うのは身のほど知らずだ。強いとか腕がたつとか、そういうところでは収まらぬ、言うに言われぬ、それを見れば誰もが言葉をなくす芸だと。風の剣とも、朴念さんは言われた。風になれば斬られはせぬし、敗れはせぬ。唐木どのから直に聞いたと、それも言われた。奈良の山谷を廻る廻峰行で、風になる修行を積まれたそうですな」

「風になるとは、そのような心がまえでというほどの意味です」

市兵衛は頰笑《ほほえ》み、こたえた。

「それから、唐木どのは渡り用人を生業にしておられるとか。驚きました。唐木どのは、われらと同業なのですな。一度、唐木どのと仕事がしてみたいものだ。次の機会があれば、お誘いしたい」

「いえ。わたしの雇われ先は、大抵、家禄の低い旗本や御家人《ごけにん》のお屋敷です。勝手向きのたて直しに雇われるのです。わたしは算盤侍《そろばんざむらい》です」

小坂は、しばし、市兵衛へ凝《じ》っと目を向けた。そして、

「そうですか」

と、枯れた吐息のように言った。

それから、懐より白紙のひとくるみをやおら抜き出し、青紺の涼しげな絽羽織《ろばおり》の上体を傾け、市兵衛の膝の前においた。

「唐木どのは江戸の方ゆえ、銀貨ではなく、小判にいたしました。二十五両のひとくるみです。これを」

市兵衛は沈黙を守った。

「源之助の髻を、落とされましたな。愚か者には、よい懲らしめ、よい懲罰《ちょうばつ》になりました。父親としての、それがしのいたらなさが身に沁《し》みました。髪はいずれ生まれ変わりますが、愚かさは生まれ変わりません。源之助は、お奉行さまに病養生《やまいようじょう》のためとお伝え

し、江戸へ帰らせます。倅の残した恥の証《あかし》を、これでお譲りいただきたい。これがおのれの性根の形だ、身のほどを知れ、おのれを戒《いまし》める宝として生涯祀《まつ》れ、と源之助に持たせます。それゆえ、唐木どのにもお二方にも、倅の恥はなかったことにしていただきたいのでござる」

ひと筋の蝉の声が、しきりに、《こおろぎ長屋》に流れている。だが、日当たりの悪い路地の地べたには、じめじめした沈黙が張りついていた。

四

四月下旬のその日、江戸呉服橋の北町奉行所詮議《せんぎ》所お白州《しらす》では、浅草新寺町の唐物和物《からものわもの》の小間物商《萬屋》の手代・根吉が、本所横十間川東の亀戸町の三右衛門店において、自《みずか》ら縊死《いし》におよんだ一件について、北町奉行所に出された訴えの二度目の詮議が開かれた。

訴え出たのは、根吉の兄で、足立郡本木村の住人・平太と、同じく根吉の母親お種で、訴えられたのは、浅草瓦町の本両替商《堀井》の主人・安元、並びに、堀井の筆頭番頭・林七郎の両名であった。

訴えたほう、訴えられたほう、双方の者の名がひとりひとり呼ばれ、詮議所お白州に敷かれた莫蓙《ござ》に畏《かしこ》まった。

堀井安元と林七郎は、莫蓙に端座し目を伏せ、二人の後ろには、前回の四月二十日の詮議同様、瓦町の名主・蔦野浪右衛門の肩衣《かたぎぬ》姿と、浅草田原町三丁目の紙問屋《門田屋》手代のみね吉の羽織姿、それと新たに今ひとり、浅草北馬道《きたうまみち》町の鰻《うなぎ》の蒲焼《かばやき》《桜井《さくらい》》の若い男・忠蔵《ちゆうぞう》の羽織姿が、神妙に控えていた。

そして同じく、安元の右側一間《けん》ほどを開けて敷き並べた莫蓙に、平太と同居人の母親お種が端座し、平太とお種の後ろに、これも四月二十日の詮議同様、黒や濃鼠の肩衣の装《よそお》いに拵《こしら》えた萬屋主人・太郎兵衛と本木村の村役人が、付添人として膝を並べた。

ただ、こちらの莫蓙にも新たに二人の男の名が呼ばれ、付添人に並んで畏まった。ひとりは、本両替商堀井の手代の景吉で、もうひとりは、なんと、堀井から借金のとりたてを請《う》け負っている、元鳥越町の八五郎だった。

景吉と八五郎の名が、訴人の平太とお種の付添人とともに呼ばれたのを聞いた安元と林七郎は、しばし唖然《あぜん》としてお白州に入ってきた二人を見つめた。明らかに動揺を隠せず、しきりにささやき声を交わし合った。

双方そろったお白州に相対して、廻廊《かいろう》ごしの詮議所に、詮議の掛《かかり》を勤める継裃《つぎがみしも》の詮議方与力や同心が、一様にお白州へ膝を向けている。与力の飯島直助が、詮議方下役同心に

双方の顔ぶれがそろっていることを確かめ、

「では、詮議を始める」

　と、二度目の詮議が開かれた。

　飯島直助は、双方の付添人のうち、四月二十日の詮議にはいなかった鰻《うなぎ》の蒲焼・桜井の若い男・忠蔵、堀井の手代・景吉、そして、元鳥越町の八五郎の言い分の訊きとりから始めた。初めは、景吉だった。

「堀井の手代景吉、そのほうが根吉に、家持ちになって店賃を稼ぐ貸付《かしつけ》を持ちかけたのだな。何ゆえ根吉に持ちかけ、それはどのようにして行われたのか、子細を訊ねる」

「おこたえいたします」

　景吉は二十五歳の若さにもかかわらず、いかにも接客に慣れた落ち着いた口ぶりで言った。

「萬屋の根吉さんは、堀井の前の《海府屋》の代から、おおむね、ひと月か二月に一回程度、両替にお見えになっていて、わたくし自身、十二年前に小僧奉公を始めましたのは海府屋でございますから、挨拶を交わすぐらいでしたが、お得意先のお店の方として、顔見知りでございました。根吉さんは生真面目《きまじめ》と申しますか、あまり押し出しの強くない大人《おとな》しい気だての方、と承知いたしておりました。三年前、海府屋が買収され堀井になりましてから、新しく旦那さまになられた安元さまのご方針で、新たに貸付を増やす勧誘を始めることが決まり、わたしども手代は、両替業務の傍《かたわ》ら、できるだけ多くのお客さまを勧誘するようにと、命ぜられました。それが、このたびの家持ちになる勧誘でございます。勧誘するお客さまは、裕福なお店のご主人とか、暮らしに余裕のあるご隠居さんとか、お武家さまとかではなく、なるべくなら二十代のお店奉公の方、それも大店ではない、中店《ちゅうみせ》ぐらいの手代勤めをなさっている方、あるいは、小商いの表店を営《いとな》んでおられる方々でございます。つまり、こう申してはまことに失礼ではございますが、今のまま奉公や商いを続けていても、先にそれほどの希《のぞ》みは持てず、嫁を迎えて所帯を持つあてもない、そういう方々に、家持ちになって店賃を稼げば、今よりずっと豊かな暮らしができますよ、所帯を持ち女房子供を養う暮らしができますよ、元手は堀井が融通いたしますよ、とお勧めしておりました。その勧誘を初めたころは、なかなかお誘いすることはできませんでしたが、だんだん慣れて参りまして、ひとり、二人、三人、とお客さまをお誘いでき、去年、根吉さんをお誘いしたのが、六人目のお客さまでございます」

景吉は、ひと息ふっと吐き、束の間をおいた。

「じつは、わたくしは、根吉さんは家持ちのお誘いをしないほうがいいかな、と思っておりました。と申しますのは、根吉さんの気だてなら、お誘いするのはそうむずかしくないと、思っておりました。勧誘を始めてから一年半ほどの間に、上手《うま》くお誘いできたお客さまも、上手くできなかったお客さまもおられますが、どういうお客さまが上手くお誘いできるかがわかって参り、根吉さんはまさに上手くお誘いできるお客さまでございました。ただ、根吉さんの奉公先の萬屋さんは、小間物商としては中店ではございましても商いが小さく、根吉さんのお給金では、貸付が焦《こ》げついては、と思っていたからでございます」

「貸付が焦げついてとは、家持ちになっても店賃の稼げぬ根吉のような客が、やはりいたからだな」

与力が質《ただ》すと、景吉は即座にこたえた。

「店賃を稼ぐ稼げぬにつきましては、わたくしども勧誘の手代は、おこたえいたす立場にはございません」

「なぜだ。誘っておいて、なぜこたえる立場にない。そのほうらがこたえねば、誰がこたえるのだ」

「筆頭番頭の林七郎さんでございます。わたくしども手代は、お客さまに家持ちになるための貸付のお誘いをし、お客さまと堀井との間に貸付の証文がとり交わされたときを以《もっ》て、大方、仕事は終るのでございます。家持ちになられたお客さまが、店賃が稼げているかいないかは、推量いたすばかりで、正確なことは存じません。でございますから、根吉さんの亀戸町のお店が、どうやらひどいことになっているらしいという噂は堀井の中で聞こえてはおりましたものの、根吉さんが亀戸町の三右衛門店で首吊りをなさったと聞いて、ああ、噂は本途《ほんと》だったと、そうなってから初めて知った次第でございます」

景吉の話を聞いていたお種が、怺《こら》えかねたかのように口を覆って噎《む》せた。隣の平太が、母親のお種の肩を抱えて声をかけ、お種は小さく首を頷かせた。

与力は、お種から景吉へ向きなおって言った。

「それで、何ゆえ根吉を誘った」

「わたくしども勧誘のみの手代は、お客さまおひとりを勧誘いたしますと、報奨金として、一分《ぶ》金を頂戴《ちょうだい》いたします。お誘いして、証文を交わす運びになりさえすればよいのです。証文を交わしたその先、お客さまがどうなるかは、わたくしども手代にかかり合いはございません。わたくしは、お客さまの勧誘の成果を、あげられていないほうでございました。わたくしの倍、あるいはそれ以上のお客さまと証文を交わした朋輩《ほうばい》の方々がいく人もおり、番頭さんの林七郎さんに、景吉はもっと頑張らないと後れをとるぞと、お小言を何度も頂戴しておりました。わたくしもいずれは、手代の身から手代頭、番頭助、番頭、筆頭番頭と出世したいと希みを持っておりましたので、これでは拙《まず》い、このままでは出世など覚束《おぼつか》ない、と焦りを覚えました。お客さまと証文を交わした数さえ増やせればいい、報奨金の一分をいただけるし、出世の希みも持てるし、お客さまをお誘いしたあとのことは考えないようにし、それまではこういう方々はお誘いはやめておこうと自分で決めていたお客さまにも、お声がけしていこう、お誘いしていこう、と考えを変えたのでございます」

「主人の安元には、何かを言われたのか」

「旦那さまは、お得意さま廻りや、お得意さまのご接待などで、ほぼ毎日お出かけでございましたので、家持ちの勧誘のお指図は、番頭の林七郎さんより受けておりました。旦那さまは、林七郎さんの報告に了承なさるだけでございます。でございますので、旦那さまから直にお声をかけられたことはございません」

そのとき、番頭の林七郎が、伏せていた顔を持ちあげながら肩を後方の景吉へ廻《めぐ》らし、険《けわ》しい目つきを景吉に投げた。蹲《つくばい》同心《どうしん》が小声で、「神妙にしておれ」と、林七郎のふる舞いをたしなめた。

「続けよ」

与力がなおも言った。

「まずは、根吉さんにお声がけしようと、真っ先に思いました。去年の五月でございます」

去年の五月、根吉に勧誘を始めて数日後、根吉の奉公先の萬屋がある新寺町の往来で、偶然、出会ったふりを装って出茶屋に誘い、そこでは、その日は自分の勧誘に応じて堀井の融資を受け家持ちになったお客へ、先月分の店賃を届けにいった戻りだと言った。

「それは、お誘いするときの常套《じょうとう》手段でございます。初めは軽い内職のような仕事というところから始めて、だんだんと上手くいった事例をあげて、お客さまをその気にさせるように誘っていくのです。上手くいった事例をわたくしが承知していたのでありませんし、店賃を届けにいったのでもありません。そもそも、店賃は家主さんが借家人から集めて、家持ちに届けるのですから、妙な小芝居を演《や》っている気分でございました。林七郎さんのお指図で、そちらにおられます、田原町三丁目の門田屋の、みね吉さんのお名前を出させていただきました」

詮議所の与力と同心らの目が、安元と林七郎の後ろで、瓦町の名主・蔦野浪右衛門の隣に並ぶ門田屋のみね吉へそそがれた。みね吉は、いきなり自分の名が出されてびくりとし、すくめた肩の間に首を埋めた。

三度目に、根吉を主人の安元と筆頭番頭の林七郎に会わせ、これはいい加減な勧誘ではなく、根吉が堀井にとって重要なお客である、と思わせるように仕組んだよくやる手だてで、ここで大抵のお客はその気になった。

その六月の下旬に、根吉が堀井と証文を交わすまで、むずかしいことは何もなかった。店は本所横十間川東の亀戸町になりそうだとか、今はまだ土盛りがされていないので藪地だが、土盛りが終われば、とてもいい地面になるとか、亀戸町は今に住人が増えて、江戸でも屈指の繁華な町家になるとか、店は六戸と七戸の二階家で、店賃は云々《うんぬん》で、などと話していくうちに、根吉はどんな土地かも見ずに、勝手に胸をふくらませていった。

「証文を交わしてから、根吉とは何か話をしたのか」

「わたくしども手代は、証文を交わしたお客さまとは、いっさい言葉を交わしてはならんと、林七郎さんにきつく命じられております。ただ、一度、家主さんや町役人さんに挨拶をしたほうが、と申した覚えがあります。なんだか、根吉さんを騙《だま》しているようで、知らないふりをするのは、後ろめたかったものですから。ですがそれ以後は、根吉さんが堀井に見えられた折りは、話しかけられないように目を合わさず、さけておりました」

「では、根吉が家持ちになった亀戸町の店に、一戸も借家人が入っていなかったことは、知らなかったのか」

「存じませんでした。そればかりか、わたくしは亀戸町の店の場所も知りませんし、どんな普請《ふしん》がされたのか、見ておりません。家主の三右衛門さんにお会いしたこともありませんから、どういう方かも存じません。ただ、さっき申しましたが、手代同士でよもやまの話などをしている折に仕事の話になって、亀戸町の三右衛門店はえらいことになっていると、聞いておりました」

「何も知らずに、本所横十間川東の亀戸町にと、根吉に伝えたのか」

「はい。お客さまがどの土地のどういう家持ちになられるのか、林七郎さんから伝えられたことをお知らせするのみでございます。勧誘のわたくしどもは、与《あず》り知らぬことでございます」

飯島直助は隣の与力と小声を交わし、さり気なく首肯した。

それから、景吉の隣に並んで畏まり、景吉の話に頷いたり薄笑いをこぼしたりしている八五郎に言った。

「元鳥越町小吉店の八五郎、そのほうは、借金のとりたての仕事を堀井より請け負い、このたびの根吉の借金のとりたても請けていたのだな」

「請けておりました」

八五郎は両腕を膝に突っ張った恰好《かっこう》で頭《こうべ》を垂れ、低い声でこたえた。

「いつごろから、堀井のとりたて役を請け負うておる」

「三年前、海府屋さんが堀井のお店になってからでございやす。筆頭番頭の林七郎さんにやってくれねえかとお声をかけていただき、それ以来でございやす」

「どれほどの金額のとりたてを請け負っていたのか」

「あっしは番頭さんに、あそこはいくら、こちらはいくら、と言われた額のとりたてをやっておりやすので、正確には、店に戻って帳面に記した金額を勘定しなおさねえと言えませんが、たぶん、二千両はくだらねえはずの貸付でやす」

「二千両？　ただ今請け負っておる貸付金額が、二千両をくだらぬのか」

「さようでございやす。大口は任《まか》せてもらえませんので、あっしなんかそんなもんです。ですが、とりたての済んだ分も勘定に入れた、始めたときからの全部の額だと、もっと大きな……」

「今の額だけでよい。相当な貸付額だな。大体でよい。どういう内訳だ」

「まず以て、大店のお客やお武家のとりたては、あっしのような柄の悪いのはやりません。ご主人や番頭さんが小僧さんを連れて出かけやす。あっしがとりたてにいくのは、小店のお客と、このたびの家持ちの貸付をしたお客だけでやす。初めは、小店の貸付先が多くて、五、六百両ぐらいの貸付の、利息やら返済のとりたてでしたが、今はほとんどが家持ちの貸付だけで、二十四件。ああ、根吉さんのとりたてが消えやしたんで、二十三件だから、二千両はくだるのかな。何しろ、根吉さんの百八両余は、家持ちの貸付の中で一番大きな額でしたんで」

「店賃や町入用《ちょうにゆうよう》などは家主が管理し、家持ちは諸費用を差っ引いた店賃を家主より受けとり、それを利息の支払いや貸付の返済にあてておるのだな」

「たぶん、そうに違いありやせん」

「たぶんとは？」

「ですから、番頭の林七郎さんに、あそこはいくら、こちらはいくら、と言われた額のとりたてにいくだけでやすから、それが家持ちの店賃なのか、そうじゃねえのか、あっしは存じやせん。とりたてができりゃあ、いいだけで」

与力は一瞬、言葉につまったが、すぐに言った。

「では訊く。そのほうのとりたてを受け、根吉はどのような様子であったか」

「根吉さんは、気が優しいと言いやすか、気の弱い人でやした。貸付の証文を交わして、あっしがとりたて役になると、どういうふうに聞かされたのか、あっしに借家人の入り具合はどうかとか、空いている店に借家人が入るようにどういう手だてをこうじるのかとか、あっしにかかり合いのねえことをしつこく訊いてきやしてね。知るかって、声を荒らげて言いかえしたら、吃驚《びっくり》したみたいで、おどおどして黙りこくっちまって、それからは何も言ってこなくなりやした」

「亀戸町の三右衛門店に、借家人はつかなかったのだな」

「つくわけありやせん。何しろ亀戸町のあの地面は、昔は沼地で、それが藪に覆われた湿地になっていたのを、無理やり盛り土をして地面らしくしやしたが、やり方がいい加減なもんだから、蒟蒻《こんにゃく》みてえなぐにゃぐにゃの湿った地面で、普請が終ってから数ヵ月で、店がもう傾き始めてるんですよ」

「かかり合いがないのに、よく知っておるではないか」

「へい。どうでもよかったんですが、どんな店ぐらいかは知っておいたほうがいいかなと思って、見にいきやした。あそこら辺の住人にも聞いて、こりゃひでえなと、わかったんでございやす。まあ、これじゃあ根吉さんは、詐欺《さぎ》に遭《あ》ったようなもんだと、そのときからわかっておりやした」

根吉は、十月になってようやく堀井に姿を見せた。

八五郎は、七月からの月々の利息分の支払い、町入用や家主の給金などが溜《たま》って、堀井への借金がふくらみ続け、今にとりかえしのつかなくなる実情を、根吉に突きつけた。

「堀井の店わきの路地で、立ち話でしたが、根吉さんは、がっくりと坐りこんじまって、立たせるのにひと苦労でやした。けど、まあ、泣く泣くご自分のこれまでの蓄えから、支払ってもらえたんでございやす」

「十二月に、根吉が堀井の店に乱入し騒ぎを起こした。そのため根吉は、店の者らにとり押さえられ、店裏の土蔵の中で、八五郎らに袋叩《ふくろだた》きの目に遭ったと、首をくる前に書きのこしておるが、それは真《まこと》か」

「へい、真でございやす。根吉さんが堀井のお店に怒鳴《どな》りこんで暴れ始めたのは、あっしが十二月分のとりたてに萬屋さんへ顔を出したからでやした。どうやら、根吉さんは、堀井の借金を奉公先の萬屋さんには内密にしてたようで、それがばれちまって、自分が恥ずかしい、みっともねえと思ったんでしょう。我慢の糸がぶちぎれたわけで。そんなこと、あっしは知りやせんし、とりたてがあっしの稼業でやすから、どこへだってとりたてにいきやすよ。あっしは、若い衆を連れて、根吉さんを追って堀井へいきやした。でございますが、あっしらが堀井の土蔵についたとき、根吉さんはすでに、お店の手代らに顔形がわからねえくらい痛めつけられておりやした。番頭の林七郎さんとご主人の安元さんがその場に立ち会っていたんで、ちゃんとご挨拶して、根吉さんをもっと痛めつけますか、もうこれで勘弁してやりますか、と訊ねましたところ、林七郎さんが、根吉がこんな性根の曲がった愚か者だとは思わなかった、御番所に訴え出るのは許してやるが、二度とこんなふる舞いができないように思い知らせてやれと仰り、ご主人ももっともだというふうに頷かれたんで、あっしらは仕あげに可愛《かわい》がってやった次第でございやす」

「根吉を痛めつけよと命じたのは、番頭の林七郎で、主人の安元がそれを許したのだな。

間違いないな」

「間違いございません。あっしらは堀井に雇われた身でございやす。番頭の林七郎さんとご主人の安元さんに、やれと言われたらやるのが仕事でございやす。そりゃあ、仕事だからって、やっていいこととやってはならねえことの区別はつきやす。ですが、あっしらはそういう区別をつけずにやれと言われたらやるから、雇われたんでございやす」

五

「ただ今の両名が申し述べたことについて、堀井安元、並びに林七郎に言い分はあるか。あれば申せ。まずは、堀井安元、いかがか」

と、与力・飯島直助が言った。

八五郎が、それからも根吉にとりたてを続け、三月、亀戸町の三右衛門店で首をくるまでの子細を明らかにするうち、安元と林七郎に声はなかったが、二人は苛《いら》ついてじっとしていられないふうな素ぶりを見せていた。

気を昂《たかぶ》らせた安元は、肩を忙しなく上下させ、眉をひそめた険しい目つきを白州へ落として言った。

「申しあげます。わたしどもの手代の景吉さんが言われましたことは、確かに、そのとおりでございます。わたしどもは、お客さまが家持ちになるための貸付をいたすにあたって、お客さまをお誘いする役と、証文を交わしたのちのお客さまに応対する役割をになう者とに分けました。しかしそれは、本業の両替の接客をする傍ら、お客さまをお誘いする新たな役割の負担を軽くし、お客さまにきめ細かく応対しやすくするためでございます。お誘いが上手く運んだ者に、報奨金の一分を支給いたしますのも、それでも本業をこなしながらの勧誘は、さぞかし荷が重いだろうという気持ちからでございます。それを景吉さんは、あたかも、わたしどもが貸付の実情をくらます狙いで、そのようにしているかのごとくに申されましたのは、心外でございます。わたしどもの意図は違うのでございます。

意味がねじ曲げられているのでございます」

安元は肩を上下させて呼吸を繰りかえし、

「それから、でございます」

と、短い間をおいて続けた。

「門田屋手代のみね吉さんのお名前を借り、景吉さんが根吉さんと新寺町の往来で、偶然、出遇ったふりを装って出茶屋に誘い、堀井の貸付を受けて家持ちになったみね吉さんへ、店賃を届けにいった戻りだと偽《いつわ》りを言ったという常套手段でございますが、それも違うとは申しません。ではございますが、この前の詮議の折り、店賃が入り堀井の貸付を受けて家持ちになってよかった、とみね吉さんに申したてていただきました。林七郎がそれを言わなかったのは、言うまでもないと思っていたからでございましょう。つまり、景吉さんにそれを伝えていなくても、嘘《うそ》で根吉さんに家持ちのお誘いをしていたのではないのです」

安元は、またひと呼吸をおいた。

「大坂の堀井の本店を大店に導いた、わたくしの親父《おやじ》さまの千左衛門は、常々申しておりました。商いは、綺麗な商いばかりとは限らない。汚い商いもある。けれども、仮令《たとえ》、汚くても法に触れなければ商いは商い、とでございます。千左衛門がそういう商人でしたから、堀井は商人の町・大坂の大店の本両替屋になったのでございます。嘘も方便と申します。お客さまによかれと思い、わが商いにも有益であると信じておりますゆえ、根吉さんにわたしどもの話を聞いていただけるように、そのような趣向を凝らしたのです。決して、騙そうなどというつもりはなく、事実、騙してもおりません」

「何を言うんだ。おめえらは根吉を、寄って集《たか》って袋叩きにしたんじゃねえか。根吉は、おめえらに騙されて、首をくくったんだ。おめえらの言うことは、嘘だらけじゃねえか」

本木村の平太が、怒りを抑えられずに言った。

それは、と言いかけた安元の言葉に、林七郎が煩《わずら》わしそうな早口を、「それは違いますよ」と、覆いかぶせた。

「勝手に言いたててはならん」

「お許しが出るまで待て」

双方の蹲《つくばい》同心が、平太と林七郎を止めた。

「お役人さまに申しあげます」

林七郎は言葉を改めて、詮議所の役人に言った。

「ふむ。林七郎、言い分があれば申せ」

「畏れ入ります。わたくしは旦那さまのご命令により、このたびのお誘いの指図を手代に申しつけましたが、お客さまに都合よく嘘偽りを申して勧誘せよ、などと指図したことは一度もございません。むろん、わたしどもは両替商でございますから、儲《もう》け、利益は出さねばなりません。ですから、景吉さんのように、あまり成果のあげられない、両替商には向いていないのではないか、と見なさざるを得ないような奉公人にも、諦《あきら》めてはならぬ、一所懸命誠意をつくして接客いたせば成果は出せると、しばしば励ましたことはございます。それを、何をしてでもお客さまさえつかめばいいのだ、と追いたてたかのごとく言われましたのは、景吉さんの勘違いでございます。田原町の門田屋さんのみね吉さんのことは、景吉さんの仕事が揮《ふる》わぬものですから、みね吉さんは許してくださるゆえ、そういう手を使ってみるのはどうかと、上役として勧めただけでございます。それを常套手段などと、ともに堀井に奉公をしている仲間に悪意を持って言われるのは、はなはだ残念でもあり、悲しゅうございますね」

林七郎は額《ひたい》へ手をあて、俯き加減につらそうな仕種《しぐさ》をして見せた。それから、やおら顔をあげ、ため息交じりに続けた。

「さきほど、八五郎さんの言われました、根吉さんを土蔵に連れこんで袋叩きにして起きあがれないほど痛めつけたという、昨年の十二月のあの一件でございますが、八五郎さんは、わたくしが、根吉さんを、二度とこんなふる舞いができないように思い知らせてやれと言い、ご主人ももっともだというふうに頷かれた、と仰いましたが、それもはなはだしい勘違いでございます。わたくしが申しましたのは、思い知らせてやれと言ったのではなく、ご自分で決断なさったことなのですからいたし方ないことなのですよと、よく言い聞かせてあげなさい、と申しつけたのです。そんな、痛めつけろなどとならず者が言うような、お上の咎《とが》めを受けかねない乱暴を、なんで申しつけましょうか。八五郎さんも、景吉さんも、ご自分でなさったことを、自分たちは指図されただけだ、悪いのは林七郎と旦那さまだと都合よく言い逃れをなさるのは、感心いたしません。ご自分でなさったことは自己責任、そうではございませんか」

それから、お役人さま……

と、林七郎は、浅草北馬道町の鰻の蒲焼・桜井の忠蔵へ手をかざした。

「こちらの忠蔵さんも、堀井の貸付を受けられたお客さまでございます。根吉さんの場合の亀戸町にほど近い、南本所の出村《でむら》町で家持ちになられ、ただ今はそちらの店賃のあがりと桜井の給金で、暮らしがうんと楽になり、先に希みが持てるようになったと喜んでいただいております。門田屋のみね吉さんだけではなく、ほかにも喜んでいただいているお客さまは、沢山おられますよと知っていただくために、付添人をお願いした次第でございます。忠蔵さんの申したても、何とぞお訊きとり願います」

「では、浅草北馬道町の忠蔵、言い分を述べよ」

「お役人さまに申しあげます」

と、忠蔵は膝に両手をつき、門田屋のみね吉の場合もそうだったように、聞きとりにくい小声で、だらだらと話し始めた。当然ながら、忠蔵の言い分は、門田屋のみね吉のそれと大差なかった。

一年半ほど前、堀井の貸付を受けて家持ちになってから、月々の店賃が入り、貸付の利息や借地代、家主の給金や町入用の費用を差っ引いても、相応の蓄えが残り、いずれ、堀井の貸付を清算したのち、新たな貸付を受けて、家持ちの数を増やしていくつもりだと申したてた。

詮議所と白州に、なんとなく気だるい気配が流れた。みな、少々疲れた呼気をもらし、忠蔵のだらだらと続く話が終るのを待っていた。付添人を頼んだ林七郎でさえ、顔をそむけて欠伸《あくび》を嚙《か》み殺していた。

ところが、白州の中で八五郎ひとりだけが、忠蔵の話をにやにや笑いを浮かべて聞いていた。やがて、忠蔵の話が終ると、

「相わかった。これまでの申したてに対して、平太、お種、そのほうらに言い分はあるか。あれば申せ」

と、与力の飯島直助が冷やかに言った。

しかし、平太とお種には、それ以上に言いかえす言葉はなく、うな垂れていた。

しばしの重たい沈黙をおいて、平太がようやく言った。

「何度も申しますが、おらは、自分で自分の首をくくりたくなるほどつらく苦しい思いをした根吉が、可哀想《かわいそう》でならねえんでございます。おらとおっ母《かあ》が申しあげてえのは、どうかどなたさまも、嘘は言わねえでもらいてえ、そればかりでございます」

隣のお種が、痩せて丸めた背中をいっそう丸めて、しきりに頷いた。すると、萬屋の主

人・太郎兵衛と本木村の村役人に並んだ景吉が、

「畏れながら申しあげます」

と言った。

「申せ」

「根吉さんが亀戸町の三右衛門店で首をくくられたと聞いてから、わたくしはなんということをしてしまったんだろうと、悔まれてなりませんでした。じつは去年、根吉さんが堀井の店で暴れ、こちらの八五郎さんにひどく痛めつけられた話を聞いたあと、気になってならず、門田屋のみね吉さんの家持ちの儲けはどれほどなんだろうと、調べたんでございます」

隣の八五郎は、景吉に名を出されて、ふん、と鼻で笑った。

林七郎がまた景吉へふり向き、門田屋のみね吉は、安元と林七郎の陰に隠れるように頭を垂れた。

「みね吉さんは、二年半ほど前、堀井から元手の融通を受けられ、下谷通新町西光寺《したやとおりしんまちさいこうじ》裏に七軒家の家持ちになっておられました。店は三間ある二階家の七戸で、店賃八百文、元手の貸付は七十両二分余。利息はお上のお定めの一両四千文として、年利一割二分の八両一分と三朱余。月に二分三朱と七十文余でございます。家主に給金は、下谷通新町西光寺裏界隈《かいわい》は少々お高く、店賃の五分と決めておられ、八百文が七戸で五千六百文の五分として二百八十文、つまり一朱三十文。借地代は、本来は地価の一割二分が、根吉さんの場合と同じように、こちらでは月の店賃の七分と決められ、一朱と百四十二文。町入用《ちょうにゅうよう》が一分で五十六文。占めて、みね吉さんにかかる月々の諸費用は、三千五百四十八文ほどでございました。これですと、店賃が五千六百文で、差し引き二千五十二文、すなわち、お上のお定めで、二分と五十二文がみね吉さんの店賃の稼ぎでございます。ではございますが、それは借家人が七戸全部について稼げる店賃でございます。旦那さまも林七郎さんも、さっき、みね吉さんに喜んでいただいていると仰いましたが、わたくしは嘘だと思います。西光寺裏のご近所の方に訊いて、わかったんでございます。みね吉さんの西光寺裏のお店は、だいぶ前から、借家人が三戸しかついておりませんでした。四戸は空家でございます。店賃の稼ぎは二千四百文で、毎月、千文以上の持ち出しになっているはずでございます」

景吉は言うと、堀井側の莫蓙に控えるみね吉を、そうですよね、というふうな目つきで見つめた。すると、

「ええ、お役人さま、あっしも申しあげます」

と、八五郎が続いた。

「林七郎さんが自己責任と仰いやしたが、自己責任はてめえの責任でやすから、てめえの責任を他人にとやかく言われる筋合いはございやせん。あっしは、林七郎さんに頼まれた仕事を、代金をいただいて請けたと、言っただけなんでございやす。悪いのは林七郎さんとご主人だと、てめえに都合のいい言い逃れをするつもりもありやせん」

林七郎は目をつむって、何を今さら、というふうに首を左右にふり、薄笑いを浮かべていた。

「ところで、あっしは林七郎さんに命じられた、利息や借金返済のとりたてを間違えなく務めてきやしたが、浅草北馬道町の鰻の蒲焼・桜井の忠蔵さんのとりたては、一度も命じられたことはございやせん。あっしみてえな仕事柄、なんでかなと疑わしいことは探っておかねえと、あとで厄介なごたごたの種になる恐れがありやすんで、必ず探るようにしておりやす。いろいろと探ったところ、忠蔵さんの貸付が返済が終ってとりたてがねえわけじゃなく、林七郎さんが、忠蔵さんの借金は堀井の別の貸付につけ替えて辻褄《つじつま》を合わせておくから、利息はなしになっているそうでございやす。南本所の出村町の店賃の稼ぎは、家主の給金や借地代や町入用を引いて、残りは貸付の元金分をかえし終るまで、林七郎さんにわたすことになっていると、ある確かな筋から聞いておりやす。それから、浅草北馬道町の鰻の蒲焼・桜井は、林七郎さんが月に何度か、吉原《よしわら》の馴染《なじ》みのいる妓楼《ぎろう》へあがるときにたち寄る店でして、桜井の若い者の忠蔵さんは、林七郎さんの使いで吉原の妓楼へひとっ走りして、ほどなく林七郎さんが登楼なさいます、とお知らせするんだそうです。それと、南本所の出村町は、法恩寺《ほうおんじ》や霊山寺《れいざんじ》、本法寺《ほんぼうじ》とかの参詣客《さんけい》の多い賑やかな土地柄で、裏店も空家の少ない町家でございやす。じつは、出村町の店は、林七郎さんが自分で借地を探し出して造作し、忠蔵さんを表向きだけの家持ちに据《す》えたんだと、これもある確かな筋からうかがっておりやす。そうそう、その店の家主も三右衛門さんで、根吉さんの亀戸町の店も三右衛門さんでやしたね。みなさん、なかなかおつき合いが深いようで……」

「そのほうが聞いたある確かな筋とは、誰だ」

与力が語気を強めて質した。

「へい。お役人さまに申しあげます。その方は、そちらにおられやす桜井の忠蔵さんでございやす。去年の春でした。忠蔵さんと、ちょいと親しくなりやしてね。お互い、林七郎さんとおつき合いがあるもんで、気を許して一杯やりながら話しているうちに、その話をむしろ自慢げに聞かされやした。堀井のお店は、ご主人は安元さんだが、実情は、筆頭番頭の林七郎さんが率いているので持っているんだと、法に触れない限り、林七郎の思い通りにやらせておけばいいんだと、それはご主人の安元さんもご承知だから、林七郎さんの多少のわがままは、目をつぶっていらっしゃるんだと、忠蔵さんが仰っておられやした。そうですよね、忠蔵さん」

八五郎が、堀井側の莫蓙に坐った忠蔵に声を投げかけた。

忠蔵は目をぎゅっとつむって沈黙し、縮めた肩をこわばらせていた。

安元は力なく頭を落としていたが、林七郎は一体誰のことだというような素ぶりで、首をしきりにふっていた。

第四章　鈴鹿《すずか》越え

一

大坂より東海道を江戸へ下る旅人は、大坂城下の京橋《きようばし》を渡って京街道《きようかいどう》をとり、守口《もりぐち》、枚方《ひらかた》、淀《よど》、伏見《ふしみ》、大津《おおつ》、草津《くさつ》……と、宿場をへていく。

天満橋と天神橋《てんじんばし》の間、京橋四丁目の浜に八軒屋《はちけんや》の船着場があって、伏見と大坂を結ぶ《過書船《かしよぶね》》や《三十石船《さんじつこくぶね》》が往来している。

四月も押しつまったその日の早朝、市兵衛、富平、良一郎、そして小春の旅姿が、八軒屋の船着場にあった。

市兵衛は、薄茶の無地に桑《くわ》色の細袴《ほそばかま》、手甲脚絆《てつこうきやはん》、黒足袋《くろたび》に草鞋《わらじ》。紺《こん》の引廻《ひきまわ》し合羽《かつぱ》をふり分け荷物と一緒に肩にからげ、菅笠《すげがさ》はかぶらず、手に提《さ》げていた。

富平は千筋縞《せんすじしま》を尻端折《しりはしょ》りに、股引《ももひき》はつけず、黒足袋草鞋。良一郎も苔《こけ》色の無地を尻端折りに、やはり、股引はつけずに黒足袋草鞋で、二人も肩の荷物と一緒に縞の合羽を肩にからげて、菅笠を手にしている。

小春は、大坂にきたときと同じ、地味な紺地に薄紅《うすべに》と薄黄の椿《つばき》の枝折文《しおりもん》を散らした綿《めん》小袖《こ そで》を裾短《すそみじか》に、博多《はかた》の丸帯《まるおび》、白の手甲脚絆、白足袋、後ろがけの紐《ひも》の草鞋に、背にくくった小さな荷物ひとつ。

島田《しまだ》に手拭《てぬぐ》いを姉《あね》さんかぶりにして、杖《つえ》と勾配《こうばい》のゆるやかな菅笠を手にした姿は、まだ十八の娘盛りながら、可憐《かれん》というより、はや春から夏と、季節をひとつまたいだ女の艶《つや》やかさを醸《かも》していた。

まだ日はのぼらないが、白み始めた大川《おおかわ》のひんやりとした朝風が、旅人の髷《まげ》や頭につけた手拭いを震わせていた。

大川対岸の石垣が川中へせり出した青物市場は、川船に積んだ近郊農地の青物が、雁木《がんぎ》をのぼって運びあげられ、男らの売り買いの声が、夜明け前の大川をはや賑《にぎ》やかし始めていた。

それでも、大川はまだ冷やかな朝の気配に包まれていて、白鷺《しらさぎ》が白んだ空を華麗に飛翔し、川面《かわも》をかすめてぎりぎり羽ばたき飛び廻《まわ》るのや、川縁《かわべり》の水草の間には数羽が群れを作っている。

出船のときが近づいていた。

市兵衛らは、八軒屋の船着場の雁木をくだり、屋根の苫筵《とまむしろ》をまだおろしていない過書船に乗りこんだ。そして、客に湯茶を出す竈《かまど》をしつらえた船尾の近くに座を占め、雁木の上にいる見送りの人々に辞儀《じぎ》をした。

見送りの人々は、達者で、元気で、またいつか、と口々に声を投げかけ、ゆっくりと船着場を離れていく過書船の市兵衛らに手をふった。

十八歳だった市兵衛が、およそ五年の歳月をすごした興福寺を出て、大坂堂島の米問屋《松井《まつい》》を訪ね、算盤《そろばん》と商いの修業を積んだ松井のそのころの主人で、今は倅《せがれ》に商売を譲って隠居となっている卓之助《たくのすけ》と女房がいた。

市兵衛が松井に住みこみ始めたときはまだ十歳で、あのころは市兵衛兄さんと呼んでいた倅の、今は松井を継いだ宗太郎《そうたろう》と若い女房と子供たちがいた。

また、当時、年若い手代や見習いの若い衆だったのが、みな歳《とし》を重ね、松井の番頭や暖簾《のれん》分けした別家の主人になった昔馴染《なじ》みが、市兵衛との束の間《つかのま》の再会と別れを惜《お》しんで、八軒屋まで見送りに集まっていた。

そして、その中には農人《のうにん》町の朴念と年若い女房、《こおろぎ長屋》のお恒もいた。

市兵衛らは、大坂を発《た》つ挨拶《あいさつ》に堂島の松井を訪ね、卓之助と宗太郎に、どうしてもと引き止められ、松井に二晩をすごした。そこに朴念夫婦とお恒も呼ばれ、ひと晩は大川の船遊び、ひと晩は盛大な酒宴にすごしたのだった。

四人の船頭のかけ声が川面に流れ、過書船はゆるやかに大川の流れへおよそ五丈（約一五メートル）ほどの船体を漕《こ》ぎ出していた。

だんだん遠くなる船着場の見送りの人々は、名残《なご》りつきぬかのように市兵衛らに手をふり、市兵衛らもいつまでも手をふった。

やがて、過書船は天満橋に差しかかり、八軒屋の見送りの人々も小さく霞《かす》んでしまった。たちまち天満橋をくぐり、夜明け前の白む空へゆるやかに反《そ》った天満橋も離れていく。天満橋の人通りはまばらながら、風呂敷《ふろしき》包みの荷物や籠《かご》を背負った朝の早い商人らが、急ぎ足で往来していた。

「ああ、これで大坂も見納めだな。もう、大坂にくることは、ねえだろうな」

富平が、旅情に胸をくすぐられ、感慨深げに呟《つぶや》いた。

「おれもさ。遠いもんな、大坂と江戸じゃあ。ああ、面白かったな」

良一郎も呟き、

「おれも、一生忘れねえ思い出になった」

と、富平が言った。

小春は何も言わず、少しずつ遠ざかっていく天満橋を呆然《ぼうぜん》と見やっていた。

市兵衛も沈黙し、四人はそれぞれに、言うに言われぬ惜別《せきべつ》の寂寥《せきりよう》に捉《とら》えられ、身につまされていた。

白鷺が大きな羽を広げ、船客の手が届きそうなほどの高さを飛んでいった。

そのとき、天満橋の京橋二丁目の袂《たもと》から、目だたない黄枯茶《きからちや》の小袖《こそで》を着けた女が、前身《まえみ》ごろを裾短にたくしあげて、懸命《けんめい》に袖をふりふり、天満橋を駆けあがってくるのが見えた。四人は同時にその女を見つけ、

「あ、あれ、もしかして……」

と、富平がぼうっとした声を出し、指差した。

「そうだよ、あれ、お茂さんだよ。市兵衛さん、お茂さんですよ」

良一郎が、なぜかうろたえて言った。

市兵衛は、天満橋を駆けあがるお茂を見つめ、小春は船縁《ふなべり》に身を乗り出して、天満橋から目を離さなかった。

やがて、お茂は橋の天辺《てつぺん》の擬宝珠《ぎぼし》のそばまでくると、橋の欄干《らんかん》につかみかかるようにして身体《からだ》を伸ばし、夜明け前の空へ手を差しあげて、淀川をさかのぼっていく過書船に大き

く一杯にふって見せた。

左右に大きく手をふりつつ、お茂が高く細い声を投げてきた。

お茂は一所懸命に声をあげ、何かを言っているのはわかったが、過書船はだいぶ天満橋から離れていて、聞き分けられなかった。

艫《とも》で櫓《ろ》を漕《こ》ぐ船頭が、天満橋のお茂に気づいて見やっていた。

だが、不意に、川面に吹く川風が過書船を追いかけて、冷やかに吹きすぎていきながら、天満橋のお茂の声を運んできたのだった。

「おおきに、おおきに……」

お茂が大きく手をふり、ほんのかすかな、聞こえるか聞こえないかほどの声が、そう言っていた。

「おおきにって、お茂さん、言ってますね」

良一郎が言った。

「ああ、そう言っている」

市兵衛がこたえると、船縁の小春が細い身体を精一杯反《そ》らし、追いかける川風を受けて、天満橋のお茂へ手を大きくふりかえして見せた。

「お茂さん、ありがとう。わたしたちこそ、ありがとう。達者でね」

小春は童女のように、懸命に投げかえした。澄んだ声が、朝空へ物悲し気に響きわたった。お茂に聞こえたかどうかはわからなかった。だが、お茂はなおも手をふり、おおきに、おおきに、と繰りかえしていた。

「お茂さん、ありがとう」

良一郎が手をふって大声を投げ、

「おおい、幸せになれよ」

と、富平も手を突きあげた。

過書船を埋めた客が、艫のほうの若い三人の男女が、だいぶ離れた天満橋で手をふる女と別れを惜しんで声を投げ合っているのに気づき、旅人同士で「名残りはつかへんな」などと言い交わし、ざわついた。

やがて、天満橋のお茂は、あまりの悲しみに堪《こら》えきれなくなったかのように、欄干の下にしゃがみこんで、顔を手で覆《おお》った。

「ああ……」

艫で櫓を漕いでいた船頭がそれを見て、果敢《はか》なげな声をこぼした。

小春もこみあげる思いを抑えきれず、姉さんかぶりの手拭いで顔を覆い、きりきりと声を絞り、激しく噎《むせ》び泣いた。

小春の長く白い首筋が、痛々しいほど赤く染まっていた。

過書船の船客は、別れを惜しむ寂寥や悲しみがわかる所為《せい》か、誰も小春の童女のような噎び泣きを笑わなかった。むしろ痛ましそうに、ちょっと頬笑《ほほえ》ましそうに、若い小春を見守った。

市兵衛たちが大坂を発った、同じ日の夜更けであった。

近江《おうみ》の国より、御在所山《ございしょやま》と鎌《かま》ヶ岳《たけ》を結ぶ峰を越えて伊勢《いせ》にいたる武平峠《ぶへいとうげ》をすぎ、伊勢の国に踏み入った三体の人影が、急崖《きゅうがい》の深い樹林に覆われた九十九折《つづらお》りの険《けわ》しい山道を、それぞれが提灯《ちょうちん》を手にしてくだっていた。

三体の人影は武士らしく、腰に帯びた二刀の影が、その山道に慣れた歩みのような速足だった。

九十九折りの道は、御在所山の麓《ふもと》にかつて菰野《こもの》の城下へとくだっていた。深い山々は夜の闇に覆われ、鳥や獣の声もすでに途絶え、静寂が黒い塊《かたまり》になっていた。

だが、静寂の黒い塊に走るひび割れのような渓流の音が、山の闇のどこかから聞こえてくる。

三人は言葉を発さず、乾いた山道をたどる草鞋の音が、魑魅魍魎《ちみもうりょう》のささやきのように、三つの明かりのあとを追っていた。

武平峠を越えておよそ半刻、九十九折りをはずれ、いっそう険しく深い杣道《そまみち》のような山道を、藪《やぶ》を分けつつのぼりくだりを繰りかえしてたどっていった。

それからまた杣道を九十九折りにくだり、やがて、三人の提げる提灯の火が、急に開けた一帯を、闇をかき分けぼんやりと照らし出した。

そこは山間《やまあい》の集落らしく、闇の中に檜皮葺《ひわだぶき》屋根の家々が見えた。みな戸を閉《た》て寝静まっているのか、小さな明かりももれていなかった。

三人は、集落の中へ歩みを進めた。提灯の明かりが、山間にしては大きな集落を、夜の闇の中にだんだんと浮かびあがらせた。ここでも、どこかの渓流の音が聞こえ、頭上を星空が覆っていた。

すると、行手の一軒の戸が引かれ、戸内の明かりの中に人影が立った。人影は戸内の明かりを後ろに残して、提灯の明かりのほうへ足早《あしばや》に向かってきた。

「島田さまだ」

ひとりが言い、三人は島田寛吉の前まで進んでそろって片膝をついた。

「戻ったか、伸五郎、伴作、一八」

寛吉が声をかけた。

「本日早朝、大坂を発ち、ただ今戻りました」

川添伸五郎が頭をあげてこたえた。

「唐木市兵衛の一行が、大坂を発ったのだな」

寛吉は、川添伸五郎から、納谷伴作、樫木一八を見廻した。寛吉を見あげる三人の目に、それぞれの手にした提灯の火が燃えていた。

「いかにも。唐木市兵衛と、町民風体の若い男二人に、十七、八の娘がひとり、夜明け前、大坂を発ちました。船で伏見へ向かい、暗くなる前に瀬田《せた》をすぎて草津《くさつ》に入り、ようやく宿をとりました」

「何、女連れでもう草津に入ったか。早いな。草津から石部《いしべ》、水口《みなくち》、土山《つちやま》、鈴鹿《すずか》を越えて坂下《さかした》。明日には鈴鹿を越える気か」

「いかに健脚《けんきゃく》といえど、女連れで明日中に草津から鈴鹿を越えて、坂下まではむずかしゅうございます。おそらく、明日は夕暮れ前に土山宿に入り、宿をとると思われます」

仲五郎が言った。

「そう見るのが順当だな。よかろう。ご苦労だった。疲れたろう。まずは、入れ。柳丈さまもまだ起きておられる。柳丈さまと手はずを整《ととの》えたら、おぬしらはゆっくり休め。あとは、わたしと柳丈さまに任《まか》せておけ」

と言った途端《とたん》、つい、

「あの男、やることが素早いな」

と、呟いていた。

「は……」

仲五郎、伴作、一八の三人が、問いかえすような目で寛吉を見あげた。

かまわず、寛吉は踵《きびす》をかえし、戸内に残した明かりを凝《じ》っと見つめて歩みを進めた。静寂が黒い塊になっていた。三人が無言で寛吉に従った。

二

市兵衛ら四人が、大坂城下京橋四丁目の八軒屋の船着場から発った同じ日、江戸呉服橋の北町奉行所・大白州《おおしらす》において、北町奉行・榊原主計頭《さかきばらかずえのかみ》出座の元、浅草新寺町の小間物屋《萬屋》の手代根吉が、本所横十間川《よこじっけんがわ》東の亀戸町の三右衛門店において自ら縊死《いし》に及んだ一件の裁許《さいきょ》がくだされた。

訴えを出した足立郡本木村の根吉の兄・平太と母親お種、両名に訴えられた本両替商の《堀井》の主人・安元と筆頭番頭・林七郎、さらに双方の付添人が大白州へひとりひとり呼び入れられ、敷き並べた莫蓙《ござ》に畏《かしこ》まった。

奉行・榊原主計頭は奥の桐之間に着座し、裁許所には小人目付《こびとめつけ》、徒目付《かち》、詮議役与力、例繰方《れいくりかた》与力、書役同心、廻廊わきの畳廊下に見習与力がそろっていた。

「申しわたす」

と、その大白州で奉行・榊原主計頭が冷やかに申しわたした裁許は、堀井の主人の安元や筆頭番頭の林七郎には厳しいものになった。

浅草瓦町の本両替商の堀井は、家財没収のうえおとり潰し。浅草御門より御蔵前にいたる大通りに面した堀井の表店は、すべてとり払われ、安元は所払い。筆頭番頭の林七郎には江戸十里四方払い、と申しわたされた。

また、浅草田原町三丁目の紙問屋《門田屋》手代のみね吉は手鎖《てぐさり》三十日、浅草北馬道町の鰻の蒲焼《桜井》の若い男・忠蔵は手鎖五十日となった。

そのうえで、奉行・榊原主計頭は、甲高《かんだか》い声で言った。

「堀井安元、並びに番頭・林七郎。そのほうら、よく聞くべし。仮令《たとえ》、そのほうらの商いが御禁制を犯していなかったとしても、人の道義に背く行為が許されるわけではない。萬屋の手代・根吉が自ら縊死するまでに追いこんだ根本は、明らかにそのほうらが指図した苛烈なとりたてにあった、と断ぜざるを得ない。しかしながら、本来ならば死罪をも申しわたすべきところを、このたびの処罰に減じたのは、法にそむいてさえいなければ、何をしても許される、いかなる手段を用いても、儲《もう》けた者が勝ちと、道理にはずれた考えに目が眩《くら》み、両替商としてのまっとうな性根を見失い、いきすぎたゆえの不届きと大目に見た、お上の恩情によるものである。そのこと、よく心得るべし。相わかったな。よし、これにて一件落着といたす」

大白州の一同は、「へへい」と畏れ入った。

こうして、根吉の一件が落着したその日の宵《よい》、神田《かんだ》は青物役所の《御納屋《おなや》》のある銀《しろがね》町と東隣の多《た》町一丁目との境の新道に、《さけめし》と《蛤屋《はまぐりや》》の屋号の読める看板行灯を店頭にたてた酒亭の、表戸の軒下にかけた草色の半暖簾を、渋井鬼三次は分けた。

表の両引きの格子戸が、夏らしく、風通しに片側が引かれ、酒亭の中の明かりと酒客の賑わいが、はや、宵の新道に流れていた。渋井と御用聞の助弥が、蚊遣《かや》りを焚《た》いた煙がうっすらと燻《くすぶ》る蛤屋の戸をくぐると、

「おいでなさい。あ、渋井さま……」

と、青竹色に三筋格子《みすじごうし》の小袖を着けたお吉《きち》が、定服の渋井とひょろりと背の高い助弥に頬笑みを寄こした。

「おう、邪魔するぜ」

渋井はお吉に、ちょっと照れたような渋面《しぶづら》を向けてから、青物市場の勤め人や手代ら、八ツ小路《こうじ》の大名屋敷の勤番侍や、駿河台《するがだい》下の武家屋敷の奉公人らではや埋まった店を、ぐるり、と見廻した。

蛤屋は、花茣蓙を敷いた縁台が、店土間の南側に縦向きに二台、中に横向きに四台、北側は畳敷きの小あがりになっていて、衝立《ついたて》で隔《へだ》てた席が四つある。

階段の裏羽目板の下になって、大人が立ちあがると、斜めになった裏羽目板に頭がつかえる小あがりの奥の席に、柳井宗秀《やないそうしゅう》と矢藤太《やとうた》がいた。

宗秀が渋井へ手をかざし、矢藤太が衝立の陰から顔をのぞかせて、こりゃどうも、というふうににやにやと顔をさげて見せた。

「あれだ。あそこに二人分の膳を頼むぜ」

「承知いたしました」

お吉がほのかな笑みを向け、渋井と助弥は客席の間をすり抜けていくと、店土間の奥の調理場で立ち働いている後ろ鉢巻《はちまき》の亭主が、渋井と助弥に気づき、仕切の板壁に空けた窓から、火照《ほて》った笑顔をのぞかせ、声をかけてきた。

「旦那、助弥さん、いらっしゃい」

すぐに、そこにも草色の暖簾をかけた仕切の出入り口から、お吉より顔半分ほど背の低

い太った年配の女が出てきて、

「渋井さま、助弥さん、おいでなさいませ」

と、ふっくらした饅頭《まんじゆう》のように身体を丸めて辞儀《じぎ》をした。

「女将《おかみ》、今宵《こよい》は宗秀先生と矢藤太の旦那に野暮用さ。ここはいつきても、盛況だな。料理人の亭主の腕がいいからかね。それとも……」

渋井は女将にかえし、お吉をちょっと見した。

調理場との仕切の窓は棚になっていて、そこに料理人の亭主が鉢や皿や膳を並べ、お吉が客の席へ運んでいく。

亭主は丹治《たんじ》、女房の女将はお浜《はま》である。

お吉は、丹治とお浜のひとり娘で、何があったかはお吉と両親以外に知らないが、出戻りの年増である。ただ、まだそんな歳《とし》でもなく、色白に桜色の差した肌は艶やかだった。

お吉を目あての客もいるのに、違いなかった。

「渋井、助弥、早くこい」

裏羽目板の下の宗秀が、はやほろ酔いの上機嫌だった。

「旦那、助弥さん、待ってましたよ。お訊《たず》ねしたいことが、あっしにも先生にもあるんですから」

矢藤太が手招いた。

「女将、おれは徳利《とっくり》は面倒だから湯呑《ゆの》みでぬる燗《かん》を頼むぜ。助弥はどうだい」

「あっしも湯呑みで、ぬる燗を」

「はい。湯呑みでぬる燗、承知いたしました」

「それと膳は同じでいいが、味噌漬《みそづ》けの漬物と浅草海苔《のり》をさっとひと焙《あぶ》りして、ぱりぱりしたのを頼むぜ」

と、渋井は腰の刀をはずしながら、「待たせたな」と、小あがりの宗秀の隣へ胡坐《あぐら》をかき、助弥は六尺余のひょろりとした身体を矢藤太の隣へ滑《すべ》りこませ、長い片足を土間に添《そえ》木《ぎ》のようにたてた。

お吉がすぐに新しい膳と湯呑みを運んできて、渋井と助弥の湯呑みに、片口丼《かたくちどんぶり》のぬる燗をなみなみとついだ。それから、宗秀と矢藤太の杯にも酌《しゃく》をして、

「ごゆっくり」

と、頰笑みを残していった。

「よし、四人そろったところで、本気になって吞むぞ」

宗秀が顔をほころばせ、こぼさぬように用心しいしい杯をあげた。

それぞれが喉を鳴らすと、ふう、と溜息《ためいき》が出る。

柳井宗秀は、長崎《ながさき》で医術を学んだ蘭医《らんい》である。京橋《きょうばし》の柳町《やなぎまち》に診療所を開いている。渋井と同じこの春、四十四歳になって、総髪に結った髷《まげ》に白いものが目だち始めている。

矢藤太は四十一歳。神田橋御門の東方、三河《みかわ》町三丁目の請け人宿《宰領屋《さいりようや》》の主人である。京生まれの京育ちだが、わけあって江戸へ下《くだ》り、宰領屋の亭主に収まって、江戸者のふりをしている。

天井で明かりを放つ八間《はちけん》に、酒や料理の湯気がからみ、煙管《キセル》を吹かした煙がからみ、客の賑わいががやがやとからみ、酒亭の宵のときが流れていく。

「旦那、今日は機嫌がよさそうじゃないか。鬼しぶの顔がにやにやしてるぞ」

宗秀が、湯呑みをひと息に乾《ほ》した渋井の呑みっぷりをからかった。

「そうか。おおい、お代わりだ」

素《す》げなくかえし、湯呑みをお吉にあげて見せた。

「あっしにも、旦那の顔が今夜はなんだか優しそうに見えやすぜ。鬼しぶの顔が優しくなっちゃあ、闇の鬼が今度は噴《ふ》き出しやすぜ。それじゃあ、鬼しぶじゃなくて鬼笑いだ」

矢藤太は、自分の戯言《ざれごと》がおかしそうに、ひとりで笑った。それがおかしくて、渋井も宗秀も助弥も苦笑した。お吉が片口丼の酒を、またつぎにきた。

宗秀が言った。

「何があったんだい。渋井、聞かせてくれ」

「大したことじゃねえよ。先生にも前に話しただろう。例の一件」

おっとっと……

渋井は、お吉のそそいだぬる燗が湯呑みからこぼれそうなのを、慌《あわ》てて唇を尖《とが》らせてすすった。そして、

「先月の、亀戸町の首くくりの一件さ」

と、ひとすすりして素早くいった。

「ああ、瓦町の本両替商がやった、騙《かた》りまがいの勧誘の一件か。家持ちになりませんかの誘いに乗った挙句《あげく》に、お店者《たなもの》が首くくりに追いこまれた」

「その一件のお裁許が、今日、奉行所の大白州でくだされたんですよ。お奉行さまが、これにて一件落着といたす、となったんです」

助弥が、渋井の露払いをするように言った。

「そういうこと。榊原のおっさんが、珍しくちゃんとしたお裁きをくだしたもんだから、ちょいと見なおしてやったところさ」

渋井の言う榊原のおっさんとは、北町奉行榊原主計頭である。渋井の役目の定町廻《じょうまちまわ》り方は、上役の与力はおらず奉行直属だが、渋井はこの奉行と反《そ》りが合わないらしい。権威

やら由緒やらと笠に着やがって、と思っている。

「亀戸町の首くくりって、確か、浅草新寺町のお店者が、わざわざ亀戸町の田舎まででかけて首をくくった一件ですね」

矢藤太が訊《き》きかえした。

「どういうお裁きだったんだ」

「それはだな。ううんと、ええい、面倒だ。助弥、おめえから話してやれ。おれは呑まずにいられねえからよ」

助弥は、「へい」と肯《うなず》き、この四月二十日から詮議《せんぎ》が始まり、二度の詮議をへて今日の裁許にいたった子細を、あちこちに縒《よ》れつつ話し終えると、

「そういうお裁きだったなら、まずまずだったな」

と、宗秀は言った。

「根吉が首くくりに追いこまれて、本木村の兄きの平太や母親のお種は、もっと厳しいお裁きを希《のぞ》んでたかもしれねえが、おれはまあ、妥当なお裁きだったんじゃねえかなと思った。気に入らねえからって、どいつもこいつも打ち首獄門ってわけにはいかねえしな」

「手代の景吉と八五郎は、どうなった」

「二人とも、お咎《とが》めはなしさ。務めだからといっても、道理にはずれたことはやっちゃあ

ならねえが、自分の身もどうなるかわからねえのに、実状を明かしたんだ。だから、堀井の家持ちの勧誘が騙りまがいだとわかった。二人は大目に見てもいいんじゃねえかなと思う。景吉は、根吉に申しわけねえ、もうあんな仕事は二度とやりたくねえ、と言ってた。江戸で新しい奉公先を探すのは止めて、信濃《しなの》の郷里へ戻って、百姓をやるつもりらしい」

渋井は湯呑みをあおり、喉を鳴らした。そして、焙った浅草海苔を音をたてて咀嚼《そしゃく》した。

「八五郎の場合は、じつを言うと、おれが裏取引を持ちかけたのさ。こっちの都合のいい作り話をしろって持ちかけたんじゃねえぜ。本途《ほんと》のことを明らかにしろって言ったんだ。本途のことを言ったら、おめえの罪は問わねえように詮議役に頼んでやるって取引さ。八五郎みてえなやくざな男でも、根吉の首くくりは、よっぽどあと味が悪かったんだろう。それと、家持ちになりませんかと誘って借金を背負わせる堀井のあくどい貸付商売が、長く続くわけねえと、八五郎は思っていたようだ。どっかで、早いとこ、見きりをつけねえといけねえってな」

「八五郎って、元鳥越町の八五郎なら、あっしも知ってますよ。以前、口入先のもめ事でちょっとつき合いができましてね。何度か会ったことがあります。柄は悪いが、腹を割って話せば、案外、話のわかる男でした」

「矢藤太は八五郎みてえな、危ねえ男とも仕事をしてるのかい。さすが、宰領屋の亭主は、表ばかりか裏の顔も広いんだな」

「いえいえ、あっしなんか、鬼しぶの旦那の顔の広さにはかないませんよ。鬼しぶの旦那に睨《にら》まれりゃあ、闇の鬼だって震えあがりますよ。ねえ、助弥さん」

助弥が首をひねり、渋井は鼻で笑った。

「というわけで、瓦町の堀井は家財没収で店ごと消えるってわけだ。安元は所払いだから、一文無しで大坂に帰るしかなくなったってことさ」

「御蔵前の札差に患者がいる。往診をすると金になるのだ。浅草御門の往来を通うが、瓦町の堀井の前を何度か通った。あの重々しい暖簾をさげた大店が消えるのか。有為転変《ういてんぺん》、無常だな」

宗秀が溜息をもらした。

すると、矢藤太がふと思い出したかのように言った。

「堀井は大坂が本店ですよね。大坂といえば、市兵衛さんじゃありませんか。肝心なことを聞かなきゃあ。市兵衛さんはいつ帰ってくるんですか。欠け落ち同然で大坂へ逃げた良一郎坊ちゃんと小春を、甘えるんじゃないとちゃんと叱《しか》って、無事、大坂へ連れて帰ってくるのは、一体いつになるんです？　もう半年になるんじゃありませんか」

「まだ三月《みつき》だよ。それに良一郎と小春は、逃げたんじゃねえし、甘えているわけでもねえ。市兵衛からはちゃんと、手紙が届いているんだ。事情があって、ちょっと遅れてるだけだ。たぶん、もう大坂をだいぶ前に発って、今ごろは江戸の近く、箱根のお山を登っているころだと思うぜ。もうすぐだ」

そうだよなあ、市兵衛……

と、渋井は旅路の果てのはるか彼方《かなた》を眺めるように、八間の明かりが煌々《こうこう》と灯る天井をあおぎ、湯吞みのぬる燗を勢いよく吞み乾した。

しかしながら、市兵衛と富平と良一郎、そして、小春の四人の旅は始まったばかりだった。四人はまだ、近江の国の草津にいた。

翌日、四人は草津の宿を出て、草津川の細流に架《か》かる板橋を渡り、中山道《なかせんどう》と別れる追分《おいわけ》をすぎ、石部宿、水口宿とへて、午後の八ツ半（午後三時）ごろには野洲《やす》川に架かる板橋を渡って、雄大な鈴鹿連山の近江側の麓、土山宿に入っていた。

土山宿は、御代参《ごだいさん》街道によって中山道とも結ばれている、鈴鹿峠越えのための宿場である。

「市兵衛さん、まだ日は高いですぜ。あっしらはまだまだいけやす。このまま一気に鈴鹿峠を越えて、今日中に伊勢へ入りやすか」

西日に燃える緑が迫る鈴鹿の連山を眺め、富平が言った。

良一郎も小春も汗をかいているが、若い身体にはまだ力が漲《みなぎ》っていた。

「近江側は急坂ではないが、それでも峠道は険しい。無理をせず、今夜は土山宿に宿をとり、明日、鈴鹿峠を越えて、できれば四日市《よっかいち》までいきたい」

市兵衛が言うと、若い三人はぱっと顔を耀《かがや》かせた。

三

土山の宿場は、どの宿も茅葺《かやぶき》か板葺屋根の平屋が軒を連ねていた。

一膳めしや、そばきりのめし屋、酒肴《しゅこう》の酒亭、葭簀《よしず》をたて廻した茶店などもあって、宿《しゅく》駕籠《かご》と客待ちの駕籠舁《かき》、また問屋の店頭では、三頭の荷馬と馬子《まご》らが、脇差を帯びた宿役人と立ち話をしている。

宿場の往来をいく旅姿はわずかで、天秤棒《てんびん》の荷をかついだ旅商人や、伊勢へ抜け参りにいくのか、白い着物の旅姿がぽつんとひとつ見えた。宿の客引きの声もなく、宿場は遅い午後ののどかな静けさに包まれていた。

市兵衛らは、《かま屋《や》》と白い看板を軒にかけた茅葺屋根の旅籠《はたご》に、その夜の宿をとった。

間仕切の襖《ふすま》をとり払って大広間になった部屋へ通され、すぐに、茶色の鄙《ひな》びた長羽織を着けた宿の亭主が、宿帳を持って現れた。年配の亭主は、侍と若い男女の四人連れに多少訝《いぶか》りつつも愛想よく頰笑み、

「お客さまは、大坂からお江戸へのお戻りで。さようでございますか。江戸には遠い縁者がおりますので、一度は天下の江戸見物をしてみたいと思っておりますが、やはり、江戸は遠うございます。わたしどもは、せいぜい京どまりで、大坂へさえいったことがございません。よろしゅうございますね。お若いときは、長旅も苦になりませんから」

と、しばらく旅や江戸の話をして戻っていった。

広間には、市兵衛らのほかにまだひと組の旅客がいるばかりで、四人は広間の隅《すみ》の一角を占めることができた。

広間の腰《こし》つき障子《しょうじ》が開け放たれていて、風通しがよく、濡《ぬ》れ縁の先には、宿場周辺の鈴鹿山麓の田地や森や散在する家々と、まだ明るい午後の青空の風景が広がっていた。

「宿へ入ったら、途端に腹が減ってきたな。飯はまだかかな」

旅装を解きながら、富平が言った。

「おれは、ひと風呂浴びてさっぱりしてえな」

良一郎が言うと、

「わたしも、まずはさっぱりしたいわ」

と、小春も応じた。

「そうかい。さっぱりしてえかい。なら、三人一緒にひと風呂あびて、さっぱりするかい。市兵衛さんも一緒にどうです」

富平が小春をからかい、良一郎はどうでもよさそうに笑った。

「いやよ。わたしはひとりで入るの」

小春は素げなくかえし、島田の髪のほつれを梳《す》いている。

そこへ、襷《たすき》がけの宿の女が広間に現れ、もうひと組と市兵衛らを見比べ、すぐに市兵衛のそばへきた。

「唐木市兵衛さま、島田さまと申されるお侍さまが、お訪ねです。唐木さまにお伝えすることがあると、前土間でお待ちになっていらっしゃいます」

宿の女が、膝をついて言った。

「お侍？　市兵衛さん、ご存じの方なんですか」

富平が意外そうに言った。

市兵衛は手甲と脚絆を解いたところで、それを行李《こうり》の上において頷《うなず》いた。それから、行李のわきに寝かせていた黒鞘《くろざや》の大刀をとり、

「わかった。すぐにいくと、伝えてくれ」

と、宿の女に言った。

ついさっき、着いたばかりの宿に市兵衛を訪ねてきたということは、島田という侍は、市兵衛をその前から見張っていたことになる。

なんのために、いつから……

と、富平と良一郎と小春は、不審そうに顔を見合わせた。

「大丈夫なんですか、市兵衛さん」

富平が戸惑い、声をひそめて言った。

「い、市兵衛さん、あっしらは何をしたらいいんです？」

良一郎が、大刀を携《たずさ》えて立った市兵衛を見あげて訊《き》いた。

「ここで待っていてくれ。長くはかからない」

市兵衛は大刀を腰に帯び、下げ緒《お》を帯に結《ゆ》わえた。

三人はじっとしていられず、市兵衛が表のほうへいくあとを追った。

広間を出て廊下を少しいくと、狭い宿の寄付きから前土間までが見通せた。

廊下から、市兵衛が前土間におり、市兵衛より背は低いが肩や胸の分厚い侍と向き合ったのを見守った。

侍は、上田縞《うえだじま》の上着に青鼠《あおねず》の袴《はかま》を脛巾《はばき》で絞《しぼ》り、二刀を腰に帯びていた。遠目にも、年配の侍に見えた。市兵衛に辞儀を投げ、それから数語を伝えると、書状を差し出した。

書状を受けとった市兵衛は、それを開いて目を通し、おもむろに閉じて自分の懐へ差し入れた。そして、侍へ言葉をかけた。

侍は再び市兵衛に辞儀をして、ただちに踵《きびす》をかえした。

侍がかま屋を出たあと、市兵衛は寄付きで宿の亭主に何事かを伝え、それから、三人が様子をうかがっている廊下へきた。訝って見守る三人に、

「出かける用ができた。わけを話している暇はない。いずれ江戸へ帰り……」

と言いかけ、不意に口を閉ざした。物憂《ものう》げな間をおき、

「きてくれ」

と、広間の隅の一角に戻った。

「わたしはまたすぐに支度をして、明るいうちに先に発つ。これからの手はずを、話しておく」

市兵衛は、三人を見廻して言った。

三人は互いに顔を見合わせ、不満そうに唇を尖らし、首をかしげたりした。わけがわからず、戸惑っていた。

「おまえたちは、明日、この宿場を発ち、鈴鹿峠を越えて明後日の三日目までに桑名《くわな》へ入り、そこでわたしが追いつくのを待て。桑名は松平《まつだいら》十一万石の城下町だから、大きな旅籠がある。往来に面した旅籠に宿をとり、二階の窓に菅笠をさげておいてくれ。それを目印に旅籠を見つける。もし、わたしが先に桑名に着いたら、おまえたちにわかるように、そうしておく」

良一郎が何か言おうとしたが、市兵衛はそれを制した。

「明後日の三日目に、わたしが桑名の宿に着かなかったなら、翌朝、おまえたちは三人だけで宿を発ち、江戸へ帰るのだ。わたしは用が長引いて遅れる。だが、わたしのことは気にかけなくていい。自分たちの身だけを考えろ。渋井さんから預かっている路銀がある。みなにわたしておく」

市兵衛は行李の荷の奥から、黒塗りの革を三つ折りにし、紐《ひも》をつけて燕口《つばくろぐち》にした財布をとり出した。

「江戸へ帰る路銀は充分間に合う。これは富平が持っていけ」

市兵衛が革財布を富平の膝の前におくと、富平は、「ええ?」と目を丸くして市兵衛と

財布を交互に見かえした。しかし、

「そんなの、おれはいやだ」

と、良一郎がきっぱりと言った。

「承知できねえ。市兵衛さんがこれから宿を発つなら、おれも市兵衛さんと一緒に発ちます。市兵衛さんに用ができたなら、おれも手伝います。市兵衛さんが用を果たすときにおれが邪魔だったら、そのときは邪魔にならねえように気をつけます。市兵衛さんはおれたちの頭《かしら》なんだ。頭に用を押しつけて、自分たちだけ江戸に帰るなんてできねえ。市兵衛さんひとりで、いかせるわけにはいかねえ」

「そ、そうだよ。おかしいじゃねえですか。市兵衛さんは、良一郎と小春を江戸へ無事に連れて帰る役目で、大坂へ旅してきたんじゃありませんか。その役目はどうするんですか。第一、この旅の間、あっしは市兵衛さんの手下なんですぜ。市兵衛さんがお頭なんです。お頭に用ができたなら、手下が用を手伝うのは、あたりめえじゃねえですか。あっしも一緒です。市兵衛さんと別れ別れで江戸へ帰れなんて、冗談じゃありやせんよ」

富平は、黒革の財布を市兵衛のほうへ押し戻した。

「わたしも市兵衛さんと一緒にいく。自分だけ用ができて、わたしたちをおいてどこかへいくなんて、そんなの変よ。わたしたち三人が、市兵衛さんの用を手伝います。さっきのお侍さんとかかり合いのある用なんでしょう。なんでも言ってください。わたし、今からでも、鈴鹿峠を越えられるぐらい元気はあるし、大丈夫です。ちゃんとできます」

小春が、むしろ目を耀かせて言った。

市兵衛は三人を凝《じ》っと見つめ、しばしの沈黙をおいた。

「だめだ。おまえたちは桑名へいき、三日目までわたしを待て。三日目までわたしを待ち、それから発て」

静かな言葉だったが、断固とした響きが、若い三人の気負いを圧倒した。

三人は、市兵衛の全身に漲《みなぎ》る言うに言われぬ深く静かな気迫に、一瞬、怯《ひる》みを覚え、言葉を失った。

「富平の言うとおり、わたしには、渋井さんに頼まれた良一郎と小春を江戸へ連れ戻す役目がある。だが、わたしはその役目を果たせなくなった。それは心苦しいが、ひと筋の道をたどれないこともある。踏み出す道がないときもある。そのときは別の道をいくか、自ら道をきり開くしかないのだ」

「市兵衛さん、さっきのお侍さんの用って、もしかしたら、わたしと良一郎さんが大坂にきたことと、かかり合いがあるんですか。わたしたちの所為《せい》で、市兵衛さんに迷惑をかけているんですか」

小春が、つらそうに言った。

「そうではない。小春にも良一郎にも、富平にもかかり合いはない。これはわたし一個の、おまえたちと別れてでも果さなければならない用だ」

「今果たさなきゃならない用なんですか。もっとずっとあとに延ばしたっていい用じゃないんですか。なんなら、ずっとずっと先延ばしにして、打っちゃっておいてもいい用じゃないんですか」

良一郎が、すがるような目を市兵衛に向けた。

「大坂にきて、ある者と縁が生じた。これも人の縁だ。よき縁であれ、悪《あ》しき縁であれ、人の縁を断って進むことはできない」

「進むって？」

「自分を生きることだよ、良一郎」

市兵衛は支度を始めた。

三人には、市兵衛が解いたばかりの旅支度にかかるのを、ただ、見守っているしかなかった。

四半刻《しはんとき》後、市兵衛はひとりでかま屋を出た。

天道《てんとう》は西の空に傾きつつも、夏が長《た》けていく陽気が感じられた。

鳥が鳴きながら、宿場の空をいく羽も飛んでいく。宿場の往来に夕方の日が射《さ》し、今宵《こよい》の宿を探す旅人の姿が赤く染まって見えた。

市兵衛は西の空の天道をあおいで、それから東へ踵をかえし、宿場の往来を鈴鹿峠のほうへとった。

島田寛吉は、宿場はずれの仏堂の陰から現れた。

「お待ちしていました」

と、丁重に辞儀を寄こした。

「ご案内、いたします」

先にたって東海道をいき、ほどなく北へ分かれるわき道へ折れ、木々に覆われた山道へとのぼっていった。次第に勾配を険しくして、山肌を沿うようにのぼる山道の樹間より、入日が空の果てに近づき赤く燃える夕日が望まれた。

四

御在所山から鎌ヶ岳へと連なる峰の武平峠を越えたとき、山は深い闇に閉ざされ、幾重にも光の重なる幻影のような星空が、市兵衛の頭上を覆っていた。

すでに、真夜中をすぎた刻限に違いなかった。

山の鳥や獣の声と気配はすでに途絶え、高山の冷気が固まったような静寂と、鬱蒼《うっそう》と茂る木々や急崖《きゅうがい》の陰に魑魅魍魎《ちみもうりょう》のひそむ暗黒が、山道を踏破する市兵衛の火照《ほて》った体軀《たいく》を、むしろ癒《いや》していた。

武平峠をすぎてほどなく、先をいく島田寛吉のかざす提灯のほかに、後方よりくる三灯の明かりが見えた。

寛吉は気づいていて、市兵衛に背中を向けたまま言った。

「ご懸念なく。後ろの明かりは、わが一党の者らでござる。山で育ったわれらでも、夜の山は用心せねばなりませんのでな。もう間もなくでござる。杣人《そまびと》の使う小屋があります。寝泊りができ、食い物も酒もござる。保科柳丈さまが、唐木どのの到着をお待ちでござる」

沈黙がかえってきた。草鞋《わらじ》の音だけが、市兵衛の気配を伝えていた。寛吉は市兵衛の沈黙が気になった。

背後を見かえって、後方の市兵衛の黒い影を確かめた。まるで、山の闇にまぎれてしまいそうなほどに影の見分けはつかず、ただ冷たい沈黙が寛吉の歩みに従っているばかりだった。

寛吉は、大坂北の、塚本村《つかもと》から浦江村《うらえ》へ向かう川沿いの道を、斎士郎の待つ川縁へ市兵衛を導いていった、あの夕刻を思い出した。

昼間の名残りを留《とど》めた日が西の空に燃え、入日とともに田野と空がひとつになる直前の、一日の最後の明るさに包まれた、夏の初めの夕べだった。

あの夕べのとき、市兵衛と斬り結んだ斎士郎の刀が折れ、斎士郎は市兵衛に敗れた。あの時、何ゆえ斎士郎の刀が折れたのだ。

不運、としか言いようがなかったのか。

なぜだ。わが師であり、わが主の斎士郎さまの刀はなぜ折れたのだ。

不意に、ひたひたとゆるやかな冷気が吹きかかるような市兵衛の気配を背中に感じ、寛吉は慄然《りつぜん》とした。

急崖を九十九折《つづらお》りにくだる山道を杣道へ入り、杉、檜《ひのき》、黒樫《くろかし》、銀杏《いちょう》、ぶな、黒松、萱《かや》の木などが群生する杣道をなおもしばらくいった。

やがて木々が途ぎれ、満天の星空がわずかに樹間にのぞく一帯に出た。

山肌に寄り添うように、小屋はあった。

寛吉の提灯の明かりが、草生《む》した板葺屋根の、粗末な、古木の梁《はり》や片引きの古びた板戸、ひびが走りくずれかけた土壁を照らした。小屋の周りを、枯葉が敷物のように覆っていて、寛吉と市兵衛の草鞋の下でかさかさと鳴った。

生木を格子にした小さな煙出しから、小屋の中で燃える焚《た》き木《ぎ》の炎がゆれ、薄い煙がのぼっていた。

どこか遠くで流れる、渓流の音が深山のささやきのように聞こえる。

「こちらへ」

と、寛吉が言ったとき、後方にいた三人が、松明《たいまつ》をかざして現れた。三人ともに、黒ずんだ上着に脛巾で袴を絞り、二刀を帯びた年若い男たちだった。

「伸五郎、伴作、一八、おぬしらはここで待て。あと始末がある」

三人は心得たかのごとく、黙然と頭《こうべ》を寛吉へ垂れた。

寛吉は片引きの古びた板戸へ歩み、小屋の中に声をかけた。

「柳丈さま、唐木市兵衛どのをお連れいたしました」

「入っていただけ」

抑えているが、張りのある太い声だった。

板戸ががらがらと鳴り、鴨居《かもい》からはずれそうにゆれた。

市兵衛は先に小屋の土間に入り、あとに続いた寛吉が、またがらがらと鳴らして板戸を閉じた。

寛吉の提灯の明かりが、案外に広い土間と奥の床の低い板間を映し出した。

土間には、小さな流し場が作ってあった。水桶《みずおけ》と甕《かめ》や臼《うす》、鍋《なべ》や釜《かま》、流し場のわきには、鉢《はち》や碗《わん》、壺《つぼ》、徳利などの暮らしの道具、また、土間の一角に柴《しば》が山になっていて、積み重ねた筵《むしろ》、荒縄の束、壁にかけた蓑《みの》や菅笠、笊《ざる》などが見えた。

板間をきった炉では、柴の炎が小さくゆらめいていた。板間の隅に布団が積まれ、米びつまであった。

暗くくすんだ屋根裏の梁《はり》から自在鉤《じざいかぎ》がさがり、自在鉤にかけた大きな鉄瓶が、白い湯気をのぼらせていた。

柴の薄い煙が、土間側の生木の格子の煙出しへ流れ、煙出しの外は、伸五郎、伴作、一八の手にした松明の火が、小屋を押し包む闇を防いでいた。

その炉辺の周りに敷いた筵に、老竹色《おいたけいろ》めいた小袖と下は黒褐色の袴を、大柄と思われる分厚い体軀に着けた保科柳丈が、黒鞘の長刀を傍《かたわ》らに寝かせ、端座していた。

わずかにひそめた眉の下の眼を大きく見開き、土間に入った市兵衛にそそいでいた。柳丈の鼻筋は太く長く、鼻筋の下に一文字に結んだ唇が、断固たる決意を閉じこめているかのようであった。

炉辺の柴をつかみ、乾いた音をたてて折って炉にくべながらも、市兵衛から目をそらさなかった。

「唐木どの、どうぞ」

寛吉が背中を押すように、市兵衛を促した。

市兵衛はふり分けの荷と菅笠を板間におき、草鞋を脱いだ。そうして、柳丈と相対する位置の炉辺の筵に着座し、黒鞘の大刀は左わきに寝かせた。

柳丈に黙礼を投げると、土間の寛吉が提灯の火を吹き消し、小屋は再び、炉にくべた柴の小さな炎がゆれるだけの暗がりに包まれた。外の松明の火が、煙出しから小屋の暗がりへ明るみを射した。

「保科柳丈でござる。遠路、いたみ入ります」

柳丈が言い、頭を垂れた。

「唐木市兵衛です。この四月初め、室生斎士郎どのより果たし状を受けとったとき、野呂川伯丈どのの兄上・保科柳丈どのの代人として見えられたと知りました。その折り、もし生き長らえれば、いつか、保科柳丈どのとお会いいたすことになるのだろうと、思っておりました」

「さようか。そうなりましたな。わたしは、この山中で唐木市兵衛どのとお会いいたさねば、わが始末がつけられぬのです。きていただき、安堵《あんど》いたした」

寛吉は慣れているのか、暗みを意に介さず、炉の鉄瓶より汲《く》んだひと碗の白湯《さゆ》を市兵衛にふる舞い、柳丈の前にもおいた。そうして自らは、柳丈の背後の、柴の炎が届かない暗みに、両刀を帯びたまま身をひそめるように畏まった。

市兵衛は碗の白湯を口に含み、最後まで呑み乾した。

柳丈は市兵衛を見守りつつ、ゆっくりと一服した。

しかしながら、次第に柴の小さな炎に目が慣れ、柳丈と寛吉の姿が淡く見分けられた。渓流のせせらぎが、それと同時にまた聞こえてきた。

「唐木どの、刃《やいば》を交わす前に、わが存念をお伝えいたしたい。よろしいか」

「どうぞ」

市兵衛は言った。

柳丈は白湯の碗をおき、またひと枝の柴を折って炉にくべた。

「わが弟・野呂川伯丈が、大坂の千日火《せんにちひ》やにて、誰に、何ゆえ討たれ、その身がどのように葬られたのか、室生斎士郎の遺骨と位牌《いはい》が彦根に戻ってきて、寛吉より聞かされ、ようやくわかりました。伯丈を倒した唐木市兵衛どのが、どのような方かも、いささか、知ることもできました。遅かれ早かれ、伯丈の身にいつかそのようなときがくるだろうとは、承知しておりました。狷介《けんかい》にして、尊大、驕慢《きようまん》、おのれへの過信、おのれを恃《たの》む気位の高さが、自らの身を損ねるときがくるだろうと。そして、不肖のわが弟、身のほど知らずのわが弟は、そのとおりになった。それだけでござる。だが、わたしは伯丈の死の知らせを受けて、室生斎士郎に申したのです。伯丈の狷介な、尊大で驕慢なおのれ自身への過信、おのれを恃む気位の高さは、兄であるわたしの気質にほかならない。伯丈が、自らの身を損ねるときがくるのだろうと恐れていたように、わたし自身が、いつかそうなることを恐れていた。伯丈の愚かさは、わたし自身の愚かさを映す鏡だった。斎士郎にそう申したのです」

市兵衛は、沈黙を守った。

「異国の地で果てた伯丈の身のうえは、わたしが保科家を継ぐ長男ではなく、野呂川家と養子縁組を結んだ弟であったなら、それはわたし自身の身のうえ、定めであったかもしれません。いや、間違いなくそうであった。ゆえに、わたしは室生斎士郎に申したのです。伯丈の無念がおのれの無念と感じられてならぬ。伯丈は成仏できず、未だ中陰《ちゅういん》に迷うておる。わたしにはそれがわかる。伯丈を成仏させてやらねばならぬ。室生斎士郎の腕を借りたいと」

柳丈の目の中に、炉の炎がゆれていた。

市兵衛は、なおも沈黙を続けた。

「わたしがいかねばならなかった。身勝手なわが思いのために、斎士郎ほどの男を失い、とりかえしがつかぬことをしてしまった。斎士郎は、古の菰野藩に仕えていた室生家の末裔《まつえい》でござる。戦国の世が終り、菰野藩に仕える意味を見出《みいだ》せなくなった室生一族は、藩を去り、鈴鹿山中に移り、林業を生業《なりわい》とする山の民となった。しかしながら、室生家が鈴鹿に生きる武士であることに変わりはない。斎士郎は、幼きころより学問に秀《ひい》で、山中の鳥獣を相手に剣の修行を積み、鈴鹿の若き斎士郎の学問武芸は、彦根にも聞こえておりました。わたしは、斎士郎が十七歳のとき、奉公人ではなくわが一門に連なる者として招聘《しょうへい》し、いずれは藩校稽古館の教師として主家の井伊家に仕えるようとり計らい、斎士郎の類《たぐい》まれなる学問武芸を、わが国のために役だたせたい、生かしたい、という存念だったのです。もう十数年の歳月がすぎました。十数年がたち、わたしの存念は間違っていなかった、斎士郎はわが国の宝となるべき侍であったと、いっそう確信を深めておりました。わたしは、斎士郎を一門に連なる者として迎えたことが誇らしかった。それが、なんということだ。わが誇りの斎士郎を、自分の愚かさゆえに、わたしは失った。自分の愚かさの始末を、つけねばならぬのです。これは、主家の勧めではありません。わが一存のふる舞いです。よって、倅に保科家の家督を譲り、隠居の身となりました」

市兵衛は、柳丈の言葉に頷いた。

それから、物憂い沈黙が流れた。渓流のせせらぎがかすかに聞こえた。

やがて、柳丈が言った。

「それがしの申しておきたいことは、ただそれだけでござる。ほかに申すことはない。あとはわが剣にて……。では、唐木どの、支度を調《ととの》えられよ」

しかし、市兵衛は言った。

「わたしはこのままで」

その冷やかな返答に、柳丈の後ろの暗みに控えた寛吉が、虚《きょ》を突かれたかのように顔を持ちあげた。

柳丈は傍らに寝かした長刀をつかみ、端座のまま、腰に帯びた。

後ろの寛吉は、腰の刀に手をかけ、片膝を軽く持ちあげ、両の爪先を立てた踵に腰を乗せ、即座に身を躍動させる姿勢になった。

「ならば、ときは。場所は……」

柳丈が言った。

「保科どのの希《のぞ》まれるように」

市兵衛は端座の姿勢を変えず、手を膝にそろえて、傍らの刀にも手をかけていなかった。

「それでよろしいのか」

「今日、保科どのの果たし状を見て、こうなることがわが運命と臍《ほぞ》を固め、参上いたしました。この深き山中に分け入らねば、鈴鹿越えはならぬと思われたゆえです。どうぞ、よろしいように」

柳丈は市兵衛より初めて目をそらし、しばし考えた。それから再び、市兵衛を見つめた。

「唐木どの、今ひとつ、よろしいか」

「よろしいように」

市兵衛はこたえ、柳丈の眼差しをなおも穏やかに受け止めた。

「唐木どのは、斎士郎に言われたそうですな。唐木どのが学ばれた奈良興福寺の法相《ほっそう》の教えでは、この世を夢から覚めぬ夢の世に例えている。唐木どのは、法相の教えの深遠さゆえの空虚に耐えられなかった。それゆえ、興福寺を出たと。深遠さも空虚もおのれの中にある、それはおのれの中の迷いを見ているにすぎぬ、と斎士郎が言ったとき、唐木どのはこたえられた。おのれの中の迷いこそ、わが武士の一分と。それはいかなる存念なのでござるか」

「おのれの中の迷いに、わが生を教えられました。わが生の値打ちを、そしてわが死の値打ちを教えられました。千万の生死には、千万の意味がある。それを教えたわが迷いこそ、わが武士の一分です」

「仮に、千万の生に意味があったとして、千万の死に何ほどの意味がある」

「もし、わたしが保科どのを倒して得た生に意味があるように、もし、わたしが保科どのに敗れて倒れた死にも、意味はあります。だからわたしは、保科どのと戦えるのです。何とぞ、そのおつもりで……」

柳丈は市兵衛を凝《じ》っと睨んだ。やがて、柴の炎がゆれるその目に、蔑《さげす》みと怒りが兆《きざ》し始めた。

「埒《らち》もないことを。斎士郎はこれしきの者に敗れたのか」

低い柳丈の呟きが、暗みの中に聞こえた。

五

鐺《こじり》を板間に鳴らし、長身というよりも、分厚い体軀《たいく》を炉辺より土間へ、躍動させた。そして、柳丈の長刀が鞘をすべり、抜き放った艶やかな鋼が炉の炎を、鏡のように映した。

柳丈は、未だ炉辺の市兵衛へ正眼《せいがん》にとった。

「お相手いたす、唐木市兵衛」

柳丈が言った。

寛吉は、柳丈の背後に影のように従い、こちらも抜刀した。

市兵衛は炉辺より、静かに立ちあがった。腰に刀を帯びながら、しなやかに土間へおり立った。

市兵衛と柳丈の間は、二間（約三・六メートル）余しかなかった。柳丈が先に踏みこみ、一撃を放てば、市兵衛を即座に一刀両断にできた。

しかし、柳丈はそうしなかった。ただ、正眼を横八相《はっそう》にかえ、背後の寛吉は、いっそう身を低め、一刀を身に引きつけるように片脇へさげた。

「唐木、抜かぬのか。抜かぬまま、斬られるつもりか。それとも、慈悲を乞《こ》うつもりか」

「慈悲を？　なぜわたしが保科どのに慈悲を乞わねばならぬのです。室生どのにこうも申しました。風は自在に吹く。風の剣があるならば、その自在さこそが奥義に違いあるまい。わたしはこれでよいのです。すでに、かまえております」

市兵衛は両腕を軽々と垂らし、穏やかに佇《たたず》んでいる。

炉に燃える柴が、小さな明かりを市兵衛の痩軀《そうく》にまとわりつかせている。

「それも聞いた。風の剣などと、かたはら痛い」

柳丈が大きく、どっと踏みこんだ。

やあっ。

柳丈は喚声ひと声、八相のかまえから袈裟懸《けさが》けに打ちかかった。

白刃が獣のようにうなって、市兵衛にまとわりつく炎のゆらぎを吹き払った。

柳丈の袈裟懸けは、市兵衛の左肩から右下へ斬りさげた。

しかし、市兵衛は左へ身をしならせ、柳丈の白刃は右肩すれすれに風を巻いてすべり落ちていった。

柳丈は瞬時の猶予《ゆうよ》をおかず、空を両断した一の太刀を上段へひるがえし、再び雄叫《おたけ》びとともにさらに踏みこみ、二の太刀を続け様に浴びせた。

市兵衛は柳丈の直進と二の太刀を予断していたかのごとく、柳丈の直進を躱《かわ》して二の太刀の下へ身をくぐらせ、それにも空を打たせた。

柳丈は即座に踏み止《とど》まって反転し、背後へすり抜けていく市兵衛へ追い打ちの態勢をとったが、意外にも市兵衛は柳丈を後ろに残し、ひたすら寛吉へと突撃を図っていたのだった。

寛吉に油断があったのではなかった。ただ、そのような、柴の小さな炎のゆらぎのような、山の風が上からも下からも、前後左右、自由自在に吹きつけるような動きが、思いもよらなかっただけだった。

獣のように吠《ほ》えながら、市兵衛へ遮二無二《しゃにむに》打ちかかるより早く、寛吉は市兵衛のすっぱ抜きを、こめかみに浴びていた。

寛吉の顔面はえぐられ、鬢《びん》がほつれて毛が散った。

知らぬ間に自分の体が浮き、斜行していき、次の瞬間、土間の柴の山に突っこんでいったのが、寛吉にはわかった。

片や柳丈は、市兵衛に瞬時の猶予を与えたつもりはなかった。

追い打ちの態勢から斬りかかったとき、市兵衛は寛吉に対し半身になりながら、柳丈になおも背を向けていた。

最後だと、柳丈は確信した。

すると、市兵衛はまるで背中にも目があるかのごとくに、寛吉をすっぱ抜きにした半身の態勢のまま、仰《あお》のけに弧《こ》を描いて反らし、柳丈の撃刃に空を斬らせたのだった。

柳丈は、上体を土間につきそうなほど反らした市兵衛が、空しくうなる一刀の下から、横目を背後の柳丈へ流し、瞬きもさせず冷やかに見あげている眼差しに気圧《けお》された。

一瞬、柳丈は斎士郎と戦っている気がした。

斎士郎、と心の中で思わず叫んだ。

と同時に、まるで、青竹がしなりを激しくゆり戻すように、市兵衛の身体がしなやかに起きあがって、反撃の袈裟懸けを鋭く見舞われた。

かあん……

鋼と鋼が叩き合った。

柳丈はかろうじて受け止めた。しかし、充分な態勢に戻っていなかった。片足を土間に擦《す》って引き、市兵衛の反撃の圧力を堪えた。

鋼と鋼が悲鳴を発して嚙《か》み合い、柳丈の足が土間をかいた。

柴の山に突っこんだ寛吉が、起きあがろうともがいていた。

「唐木、いくぞ」

互いの熱気が伝わり合うほど肉薄した市兵衛に言ったが、柳丈に態勢を戻す間はなかった。市兵衛の激しい圧力を、堪えることもいなす隙《すき》もなく押しこまれ、一気に後退し、分厚い体軀が戸口の古い板戸を突き破って、小屋の外へと押し倒されたのだった。

柳丈は、伸五郎と伴作と一八のかざす松明《たいまつ》の明かりの中に横転した。

「保科さま……」

伸五郎が叫んだ。

柳丈は咄嗟《とっさ》に身を起こし、再び八相に身がまえた。

「なんのこれしき。大事ない。唐木が出てくる。みな、迎え撃て」

おお、と三人がこたえ、松明を消して捨て、次々に抜刀した。

辺りはたちまち、星空の下の暗闇に包まれ、小屋の炉でゆらぐ柴の炎が、板戸の破れた戸口から放つ微弱な明かりだけになった。

柳丈の左右に三人は展開し、市兵衛が出てくるのを待った。

さらに、周囲の樹林の間より、弓矢を携《たずさ》えた十数人の男らが走り出てきて、柳丈とともに小屋を囲む態勢をとった。男らは弓に矢をつがえ、きりきりと絞《しぼ》る音を、闇の不気味な歯軋《はぎし》りのように鳴らした。矢は炎のゆらぐ小屋へ、怒りをこめて一斉に向けられた。

だが、市兵衛は出てこなかった。

市兵衛は、炉の明かりを背にし、板間に腰かけて草鞋をつけていた。落ち着き払い、草鞋をつける影が、小屋の戸口から見えた。市兵衛の刀が、土間につきたててある。

「唐木、出てこい」

仲五郎が叫んだ。そして、一瞬の間をおき、

「放て。唐木を撃て」

と、仲五郎の声が再び闇に響きわたった。

闇を引き裂いて、矢が一斉に雨のように放たれた。

小屋の戸口から、びゅんびゅんとうなる矢が、射こまれた。矢は小屋の壁と土間に突き刺さり、小屋の中の板間に跳ね、炉の炎を乱して、板間の奥の壁を叩き、突きたった。

ところが、板間にいたはずの市兵衛の姿は、そこになかった。ただ、いく本もの矢が、小屋の壁や板間や土間に突きたっているばかりだった。

炉の炎は、何事もなかったかのようにゆれている。

そのとき、戸口に人影が差し、寛吉が刀をわきに垂らしよろけ出てきた。

「ああ、島田さま」

三人は寛吉に呼びかけた。

けれども、戸口をよろけ出て数歩で、寛吉は両膝をついた。血は見えなかったが、手で押さえたこめかみから血が、しいしい、と音をたてて噴いていた。

寛吉はそれから、ゆっくりと横たわった。

と、寛吉が横たわったその後方に、柴の微弱な明かりを背にした市兵衛の影が戸口に佇《たたず》んでいた。市兵衛は刀を片側へさげ、静かな歩みを見せた。

星空の下に歩み出て、枯葉を踏んだ。

渓流のささやきが、聞こえている。

再び、矢をつがえた男らは、炉の炎を背にした市兵衛の影へ狙いを定めた。伸五郎が弓矢の男らを励《はげ》ますように言った。

「山の獣《けもの》と思え。恐れるに足らず」

すると、柳丈が野太い声で男らを制した。

「やめよ。唐木はわたしが倒す」

柳丈は八相にかまえた。

「承知」

伸五郎、伴作、一八の三人が声をそろえた。それぞれが身がまえ、柳丈を中心に市兵衛に立ち向かう態勢をとった。

柳丈が間をつめ始めると、三人は市兵衛を囲むように枯葉と地面を蹴った。

市兵衛が柳丈へ正眼にとって進み、柳丈も進みながら八相を上段へ変えた。

接近する双方の足下で、ざわざわと枯葉が鳴っていた。

突然、柳丈が突進し、双方の間はたちまち消えた。

雄叫びを発し、市兵衛に肉薄して大上段に斬りさげ、一方、伸五郎が市兵衛の背後より攻めかかる。

市兵衛は柳丈の大上段を払い様、横へと廻りこんで、上段からの一撃を浴びせた。すかさず、柳丈も市兵衛の一刀を打ち払って、刀をかえして袈裟懸けを見舞い、これは市兵衛が払いあげ、両者は三度、高らかに鋼を鳴らして叩き合った。

そこへ、背後より迫った伸五郎が市兵衛へ斬りかかったため、柳丈の次の攻めがほんの一瞬停止した。

しかし同じ一瞬、市兵衛は次の攻めを柳丈に放っていた。

戦う者の勝敗は、ときの運に違いなかった。

柳丈の一瞬の停止が、勝敗を決して、ときの運の歯車を押し進めたのかもしれなかった。

一瞬の停止が、柳丈の攻めを遅らせた。

次の攻めに動いた途端、間に合わぬことを柳丈は悟った。胸から腹へと斬りさげられ、体軀が市兵衛へ放った一刀とともに、空へ流れていった。

そしてそれは、市兵衛が膝を折って、背後の伸五郎の刃に体を沿わせ、流れるように伸五郎の傍らを斬り抜けた一瞬と同時だった。

絶叫と悲鳴が、山間に響きわたった。

途端、市兵衛に矢が一斉に放たれた。疾風のような矢風が闇にびゅんびゅんとうなった。咄嗟《とっさ》に、市兵衛の体軀は伸五郎の陰に遁《のが》れ、いく本かの矢が伸五郎のくねる身体に降りかかった。

「しまった」

男らのひとりが叫んだ。

伸五郎はわき腹を斬り裂かれ、矢を浴び、そうして、柳丈の流れた身体ともつれ、二体は折り重なってくずれ落ちた。

伴作と一八は、刀を抜いていても、凄《すさ》まじい斬撃に怯み、怯《おび》えていた。

二人は市兵衛を挟み撃ちにできる態勢をとっていた。だが、この魔物めいた侍に恐れをなし、肝をつぶし、足がすくんで動けなかった。それどころか、この唐木市兵衛が自分に向かってきたとき、逃げて生き恥をさらすか、ここで空しく果てるか、それしかないと思っていた。

そのときだ、杣小屋の前のかすかな光しか届かない血まみれの修羅場《しゅらば》を、いく本もの松明の明かりが覆った。薮《やぶ》が騒ぎ、夥《おびただ》しい人影が周りの木々の間にうごめき、やがて小屋をとり巻くように現れた。

「これまでです。刀を引きなさい」

お江《ごう》の声が聞こえた。

手に手に松明をかざし、周りを囲んだ村人の間から、村長《むらおさ》の娘のお江が歩み出てきた。

お江は、刀をわきへさげて立ちつくす市兵衛に一瞥《いちべつ》を投げた。それから、柳丈と伸五郎、戸口のそばの寛吉のそばへいき、何かを確かめ祈るように、まるで沈黙を供《そな》えるように佇み、再び市兵衛へ見かえった。

「唐木市兵衛どの、江と申します。唐木どのに、大坂で討たれた室生斎士郎の妻です。戦いは終りました。これ以上の戦いは無益です。これ以上の死の悲しみは無用です。よき者たちが死んでいきました。なんと哀れな。唐木どの、どうぞ刀を納めてください。そして、ただちにこの山をたち退《の》いてください。村の者に麓の荪野まで送らせます。それから先は、おひとりで。二度と、この山にきてはなりません」

松明をかざした村人たちは、誰ひとり口を利《き》かなかった。ただ、松脂《まつやに》の燃える音だけが、じりじり、と静寂の中を這《は》っていた。

「伴作、一八、おまえたちが寛吉と伸五郎と、そして柳丈さまの亡骸《なきがら》を丁重に葬るのです。みな、二人を手伝ってあげなさい」

お江が言い、

「へへえ」

と、村人らが山のうなりのように低くどよめいた。

お江は凝っと市兵衛を見つめていた。

市兵衛は、お江の悲し気な眼差しに心を打たれ、刀を納めた。

終章　大坂便り

五月になったある日の午前、大坂南は難波新地の色茶屋《勝村》のお茂は、味噌《みそ》汁と茄子《なす》と胡瓜《きゅうり》と大根の浅漬けにご飯だけの粗末な朝飯が済んだあと、二階のぎしぎし鳴る狭い廊下の奥の自分の部屋で、筆を舐《な》めなめ、白い巻紙に平仮名《ひらがな》だらけの便りを認《したた》めていた。

窓を開け放った新地の裏手の難波村の夏の青空に、今日もまた、千日火やの煙がのぼって、そのずっとずっと彼方に四天王寺の五重塔が見えていた。

どこかで蟬《せみ》が鳴いていて、こんな朝っぱらから、どこかの店の客と女の、打ちとけた嬌《きょう》声《せい》や笑い声が聞こえていた。

お茂の荷物は、小葛籠《つづら》と柳行李《やなぎごうり》に楽に収まった。それと小簞笥《だんす》、ひと組の布団《ふとん》が、この勝村で三年半余をすごしたお茂の荷物のすべてだった。わずかなそれらの荷物は、すでに階下の店の間におろしてある。

頼んでいたべか車《ぐるま》がきたら、それに積んで、里の東小橋《ひがしおばせ》村へ帰るのだ。

今日でこの部屋は、見納めになると思うと、土壁が色あせて剝《は》げかけた三畳間が、ひどく寂しいほどに広々と感じられた。

部屋は蚊《か》遣《や》りがくすぶって煙たかったが、お茂は蚊遣りの煙いのにも慣れっこだった。昼見世が始まってあがった馴染《なじ》みが、

「えらい煙《けぶ》たいな」

と言うので、

「済んまへん。煙たいでっか。ここら辺は、すぐ下が難波村の田んぼと水場やから、明るいうちから蚊がいっぱい出まんねん。夏場は暑うて戸は閉《た》てられまへんし、それで始終、蚊遣りを焚いとかなあきまへんねん」

と、お茂は蚊遣りの煙と蚊を追い払うように、白粉《おしろい》を塗った両手であおぐのだった。窓のそばでひらひらさせるお茂の手の先の、夏の昼下がりの日が、難波村の田んぼに降っているのだった。

お茂は筆を宙に浮かせ、まだ午前の難波村の青い田んぼへ、丸顔の器量よしではないけれど、愛嬌のある顔を向けて、とき折り、まだ紅を刷《は》いていないぷっくりした唇を呟《つぶや》くように動かし、考えていた。

そして、やがてひとつ頷《うなず》き、平仮名だらけの便りを認め始めた。

小はるちゃん、こんな手がみしかかけないので、おゆるしください。

きょねん、あてが大すきやったおきくねえさんがなくなって、としがあけたこのはる、小はるちゃんがわざわざ、江戸からたずねてきてくれて、ほんまにほんまに、わすれられんはるがきて、それから小はるちゃんといっしょに、はるもいんでしまいました。

二月のさむいときに、じゅんけいまちのでんきちろうと、わるのせがれらにいたい目にあわされたけど、今となっては、でんきちろうもせがれらもしんでしもたんやし、もうええか、わすれよとおもてます。

小はるちゃんと、市べえさんと、とみ平さんとりょう一ろうさんが大坂をたったあさ、かつむらのごしゅ人におがみたおして、まだくらいうちにかつむらを出たんやけど、なんばしんちから京ばしまではほんまにとおて、小はるちゃんにさいごにあわれへんかったんは、ざんねんでなりません。市べえさんと、とみ平さんとりょう一ろうさんにも、もう一ぺんお礼をいいたかったんやけど、それもいわれへんかったので、ざんねんでなりません。

あのあさ、せめて天まばしから、小はるちゃんらをのせたふねが見えんようになるまで手をふって見おくろとおもてたのに、かなしいてかなしいて、なけてしもて、立ってられへんようになってしもて、見えんようになるまで見おくられへんかったんも、ざんねんでなりません。

市べえさんには、どないなことをいうたらええのやろと、かんがえへん日はないのに、なんぼかんがえてもおもいつきません。

このまえ、市べえさんととみ平さんとりょう一ろうさんと、小はるちゃんがきて、あての見たこともない二十五りょうの大きんをぽんとおかれたとき、あてはなんのことやら、わけがわかりまへんでした。市べえさんが、この二十五りょうは、あてのたのみをうけてしごとをして手に入れたのやから、いらいぬしのあてにかえすのがすじや、あてのもんやといわれても、なんで、とあてにはやっぱりわけがわからへんかったし、じつは、今でもわからへんのだす。

市べえさんが、この二十五りょうをりょうがえやでぎんにかえて、かつむらのしゃっきんをかえして、ちょっとでものこったら、たくわえにするか、あてのすきかってにつかうか、ゆっくりかんがえたらええと、あのとき市べえさんにそういわれて、わけがわからんでも、ああ、そうなんかとおもえるから、市べえさんはふしぎな人やとおもいます。

ただ、二十五りょうが大きんやとはわかってはいても、あてはあたまがぽかんとなってしもてたから、市べえさんや、小はるちゃんやりょう一ろうさんやとみ平さんに、ちゃんとおおきにというたかどうか、おぼえてへんのだす。小はるちゃんらが大坂をたつときに見おくりにいって、ちゃんというつもりやったのに、それもまにあわんで、つくづく、まぬけやなとじぶんでもおもいます。

そやから、まんぞくにじもかけへんのに、おもいきって、この手がみをかくことにしました。

そうそう、おきつちゃんはきずがようなって、おきられるようになって、はたけしごとはむりでも、うちのしごとは、ちょっとぐらいならできるようになりました。おきつちゃんのけががなおって、ゆすけさんとおしゅうとめさんとこどもらが、ちゃんとくらしていけるようになったのも、市べえさんのおかげです。

それと、こおろぎながやのおつねさんは、かがのあきんどにとついでたむすめさんがきて、とよ一さんの四十九日のほうようをすまさはったようだす。おつねさんは、かがでむすめさんふうふとくらすことになったとききました。

くだくだと、なんぼかいても、もっとちゃんといいたいとおもてるのに、おもうだけでことばがでてきまへん。ことばがでかかったとたんに、きえてしまうんだす。けど、さいごにもう一ぺんいいます。

小はるちゃん、ほんまにおおきに。おきくねえさんといもうとの小はるちゃんのことをかんがえたら、なんか、うれしいきもちになります。りょう一ろうさんとなかようくらしてください。

りょう一ろうさんにもとみ平さんにも、おおきにとつたえてください。

それから市べえさんには、ごおんは一しょうわすれまへん、あてみたいなあほな女でもいきるねうちがあるとおしえてくれて、おおきにとつたえてください。

みなさま、なにとぞおたっしゃでと、つたえてください。

小はるちゃん、まいる。


そのとき、階下で勝村の亭主がお茂を呼んだ。

「お茂、べか車がきたで。お茂、はよおりてきいや。荷物、積むで」

「はあい」

お茂はこたえ、巻紙をするすると巻き戻した。筆を矢立《やたて》に仕舞《しま》い、

「さあ、ほんならあてもいくで。あての旅だちや」

と、自分を励ますように声を出し、立ちあがった。

希みの文

一〇〇字書評

切り取り線

購買動機（新聞、雑誌名を記入するか、あるいは○をつけてください）

- □（　　　　　　　　　　　　）の広告を見て
- □（　　　　　　　　　　　　）の書評を見て
- □ 知人のすすめで
- □ タイトルに惹かれて
- □ カバーが良かったから
- □ 内容が面白そうだから
- □ 好きな作家だから
- □ 好きな分野の本だから

・最近、最も感銘を受けた作品名をお書き下さい

・あなたのお好きな作家名をお書き下さい

・その他、ご要望がありましたらお書き下さい

住所	〒				
氏名		職業		年齢	
Eメール	※携帯には配信できません	新刊情報等のメール配信を　希望する・しない			

この本の感想を、編集部までお寄せいただけたらありがたく存じます。今後の企画の参考にさせていただきます。Eメールでも結構です。

いただいた「一〇〇字書評」は、新聞・雑誌等に紹介させていただくことがあります。その場合はお礼として特製図書カードを差し上げます。

前ページの原稿用紙に書評をお書きの上、切り取り、左記までお送り下さい。宛先の住所は不要です。

なお、ご記入いただいたお名前、ご住所等は、書評紹介の事前了解、謝礼のお届けのためだけに利用し、そのほかの目的のために利用することはありません。

〒一〇一－八七〇一
祥伝社文庫編集長　清水寿明
電話　〇三（三二六五）二〇八〇

祥伝社ホームページの「ブックレビュー」からも、書き込めます。

www.shodensha.co.jp/
bookreview

祥伝社文庫

希《のぞ》みの文《ふみ》 風《かぜ》の市兵衛《いちべえ》 弐《に》

令和 元 年 12 月 20 日　初版第 1 刷発行
令和 5 年 7 月 30 日　　　第 4 刷発行

著 者　辻堂《つじどう》 魁《かい》
発行者　辻 浩明
発行所　祥伝社《しょうでんしゃ》
東京都千代田区神田神保町 3-3
〒 101-8701
電話 03（3265）2081（販売部）
電話 03（3265）2080（編集部）
電話 03（3265）3622（業務部）
www.shodensha.co.jp

印刷所　堀内印刷
製本所　ナショナル製本
カバーフォーマットデザイン　中原達治

Printed in Japan ©2019, Kai Tsujidou ISBN978-4-396-34591-4 C0193